Die Knaben

W0307131

ECON Historischer Kriminalroman

Im ECON Taschenbuch Verlag sind folgende Titel von Margaret Frazer lieferbar:

Die Novizin (TB 25056)
Die Magd (TB 25057)
Der Vogelfreie (TB 25108)

Zum Buch:

In panischer Angst bitten eines Tages zwei Frauen im Kloster St. Frideswide um Schutz und Asyl. Sie begleiten zwei kleine Jungen, Edmund und Jasper, und behaupten, von Räubern überfallen worden zu sein. Als kurze Zeit später auch im Kloster Attentate auf die Knaben verübt werden, ist schließlich auch Schwester Frevisse davon überzeugt, daß sie sich in großer Gefahr befinden. So begibt sich die wagemutige Nonne auf die Suche nach den Tätern – die Liste der Verdächtigen ist sehr lang, denn Edmund und Jasper sind Halbbrüder des Königs von England…

Die Autorin:

Margaret Frazer lebt in Minneapolis, Minnesota, zwischen überquellenden Bücherregalen, Notizbüchern, Karteikarten, Kladden und den verschiedensten Tieren. Sie verbringt den größten Teil ihrer Zeit im England des 15. Jahrhunderts. Nach »Die Novizin«, »Die Magd« und »Der Vogelfreie« ist dies der vierte mittelalterliche Krimi um die eigenwillige Schwester Frevisse bei ECON.

Margaret Frazer

DIE KNABEN

Ein Kriminalroman aus dem Mittelalter

Aus dem Amerikanischen von Olaf Matthias Roth

ECON Taschenbuch Verlag

Deutsche Erstausgabe

© 1995 by ECON Taschenbuch Verlag GmbH, Düsseldorf
© 1995 by Mary Monica Kuhfeld und Gail Bacon
First published by The Berkley Publishing Group, New York
Titel des amerikanischen Originals: THE BOY'S TALE
Aus dem Amerikanischen übersetzt von Olaf Matthias Roth
Umschlaggestaltung: Molesch/Niedertubbesing, Bielefeld
Titelillustration: Henning Wendland, AT Verlag, Aarau/Stuttgart 1987
Lektorat: Gisela Klemt
Gesetzt aus der Charlemagne und Bodoni
Satz: HEVO GmbH, Dortmund
Druck und Bindearbeiten: Ebner Ulm
Printed in Germany
ISBN 3-612-25126-0

Is this to yow a thyng that is honest,
That swich a boy shal walken as hym lest
In youre despit ...?

Scheint Euch dies redlich denn zu sein,
Daß – wie es ihm beliebt – ein Knäbelein
Euch zum Hohne wandle auf und ab...?

THE PRIORESS'S TALE
Geoffrey Chaucer

Der warme Sommernachmittag neigte sich seinem Ende zu. Sie waren fast ohne Pause geritten, seit es hell genug war, um den Weg zu erkennen. Die Pferde waren müde und Jasper auch, doch es bestand wenig Hoffnung, daß Sir Gawyn sie bald rasten ließ. In diesen Junitagen ging die Sonne frühzeitig auf und erst spät unter, und wenn sich heute wiederholte, was gestern und vorgestern geschehen war, würde Sir Gawyn sie weiterreiten lassen, bis es beinahe zu finster war, um den Weg auszumachen. Und dann würde er sie vielleicht wieder unter einer Hecke schlafen lassen, so wie letzte Nacht, anstatt nach einer Herberge oder einem vernünftigen Platz zum Übernachten zu suchen.

Es hatte ein großartiges Abenteuer zu werden versprochen, als alles vor zwei Tagen ganz unerwartet begann. Edmund und er waren beim Nachmittagsunterricht gewesen. Master John hatte wie gewöhnlich endlos lateinische Deklinationen heruntergeleiert, während Jenet mit ihrer Näharbeit auf der anderen Seite des Raumes saß. Noch eine Stunde, und sie waren erlöst, hatte Jasper gedacht und einen bewegungslosen Schatten auf dem Fensterbrett betrachtet.

Dann war Mistress Maryon plötzlich hereingekommen, gefolgt von zwei Bediensteten. Ihr oblag die tägliche Aufsicht der Dienerschaft, und niemand hatte ihr widersprochen, als sie auf die Kleiderschränke der Knaben an der Wand deutete und »Alles da einpacken, beeilt euch!« sagte, sich dann zu Jenet umwandte und ihr befahl: »Pack auch du dir Kleidung zum Wechseln ein, sowie alles, was Ihre Gnaden für eine Reise von ein paar Tagen brauchen werden. Du hast eine Viertelstunde Zeit, nicht länger.« Und dann zu Master John gewandt: »Ihr seid entlassen. Ihr Unterricht ist zu Ende.«

Mistress Maryon hatte immer einen etwas herrischen Ton an sich. Jedermann war daran gewöhnt, vor allem Jasper und Edmund, da sie ständig in ihrer Obhut waren. Mutter und Vater waren meistens sehr beschäftigt und konnten sich nicht immer um sie kümmern. An manchen Tagen wurden sie und ihr kleiner Bruder Owen, der eigentlich noch ein Baby war und seine eigene Mistress, Gertrude, hatte, quer durch das ganze Schloß in einen ganz anderen Flügel gebracht und mußten dort bleiben, ohne die Mutter, den Vater oder sonst irgend jemanden zu Gesicht zu bekommen. Das waren Tage, an denen sie auch nicht nach draußen durften, nicht einmal, um im Garten zu spielen, weil ihre Eltern wichtige Dinge zu erledigen hatten und keinesfalls auch nur durch einen kurzen Blick auf ihre

Kinder abgelenkt werden durften! Die Kinder fanden es aber gar nicht so schlimm, denn wenn es vorüber war und sie wieder in ihre alten Zimmer durften, waren Mutter und Vater immer so wunderbar fröhlich, man spielte zusammen, es gab besondere Speisen, Gelächter – Mutter konnte so herrlich lachen – und Gesang – Vater sang besser als jeder andere. Dadurch wurde die vorübergehende Trennung schnell wieder wettgemacht.

Doch diesmal starrte Master John Mistress Maryon mit einem Blick an, als sei er verrückt geworden, und sagte dann: »Das kann doch nicht wahr sein.«

»Es *ist* wahr, und ich weiß nicht, warum wir deshalb überrascht sein sollten. Ich weiß auch nicht, wieviel Zeit uns bleibt, aber wir tun gut daran, uns zu beeilen.« Master John bekreuzigte sich und murmelte: »Gott sei mit uns.«

Aber Mistress Maryon drehte sich schon zu Jenet um, die ebenso einfältig und ungläubig dreinsah, und herrschte sie an: »Beweg dich! Und heul nicht. Und Ihr zwei auch nicht«, fügte sie, an Jasper und Edmund gewandt, hinzu. »Wir haben keine Zeit für Tränen, niemand von uns.«

Es waren keine Tränen geflossen. Edmund und er hatten auch keinen Grund dafür gesehen. Tatsache war, daß ihnen der Unterricht erspart blieb. Offensichtlich sollten sie verreisen. Abgesehen von der näheren Umgebung des Schlosses waren sie noch nirgendwo gewesen, nur ein paarmal bei den Wiesen am Fluß, um ihren Eltern bei der Beizjagd zuzusehen, und einmal im Mai dieses Jahres am Waldrand, um den Sommerbeginn zu feiern. Doch der Art und Weise nach zu schließen, wie die Bediensteten Kleider in die Taschen stopften und Mistress Maryon im Raum umherblickte, als sei sie unschlüssig, was mitzunehmen und was hierzulassen sei, handelte es sich diesmal um etwas anderes als nur einen kurzen Ausritt jenseits des Burgtors, der mit Einbruch der Nacht beendet wäre.

Edmund und er hatten sich angesehen, hatten gegrinst und ihre Umhänge samt einiger notwendiger Kostbarkeiten aus der kleinen Truhe unter ihrem Bett hervorgeholt. Edmund hatte die Fesseln eingesteckt, die er vom Falkner als Symbol für den Wanderfalken, den er eines Tages sein eigen nennen sollte, bekommen hatte. Jasper nahm das verzierte Ortband mit, das bei der Reparatur von Vaters Schwertscheide abgebrochen war. Es war mit verschlungenen Weinreben und Blättern verziert, und er hatte es auf Hochglanz poliert, denn es war zwar alt und verbeult, doch aus echtem Silber – und es hatte Vater gehört. Schließlich hatte Edmund, ohne lange zu fragen, das Schwert umgeschnallt, das Vater ihm letzten Winter zum Geburtstag geschenkt hatte. Jasper hatte ihn zweifelnd angesehen, doch Edmund hatte die Hand fest auf den Griff gelegt und gesagt: »Wenn das eine richtige Reise ist, werden wir es vielleicht brauchen.«

Jasper stritt selten mit Edmund und tat es auch jetzt nicht, er bedauerte nur, nicht selbst ein Schwert zu besitzen. Sie waren einander in Größe und Aussehen so ähnlich – mit den grauen Augen, der hellen Haut und den rotbraunen Haaren, die säuberlich auf Höhe der Ohren abgeschnitten waren –, daß man sie leicht verwechseln konnte, wenn man nur einen von ihnen sah. Wenn man allerdings beide vor sich hatte, war es offensichtlich, daß Edmund einen halben Kopf größer und von schlankerem Wuchs war als Jasper. Er machte zudem einen aufgeweckteren Eindruck als sein Bruder, und obwohl es für ihn – wie auch für Jasper – außer Frage stand, daß sie einander in allem beistehen würden, behielt er doch stets den Vorsprung im

Auge, den ihm seine sechs Jahre vor Jasper sicherten, der erst fünf war. Doch manchmal waren die elf Monate, die sie trennten, entscheidend, so wie jetzt zum Beispiel, denn er hatte ein Schwert und Jasper keines. Falls Mistress Maryon das Schwert bemerkt hatte, so sagte sie nichts. Sie befahl statt dessen Jenet und den beiden Dienern, nach unten zu gehen, wo die Pferde im Hof warteten. »Ihr müßt Euch jetzt noch von Eurer Mutter verabschieden. Schnell. Was für ein Jammer, daß Euer Vater fort ist«, sagte sie dann zu Jasper und Edmund.

Als sie die beiden aus dem Zimmer führte, Edmund eifrig an ihren Fersen, Jasper dicht an Edmunds, hatte sich Jasper noch einmal zu Master John umgedreht, der noch immer neben dem Pult stand. Er war ein strenger Lehrer, doch nie strenger als nötig, und zeigte sich oft verständnisvoll, wenn Jasper oder Edmund ein ernsthaftes Problem hatten. Jasper tat der Lehrer leid, weil er mit seinen Büchern zurückbleiben mußte, während sie ein Abenteuer erwartete. Deshalb hob er die Hand zum Abschied. *Bestimmt* verhieß dieser plötzliche Aufbruch ein Abenteuer! Doch der Anblick der Tränen, die Master John über die Wangen liefen, ließ Jaspers Hand erstarren. Master John hatte noch nie zum Abschied geweint! Jasper führte seine Handbewegung nicht zu Ende, drehte sich um und lief davon, beunruhigt von dem Anblick.

Und als sie dann die Mutter im Schlafzimmer aufsuchten, war sie allein, ohne eine Hofdame, was auch seltsam war. Eine so hochstehende Dame wie sie war niemals ohne Begleitung. Und doch war es diesmal so, sie stand allein in der Mitte des Raumes, und als Edmund und er näher traten und sich wie immer tief verbeugen wollten, wartete sie nicht ab, sondern warf sich auf die Knie und zog ihre Söhne an sich. Edmund, der sich der Anstandsregeln stets bewußt war, auch wenn er sie nicht immer befolgte, wich einen Moment lang zurück. Jasper hingegen, der eine Zuneigung immer erwiderte, kuschelte sich, ohne zu zögern, an sie. Er liebte ihre süße Wärme. »Meine Lieblinge!« Sie hatte erst den einen und dann den anderen geküßt und dies daraufhin der Gerechtigkeit halber in umgekehrter Reihenfolge wiederholt. »Und noch ein Kuß! Ihr geht jetzt weit fort mit Mistress Maryon und Sir Gawyn, und ihr müßt alles tun, was sie euch sagen, und tapfere Ritter sein.«

Jasper wollte fragen, warum sie fortgingen, doch Edmund war wie üblich der Anführer und fragte: »Wohin gehen wir denn?«

»Weit weg, dorthin, wo euer Vater geboren wurde. Erinnert ihr euch an die Geschichten, die er euch erzählt hat? Dorthin werdet ihr reisen.«

»Nach Wales?« fragte Jasper ungläubig. Wales mit seinen Bergen, seinen Drachen und seinem Zauber? Vaters Erzählungen hatten in ihm schon lange den Wunsch geweckt, dorthin zu reisen, doch man hatte ihm gesagt, er müsse warten, bis er erwachsen sei.

»Nach Wales«, bestätigte die Mutter. »Aber ihr dürft nicht darüber sprechen, nicht einmal miteinander, bis ihr sicher dort angelangt seid. Gebt ihr mir das Ehrenwort tapferer Ritter?«

Dies war ein gewöhnlicherer Eid als diejenigen, die sie aus Geschichten kannten. Sie nickten eifrig, und die Mutter küßte sie wieder, stand dann auf und sagte über ihre Köpfe hinweg zu Mistress Maryon: »Owen ist schon fort.«

»Wohin denn?« fragte Edmund eifersüchtig. Wie konnte Owen auf Abenteuerreise gehen wie er und Jasper, wo er doch noch eine Amme hatte?

»Er ist in der Kirche«, sagte Mistress Maryon, bevor ihre Mutter antworten konnte. »Um für Euch zu beten, geradeso, wie Ihr für ihn beten müßt.«

»Müssen wir auch beten, bevor wir losreiten?« Das war ein ritterlicher Brauch, doch Edmund wurde bei dem Gedanken daran ungeduldig.

»Nein, aber später müßt ihr beten«, sagte ihre Mutter. »Für euren Bruder, für mich und für euren Vater.« Jasper hatte mit Staunen bemerkt, daß Tränen in ihren Augen schimmerten, während sie sprach. Seine Mutter, die so schön und fröhlich war und immer nach Sommerblumen duftete, konnte doch nicht weinen! Tränen paßten nicht zu ihr. Um es nicht mit ansehen oder gar selbst weinen zu müssen und womöglich mit dem Baby in die Kirche geschickt zu werden, hatte Jasper seinen Kopf an ihren Hals gedrückt, und sie hatte ihn und Edmund umarmt, so heftig, daß es beinahe weh tat. Und als sie ihn wieder losließ und aufstand, waren ihre Augen trocken, und ihre Stimme klang gefaßt, als sie sagte: »Noch eines. Du sollst dies hier haben, Jasper.« Sie nahm ein Knabenschwert mit lederner Scheide von einem Tisch. Es hing an einem Tragegurt. »Es war für deinen Geburtstag bestimmt, aber am besten nimmst du es schon jetzt in Empfang.«

»Mylady, wir haben keine Zeit mehr«, warnte Mistress Maryon.

Mit einem Lächeln blickte die Mutter auf Jasper, der vor Eifer glühte, bückte sich und schnallte den Gurt um seine Taille. Sie sagte: »Gott wird mir wohl hierfür noch Zeit geben. Sei du ein echter, tapferer Ritter, mein Sohn.«

Das Schwert lag auf seiner Hüfte, als ob es schon immer dort gehangen hätte. Die Hand am Griff, lächelte er sie an und antwortete mit dem gebotenen Ernst: »Das werde ich,

Madame.« Sie küßte ihn rasch auf die Wangen, danach auch Edmund, und sagte: »Ihr seid meine tapferen, großartigen Söhne. Möge Gott euch immer gewogen sein. Und vergeßt nie, daß ich euch immer lieben werde. Denkt daran.«

»Mylady«, drang Mistress Maryon erneut auf sie ein. Die Mutter hatte sie daraufhin mit einer raschen Geste zum Gehen aufgefordert.

Auf dem Hof warteten – bereits zu Pferde – Jenet und einer der zur Burg gehörenden Ritter ihrer Mutter, Sir Gawyn. Dazu vier weitere Männer und drei gesattelte Pferde für Mistress Maryon und sie beide. Richtige Pferde, nicht die Ponys, auf denen sie sonst ritten, hatte Jasper voll Freude bemerkt. Aber dann fiel ihm ein, daß er nicht genau wußte, wie man selbständig auf so einem großen Tier aufsaß.

Sir Gawyns Knappe Will kam ihm zu Hilfe und hob erst ihn, dann Edmund in den Sattel. Er kontrollierte trotz Mistress Maryons Ungeduld die Bauchgurte und die Steigbügel. »Es ist besser, jetzt darauf zu achten, daß sie fest im Sattel sitzen, als nachher, wenn es zu spät ist.« Auf Sir Gawyns Geheiß ritten sie schließlich durchs Burgtor, um jenseits der Zugbrücke in einen leichten Galopp zu fallen.

Sie trabten etwas gemächlicher dahin, nachdem sie die Gegend, die Jasper vertraut war, hinter sich gelassen hatten, und ritten den Rest des Nachmittags durch die liebliche, sommerliche Landschaft. Es war aufregend, unter dem Geklapper der Geschirre in einer Gruppe von Männern zu reiten, die offensichtlich so viele Meilen wie möglich hinter sich zu bringen gedachten. Sie folgten heckenumsäumten Pfaden, an deren Rändern und Gräben Gras und Blumen wuchsen. Hier das Blau des geduckten Beifußes, dort ein kühner Tupfer von Ackergauchheil, ab und zu die roten und blauen Spitzen des Lungenkrauts und Hundsrosen, die sich an den Hecken der Sonne entgegenrankten. Ein kurzer Blick auf grüne Kornfelder durch ein Tor in den Hekken, manchmal ein langer Ausblick über eine Schneise hinweg auf Gemeindeland, wo die Hecken fehlten. Sir Gawyn hielt sie auf offenem Gelände immer zum Galopp an und wurde nur langsamer, wenn sie wieder einen Hohlweg entlangritten.

Nach einer Weile war Jasper klargeworden, daß es Sir Gawyn ernst damit war, nicht gesehen zu werden, und daß sie Städte und Dörfer oder Menschen mieden, wann immer es möglich war. Einmal hatte Jasper gesehen, daß ihr Weg direkt auf eine Stadt zuführte, und er hatte voller Freude an die Jahrmärkte gedacht, von denen Jenet oft erzählt hatte, wo es Zauberkünstler, Musik, Spiele und Süßigkeiten gab. Doch sie waren abgebogen und auf einen Waldstreifen zugeritten, der zu Jaspers großer Enttäuschung von der Stadt wegführte.

An diesem ersten Tag waren sie länger geritten, als Jasper je unterwegs gewesen war, bis weit über die Essenszeit hinaus, als es schon dunkel wurde. Er nickte bereits ein, als ein Maikäfer in seine Nase krabbelte. Jasper zuckte derart zusammen, daß sein Pferd scheute und plötzlich zur Seite wich. Er wäre beinahe heruntergefallen, wenn Will ihm nicht mit ruhiger Hand beigestanden hätte. Er war sehr froh gewesen, als sie endlich unter einem Torbogen in ein kleines Landkloster einritten und der Tag vorüber war. Es hatte eine Mahlzeit gegeben, viel bescheidener als gewöhnlich, und die Betten waren viel härter, die Laken viel rauher als die, in denen Jasper sonst schlief. Kurz bevor er in einen tiefen Schlaf sank, hörte er noch zu seiner Verwunderung, wie Mistress Maryon zu einem Bediensteten von »ihren Söhnen« sprach, und begriff, daß sie ihn und Edmund meinte, obwohl es ja gar nicht stimmte.

Im ersten Morgengrauen ließ Sir Gawyn sie schon wieder weiterreiten. Die Landschaft war hügelig, und es gab jetzt weniger Möglichkeiten, Dörfer zu umgehen. Sir Gawyn gewährte ihnen nur die allernötigsten Pausen. Sie hatten sogar beim Reiten gegessen – nur Käse und Brot. Und die letzte Nacht hatten sie nicht unter einem Dach verbracht, sondern auf einer trockenen Böschung unter einer Hecke in einem Feld abseits des Weges. Sie hatten nur ihre Umhänge als Unterlage, und er und Edmund kuschelten sich zwischen Mistress Maryon und die dicke Jenet, um sich zu wärmen, denn Sir Gawyn wollte kein Feuer anzünden. Es hatte nochmals Brot und Käse zum Abendessen gegeben, und nur Wasser aus einem Bach, um es hinunterzuspülen. Im vom Tau feuchten Morgengrauen gab es abermals Brot und Käse zum Frühstück.

Um die Mittagszeit hatte Sir Gawyn Will in eine nahegelegene Stadt gesandt, und er war mit einigen Fleischpasteten zurückgekommen. Sie durften nur wenig davon essen, aber man versprach Edmund und ihm den Rest fürs Abendessen. Es sah so aus, als müßten die anderen sich mit dem übriggebliebenen harten Käse und dem Brot begnügen.

Und es bestand keine Aussicht auf ein bequemeres Bett als das Gras der letzten Nacht. Jasper taten die Knochen vom Reiten weh. Es machte keinen Spaß mehr, und wenn dies ein Abenteuer sein sollte, so war es ein sehr langweiliges.

Sie hatten die hügelige Landschaft verlassen und ritten nun über offenes Land mit Feldern und Wiesen. Jasper wußte, daß es in Wales Berge gab, doch die waren noch nicht einmal am Horizont zu sehen, als sie eine Anhöhe passierten, von der man einen weiten Ausblick hatte. Er hatte nicht gedacht, daß es bis Wales so weit sein würde, und fragte Mistress Maryon, die neben ihm ritt: »Ist es noch weit? Sind wir bald da?«

»Wir haben noch nicht einmal die Hälfte der Strecke hinter uns«, sagte Mistress Maryon brüsk. »Ihr müßt Euch darauf einstellen, Mylord. Wir haben noch viele, viele Meilen vor uns.«

»Ich möchte mal etwas anderes machen«, verkündete Edmund, der auf der anderen Seite von Jasper ritt. »Ich hab' das Reiten satt.«

»Das ist leider nicht möglich, Mylord«, antwortete Mistress Maryon. »Eure Frau Mutter hat uns zu reisen befohlen, und daran müssen wir uns halten.«

»Warum denn eigentlich?« fragte Edmund und sprach damit die Frage aus, die er und Jasper einander in dem kurzen Augenblick vorm Schlafengehen letzte Nacht zugeflüstert hatten.

»Das darf ich nicht sagen.«

»Warum nicht?« beharrte Edmund.

»Es steht mir nicht an.«

»Wem denn?« fragte Edmund. Er war noch nie schlecht behandelt oder Unannehmlichkeiten ausgesetzt worden, und das hier gefiel ihm nicht. Er hatte es als Beginn des Abenteuers hingenommen, aber dies war gar kein Abenteuer, nur ewiges Reiten, und am Abend gab es nichts Gutes zu essen und keinen anständigen Platz zum Schlafen.

Sir Gawyn lenkte sein Pferd an Jaspers Seite. Von all den Rittern ihrer Mutter mochten sie ihn mit am liebsten, er war stets elegant gekleidet, hatte gute Manieren, wußte immer eine Geschichte oder ein Spiel oder zeigte ihnen auf ihre Bitte hin, wie man mit dem Schwert umging. Es war seltsam, ihn jetzt in einem Lederwams, einem groben Hemd und rauhen Kniehosen zu sehen, mit ungekämmtem lockigem Haar und Bartstoppeln. Jasper stellte erstaunt fest, daß sein Bart ebenso grau wie braun war. Er hatte keine bestimmte Altersvorstellung von Sir Gawyn. War er alt? Jedenfalls war er anders als zu Hause, es gab keine Geschichten oder sonst etwas, nur Befehle.

Jetzt sagte er über Jaspers Kopf hinweg zu Mistress Maryon: »Ich schlage vor, wir reiten wieder so lange, bis es dunkel wird. Dann haben wir Banbury weit hinter uns und könnten vielleicht morgen die Severn überquert haben.«

Mit einem zweifelnden Seitenblick auf Edmund und Jasper sagte Mistress Maryon: »Es wäre vielleicht besser, wenn wir eine Herberge fänden, anstatt wieder im Freien zu übernachten. Nicht weit von dieser Straße gibt es ein kleines Nonnenkloster nur mit einem Dorf in der Nähe. Ich denke, es dürfte unverfänglich sein, wenn –«

»Wenn bekannt geworden ist, daß wir geflohen sind, werden etwaige Verfolger viel schneller geritten sein, als es uns möglich war. Man könnte sogar Warnungen vorausgeschickt haben.«

»Es ist ein völlig unbekannter Ort«, beharrte sie. »Und die Knaben brauchen –«

»Wir sollten lieber so weit wie möglich reiten. Das ist unsere einzige Chance, Verfolger abzuschütteln. Wir müssen unseren Vorsprung halten. Das sind tapfere Jungen.« Er wandte sich an Edmund und Jasper mit jenem Lächeln, mit dem er sie sonst zu einem Wettstreit aufforderte. »Nicht wahr, Mylords? Ihr könnt so lange reiten, wie es notwendig ist, Eurer Frau Mutter zuliebe?«

Edmund und Jasper nickten, nicht so eilig, wie sie es noch vor zwei Tagen getan hätten, doch ihrer Mutter zuliebe und um nicht in Sir Gawyns Augen als Feiglinge dazustehen. Edmund versicherte sogar: »Die ganze Nacht, wenn's sein muß!«

Mistress Maryon wollte etwas einwenden, doch Sir Gawyns Knappe Will, der mit Hery Simon voranritt, rief über seine Schulter hinweg: »Reiter voraus, Sir! Auf der anderen Seite der Furt.«

Die Straße führte in ein breites Wiesental und folgte einem weidenbestandenen Fluß zwischen Feldern, auf denen das hohe, helle Gras von Butterblumen durchsetzt war und schon beinahe reif für die Heuernte stand. In der Lücke zwischen den Bäumen, die zu einer Furt wies, glitzerte der Fluß im sommerlichen Licht des Spätnachmittags. Es war ein einsames, verschlafenes Tal gewesen, doch jetzt konnte Jasper durch die Weiden und Erlen hindurch andere Reiter erkennen, fünf oder sechs vielleicht, die am Rand der Straße auf der anderen Seite des Flusses warteten.

Sir Gawyn zog die Zügel an und hob seine Hand, um die beiden Männer hinter ihm anzuhalten. Will und Hery waren schon stehengeblieben und blickten zwischen den unbekannten Reitern und Sir Gawyn hin und her, in Erwartung von Befehlen. Mistress Maryon gab Jasper ein Zeichen, neben Jenet zu reiten. Sie hielt ihr eigenes Pferd in Reichweite von Edmunds Zügeln. Jasper, dem plötzlich bewußt wurde, daß etwas nicht stimmte, gehorchte. Auch Edward, normalerweise stolz auf seine Unabhängigkeit, wich nicht von Mistress Maryons Seite.

Sir Gawyn sagte mit ruhiger Entschlossenheit: »Wir werden wieder zur Anhöhe zurückreiten, um dann die Straße zum Fluß zu kreuzen. Wir können uns hinter den Bäumen verbergen. Vielleicht haben sie uns noch nicht gesehen und ziehen vorbei, ohne uns zu entdecken.«

Sie hatten aber kaum die Pferde umgewandt, als Will rief: »Sie kommen!« Jasper sah über die Schulter hinweg, daß die anderen Reiter auf die Straße geritten waren und herangaloppierten, wobei sie sich in zwei Gruppen teilten, einige folgten dem Fluß, um ihnen den Weg abschneiden zu können, die anderen überquerten den Fluß. Das Wasser spritzte an ihren Pferden empor.

Sir Gawyn trieb sein Pferd zwischen Jasper und Jenet, hievte Jasper aus dem Sattel, hob ihn über sein eigenes Pferd hinweg und zwängte ihn auf Jenets Pferd grob zwischen sie und den hohen Sattelknauf. »Halt ihn fest! Edmund, könnt Ihr Euch auf dem Pferd halten?«

Edmund nickte heftig, die Hand am Griff seines Schwerts. Jasper versuchte sich aus Jenets Armen zu befreien, um an seine Waffe zu gelangen. Er war wütend darüber, daß man ihn ihrer Obhut übergeben hatte. Er konnte sich ebensogut im Sattel halten wie Edmund!

»Maryon, findet Ihr das Nonnenkloster von hier aus?«

»Ja.« Sie hielt Edmunds Pferd beim Zügel.

»Dann folgt mir. Ich glaube, wir können den Männern am Fluß zuvorkommen. Wenn es uns gelingt und wir den Fluß überquert haben, reitet Ihr mit Jenet zum Kloster, während wir sie aufhalten. Verstanden?«

»Ja.«

»Dann los!« rief Sir Gawyn und trieb sein Pferd den Hügel hinab. In einem Winkel, der sie von ihren Verfolgern abschnitt, ritt er auf den Fluß zu und drückte die Sporen in die Flanken seines Braunen, der in vollem Galopp dahinsprengte, gefolgt von den anderen Pferden. Sein Knappe Will ritt an Edmunds anderer Seite, Hery Simon neben Jenet, die beiden anderen Männer hinter ihnen. Jasper schnappte nach Luft, Schwert und Entrüstung waren vergessen.

Es blieb keine Zeit, eine geeignete Stelle zur Durchquerung des baumbestandenen Flusses zu suchen. Gawyn ritt einfach geradewegs darauf zu. Jasper sah sich um und bemerkte, daß die fremden Reiter versuchten, ihnen den Weg abzuschneiden, wofür es jedoch zu spät war. Sir Gawyns Richtungswechsel hatte sie überrascht. Und dann waren sie zwischen den Bäumen. Weidenzweige schlugen Jasper ins Gesicht. Er wich ihnen aus, indem er sich über die Mähne von Jenets Pferd beugte, die er mit den Händen umklammerte. Sein Magen revoltierte, als das Pferd zum Sprung ansetzte. Sie sprengten in den Fluß, Wasser spritzte an ihm hoch. Jenet schrie auf. Er sah, daß Hery Simon die Zügel ihres Pferdes dicht bei der Kandare hielt und das Tier durch die Gischt trieb, die wie Silber und Diamanten im Sonnenlicht glitzerte.

Sir Gawyn hatte das andere Ufer beinahe erreicht, als ihn die Reiter, die den Fluß nicht überquert hatten, einholten. Sie brachen durch die Bäume, die Böschung hinab. Auf beiden Seiten waren die Schwerter gezogen, die im Sonnenlicht gleißten. Sir Gawyn stieß einen rauhen, wilden Schrei aus, wie Jasper ihn auf dem Turnierplatz noch nie gehört hatte, und stürmte los.

Klingen schlugen aufeinander, Stahl splitterte. Hinter Jasper erklangen die Rufe der anderen Reiter, die von hinten nahten. Hamon und Colwin wandten sich ihnen entgegen. Er sah, wie Hery Simon einen unbekannten Reiter aus dem Sattel hob, sah einen aufgerissenen Mund, wild rudernde Arme, eine klaffende Wunde, bis der Mann schließlich unter den Tritten der Pferdehufe im Wasser versank. Und dann zog Hery Jenets Pferd zur Seite und sprengte mit seinem eigenen Pferd wild den grauen Hinterläufen von Mistress Maryons Tier nach, das zwischen den Weiden am anderen Flußufer verschwand, das Kampfgeschehen im Rücken.

Jasper duckte sich wieder, hob jedoch den Kopf, um nach Luft zu schnappen, als sie auf der anderen Seite der Baumreihe auf ein offenes Feld galoppierten. Edmund war es irgendwie gelungen, vor ihnen zu reiten. Er klammerte sich an sein Pferd, das er nicht mehr unter Kontrolle hatte. Mistress Maryon hielt sich dicht an seiner Seite. Hery Simon ritt neben Jenet. Er hielt noch immer ihre Zügel. Sie waren dem Kampf entkommen.

Doch hinter ihnen ertönte plötzlich der Hufschlag eines anderen Pferdes. Hery blickte sich um und fluchte. Er hatte sein Schwert verloren und griff deshalb nach Jaspers. »Reitet davon, Mistress!« schrie er Jenet zu und wandte sein Pferd um.

»Nein, Hery! Nicht allein!« schrie Jenet. Doch er war auf und davon, und niemand sah ihm nach.

Der Kreuzgang war vom Sonnenlicht des Spätnachmittags erwärmt. Frevisse, die aus der Kirche gekommen war, wo sie sichergestellt hatte, daß alles für die Vesper bereit war, wandelte langsam hindurch, den Kopf wie zum Gebet gesenkt. Aber sie beobachtete nur, wie der Saum ihres Gewandes bei jedem Schritt den Boden berührte, und dachte an nichts Besonderes. Sie genoß die Wärme und die Ruhe dieses kurzen Augenblicks, bevor die Glocken zum vorletzten Gottesdienst des Tages läuteten und alle Nonnen von St. Frideswide von ihren nachmittäglichen Arbeiten zum gemeinsamen Gebet in der Kirche zusammenkamen.

Nicht alle Nonnen, berichtigte sie sich selbst, und etwas von der Befriedigung über den ruhigen Tag und die Arbeiten, die sie verrichtet hatte, wich bei diesem Gedanken von ihr. Priorin Edith war seit der Osterwoche bettlägerig. Von den Nonnen konnte sich nur Schwester Lucy an die Zeit erinnern, als sie noch nicht Priorin gewesen war, und nun lag sie im Sterben. Nicht etwa, weil sie krank war oder Schmerzen litt. Die vielen Jahre lasteten einfach auf ihr, und ihr Tod war vorauszusehen und würde dennoch eine schmerzliche Lücke im Herzen des Priorats hinterlassen.

Doch auf der anderen Seite der niedrigen Innenmauer des Kreuzgangs, im Sonnenschein der Grünfläche, in deren Mitte sich die vier Pfade trafen und die kleine Glocke von St. Frideswide hing, blühten die Sommerblumen im Jahre des Herrn 1436, ohne sich um ihre eigene Sterblichkeit oder die der Welt zu kümmern. Die Gänseblümchen prangten weiß in dem grünen Gras, dazu Akelei, Flachs und Heidenelken in kleinen Beeten. Bald würden auch Fingerhut, Baldrian und Wiesenfrauenmantel blühen.

Frevisse mußte über sich selbst lächeln. Wann hatte sie deren Namen so gut gelernt? Was Blumen anging, konnte sie sie auch bewundern, ohne ihre Namen zu kennen. Sie waren die besonderen Lieblinge von Schwester Juliana. Daß Frevisse – ob sie wollte oder nicht – soviel über Blumen wußte, mußte daher kommen, daß Schwester Juliana in der kurzen Stunde, die täglich dem Gespräch und der Erholung gewidmet war, oft über sie sprach.

Wie es nur kommt, daß wir noch immer ein Gesprächsthema während unserer Mußestunde finden, wunderte sich Frevisse. Gibt es noch etwas, das noch nie gesagt worden ist? Hören wir einander eigentlich noch zu? St. Frideswide war klein. Es gab nur zehn Nonnen, und die letzte Novizin hatte ihre Gelübde vor fünf Jahren abgelegt ohne Aussicht darauf, daß eine andere an ihre Stelle treten würde. Es sei denn, der Vater der kleinen Lady Adela Warenne bestimmte, daß seine Tochter Nonne wurde. Was gut möglich war. Das Kind war hübsch, hatte eine helle Haut und große blaue Augen unter dunklen ebenmäßigen Brauen. Aufgrund einer mißgestalteten Hüfte jedoch hinkte sie sehr, was sich auch nicht mehr ändern würde. Da sie jedoch ältere Brüder und Schwestern hatte, die als Erben eingesetzt und Nachkommen zeugen würden, war eine Heirat für Adela vermutlich schwierig zu arrangieren und auch wenig zwingend.

Lord Warenne hatte dies wohl in Betracht gezogen, als er sie in die Obhut von St. Frideswide gab. Und sollte er sich dazu entschließen, Adela um seines Seelenheils willen für immer ins Kloster zu geben, so würde St. Frideswide von ihrer Mitgift profitieren, was zwar illegal, aber durchaus üblich war. Nicht, daß Lady Adela eine besondere Neigung zum Klosterleben gezeigt hätte. Sie war jedoch erst sieben und ein stilles, fügsames Kind. Schwester Perpetua, die sie in Literatur, Mathematik und den Anfängen des Französischen unterrichtete, war zufrieden mit ihr und meinte, sie würde sich eignen.

Wie gerufen von Frevisses Gedanken, hinkte Lady Adela von der anderen Seite des schattigen Kreuzgangs her ins Sonnenlicht des Klostergartens. Sie war in Begleitung der Dienerin, die diese Woche mit dem Läuten der Glocken zu den täglichen sieben Gottesdiensten beauftragt war. Man behauptete oft, die Mißbildung eines Kindes sei entweder das Zeichen für die Sünde eines Elternteils – und Frevisse wußte einiges über Lord Warenne, das dies bestätigt hätte – oder ein Hinweis auf seine angeborene Neigung zur Boshaftigkeit. Aber niemand in St. Frideswide hatte jemals ein Anzeichen für angeborene Boshaftigkeit bei Lady Adela entdeckt. Obwohl sie hübsch war, hielt sie jedoch den Kopf beim Laufen gesenkt, und ihre Schultern waren leicht nach innen gewandt, vielleicht, weil sie ahnte, was man über sie sagte. Oder es sogar zufällig gehört hatte.

Frevisses Meinung nach war Lady Adela zu still, zu sehr darauf bedacht, nicht aufzufallen. Es schien ihr einziger Wunsch zu sein, Schwester Perpetua zu begleiten, wann immer es ihr erlaubt war, oder sich scheu hinter dem Rücken der ihr zugewiesenen Dienerin zu verstecken – oder einfach nur friedlich drinnen oder im Garten zu sitzen und zu nähen.

Frevisse hatte während ihrer Kindheit niemals so still sein wollen, vielleicht kamen ihre Zweifel daher. Schwester Perpetua war jedenfalls mit dem Betragen des Kindes zufrieden, und Frevisse wollte es damit bewenden lassen. Sie wandte sich ab von dem beschaulichen Bild, wie Lady Adela den Blütenkelch einer Akelei betrachtete und die Dienerin nach dem Glockenseil griff. Die Nonnen würden vom Geläute herbeigerufen werden. Es war Zeit, die Kerzen am Altar anzuzünden.

Am anderen Ende des Klosters wurde plötzlich das Hoftor aufgeschlagen. Rufen und Schreien sowie das laute Klappern von Hufen drangen herein. Eine der Dienerinnen des Gästehauses schrie, derweil sie sich an das Tor klammerte: »Hilfe, zu Hilfe! Räuber! Mörder! Zu den Toren! Hilfe!«

Frevisse dachte boshafterweise, daß es erst gar keine gute Idee gewesen war, das Tor zu öffnen. Dann lief sie rasch den Kreuzgang entlang, schob die jammernde Dienerin beiseite und trat nach draußen in den Hof, wo weder Räuber noch Mörder waren, sondern nur ein Durcheinander war aus Pferden, die von zu Tode erschrockenen Frauen geführt und geritten wurden, und von mehr Bediensteten als vermutlich nötig.

Bei ihrem ersten kurzen Blick über dieses Chaos stellte Frevisse fest, daß fünf schweißgebadete Pferde mit weit aufgerissenen Augen vor ihr standen, zwei davon ohne Reiter. Auf den anderen saßen nur zwei Frauen: eine dickliche, die ein Kind vor sich im Sattel hielt, und eine andere, die ein weiteres Pferd führte, auf dem noch ein Kind saß. Keine bewaffneten Männer, nicht einmal Waffen. Die schlimmste Gefahr stellten die reiterlosen Pferde dar. In ihrer Verwirrung und Furcht bäumten sie sich auf und scheuten, ließen niemand an sich heran. Die dickliche Frau, die das Kind im Sattel hielt, weinte und sprach stammelnd und unzusammenhängend auf die Männer ein, die nach den Zügeln gegriffen hatten. Aber anstatt ihr zuzuhören, erteilten sie sich Befehle, ohne selbst aufeinander zu hören.

Nur die schlanke Frau auf dem grauen Pferd schien zu wissen, was sie tat. Sie lenkte ihr Pferd von der Dienerschar weg und ritt entlang der Klostermauer auf die Kirchenpforte zur Rechten Frevisses zu. Das Pferd des Knaben führte sie mit sich. Ihre Haube und ihr Schleier waren verrutscht, das dunkle Haar zerzaust, und das zusätzliche Paar Zügel behinderte sie. Als sie Frevisse und die offene Tür hinter ihr sah, trieb sie ihr Pferd auf den Zufluchtsort zu. »Ihr müßt uns helfen!« rief sie.

Frevisse nickte kurz zum Zeichen des Einverständnisses. Was auch immer geschah, die Verzweiflung dieser Frau war echt. Was auch immer geschah, man mußte sie und die Kinder sowie die andere Frau aus dem Durcheinander des Hofes in die Sicherheit des Klosters bringen, wo man in Ruhe reden konnte.

Nach einem ängstlichen Blick zurück auf den Torbogen

hinter ihr brachte die Frau ihre verstörte Stute schließlich neben der Pforte zum Stehen. »Die Kinder«, sagte sie. »Bringt sie nach drinnen. Jenet, hier! Bring Jasper hierher!«

Frevisse trat zur Seite, als das graue Pferd auf sie zukam, und nahm der Frau die Zügel des anderen Pferdes ab. Sie hielt es dicht an der Kandare und besänftigte es mit ihrer Stimme und ihrer Hand. Die Frau raffte indessen ungeduldig ihre Röcke und saß ab. Dann hob sie den Jungen herunter. »Jenet!« befahl sie wieder.

Als Frevisse sah, daß Jenet noch immer mit den Zügeln und dem Kind, mit der Verwirrung der Umstehenden und mit ihrem eigenen Gejammer beschäftigt war, sagte sie: »Ich komme mit ihr nach. Geht nur hinein.« Erleichtert stellte sie dann fest, daß Roger Naylor, der Verwalter des Priorats, von außen durch den Torbogen kam, mit einem Blick, der zu sagen schien: Ich werde diesem Durcheinander hier ein Ende bereiten. Da sie wußte, daß sie ihm die Handhabe der Pferde und die Aufsicht über die Dienerschaft überlassen konnte, bahnte sie sich einen Weg zu Jenet und befahl den Männern, die Zügel und Zaumzeug umklammerten: »Haltet den Gaul still!« Vor ein paar Jahren war sie Schwester Hospitalaria gewesen, die sich um die Gäste und Besucher des Priorats zu kümmern hatte. Die Männer hatten damals auf sie gehört und taten es auch jetzt, als sie ihren Befehl erteilte. Zu einem Mann sagte sie: »Hilf ihm herab. Nein, nicht ihr, dem Jungen zuerst. Gib ihn mir. Jenet, laß ihn los. Es ist alles in Ordnung.« So wie die Männer gehorchte auch Jenet den klaren Anweisungen und überließ dem Mann den kleinen Jungen, der ihn sanft herunterhob und Frevisse übergab. Das Kind wand sich heftig in ihrem Griff, aber es weinte nicht, sondern protestierte nur: »Laßt mich runter! Ich kann alleine laufen!«

»Nicht hier«, gab Frevisse in dem gleichen herrischen Tonfall zurück. »An der Pforte.« Sie setzte ihn fest auf ihre Hüfte – er war klein, wog aber einiges und strampelte ziemlich – und wollte ihn gerade in Sicherheit bringen, als sie feststellen mußte, daß Schwester Alys von irgendwoher aufgetaucht war und den Eingang einerseits mit ihrer Körperfülle, andererseits mit ihrer Hitzigkeit versperrte.

Schwester Alys war jetzt Schwester Hospitalaria – und offenbar erzürnt, daß sie nicht an dem teilhatte, was hier vor sich ging. Sie war früher Kellermeisterin des Priorats gewesen – nach der Priorin selbst das zweithöchste Amt – und hatte damit zugleich die Aufsicht über die Küche übernommen. Und dort hatte sie ihr Bestes geleistet, hatte beim Kochen darauf geachtet, daß nichts anbrannte oder verschwendet wurde. In der Küche des Priorats hatte es Bedienstete gegeben, die sie terrorisieren konnte, und unempfindliche Töpfe und Utensilien, auf die sie einschlagen konnte. Doch nach dem Ämtertausch – den die Ordensregel vorschrieb – hatte sie sich als Küsterin weniger bewährt. Die kostbaren bestickten Altardecken faßte sie viel zu grob an, Kerzen brachen, wenn sie sie nur berührte, Kelchglas, Hostienteller und Kerzenständer litten, wenn sie sie schrubbte.

Beim Ämterwechsel im letzten Winter schließlich wurde sie zur Hospitalaria gemacht und erhielt damit eine Aufgabe, die sie so wie jede andere erfüllte, die ihr angetragen worden war: mit viel Schwung und wenig Gefühl. Als Hospitalaria waren ihr die beiden Gästehäuser anvertraut, die das Tor zu beiden Seiten des Hofes flankierten, und sie fühlte sich – aus dem ihr eigenen Übereifer heraus, denn die Ordensregel sah es nicht vor – verantwortlich für alles und jedes in der Umgebung der Gästehäuser. Worin ihrer

Meinung nach jetzt gerade auch der Klosterhof und die Klosterpforte eingeschlossen waren. Groß und beleibt und unsensibel, wie sie war, rief sie über die Köpfe der Umstehenden hinweg: »Was ist denn hier los? Könnte man mich mal darüber aufklären, was hier los ist?«

Die erste Frau hielt den Knaben fest an der Hand, schob eine Dienerin beiseite, trat auf Schwester Alys zu und sagte ihr ins Gesicht: »Laßt uns augenblicklich vorbei. Wir sind in Gefahr!«

»Gefahr? Die einzige Gefahr hier stellen Eure wildgewordenen Pferde dar! Es kommt mir keiner ins Kloster, bevor ich nicht weiß, was hier gespielt wird!«

»Wir sind von Männern angegriffen worden, die uns vermutlich immer noch verfolgen. Wir bitten um Asyl! Um Himmels willen, Ihr müßt es uns gewähren!«

»Einfach so?« spottete Schwester Alys. »Das hier ist doch kein Gasthaus am Wegesrand, in das man so mir nichts, dir nichts hereinplatzen kann, ganz gewiß nicht!«

Frevisse schob sich zwischen die beiden verzweifelten Frauen und Schwester Alys. »Sie hat um Asyl gebeten. Das gehört zu meinen Aufgaben, ich bin die Küsterin«, sagte sie. Sie war sich nicht sicher, ob diese Behauptung stimmte, doch vermutlich wußte Schwester Alys es auch nicht besser. Noch nie hatte jemand in St. Frideswide um Asyl gebeten. »Laßt sie hinein.«

»Mit Gott weiß wem auf den Fersen? Ohne zu wissen, wer sie überhaupt sind?«

Hinter Frevisse tauchte jetzt Roger Naylor auf. Er sagte: »Ich habe das äußere Tor schließen und Wachen aufstellen lassen. Niemand kann mehr hereinkommen, ohne daß wir es wollen. Was ist also los?«

Er wandte sich mit seiner Frage an die Frau, doch bevor

sie antworten konnte, sagte Schwester Alys: »Der Teufel ist los. Stürmen hier herein, ohne lang zu fragen, und –«

»Ich glaube, wir sollten sie lieber hineinbringen, Master Naylor«, sagte Frevisse mit fester Stimme über die immer lauter werdende von Schwester Alys hinweg. »Sie haben mich um Asyl gebeten, und ich habe es ihnen gewährt. Alles, was sie uns zu sagen haben, sollte lieber von ein paar Ohren weniger mit angehört werden.«

Master Naylor nickte zustimmend. »Schwester Alys wird dafür sicherlich Verständnis haben«, sagte er mit einer Bestimmtheit, die keinen Widerspruch duldete. Als Verwalter des Priorats unterstand er außerhalb des Klosters nur der Priorin Edith und der Kellermeisterin. Abgesehen davon war er ein Mann mit der typisch autoritären Haltung eines Mannes. Schwester Alys sah feindselig drein, doch man hatte ihren Argumenten den Boden entzogen. Also nickte sie nur mürrisch und trat zur Seite.

Die schlanke, impulsive Frau ging zuerst hinein. Sie hielt immer noch den Jungen an der Hand und sagte über ihre Schulter hinweg: »Beeil dich, Jenet.«

Die andere Frau, die noch immer schniefte, gehorchte und streckte die Arme aus, um den anderen Jungen aus Frevisses Armen entgegenzunehmen. »Alles in Ordnung, M-Master Jasper. Jetzt ist alles gut. Braucht keine Angst mehr zu haben.«

Der Knabe warf ihr einen entrüsteten Blick zu und wehrte sich dagegen, schon wieder auf den Arm genommen zu werden. »Ich hab' ja gar keine Angst! Ich wäre nicht weggelaufen! Ich hätte gekämpft, wenn du mich gelassen hättest! Ich hätte sie mit meinem Schwert erstochen!«

Frevisse setzte ihn ab und sagte: »Marsch, hinein!« Jenet ergriff seine Hand und zog ihn nach drinnen, in die ersehnte Sicherheit. Nur ein gottloser Verfolger würde ihnen hierher folgen, um ihnen Böses anzutun.

Aber Frevisse drehte sich auf der Schwelle um und sagte: »Master Naylor, Ihr werdet uns benachrichtigen, wenn etwas los ist? Falls sie jemand … sucht?«

»Ich habe Wachen am Tor postiert und Boten ins Dorf gesandt. Ich werde dafür sorgen, daß niemand hereinkommt, der nicht hierhingehört, und Euch Bescheid sagen, wenn sich etwas ereignet.«

Frevisse nickte zufrieden und folgte den anderen ins Kloster. Endlich läutete jemand die Vesperglocke, nun, da sich der Trubel im Hof gelegt hatte. Weltliche Aufregungen durften auch dann nicht vom eigentlichen Sinn des Priorats – dem Gebet – ablenken, wenn sie ins Kloster selbst kamen. Schwester Alys knallte das Tor mit donnernder Gewalt hinter Frevisse zu und stolzierte an der Klostermauer entlang zur Kirche. Frevisse rief trotz des Schweigegebots, das innerhalb der Klostermauern herrschte, hinter ihr her: »Würdet Ihr wohl so freundlich sein, die Altarkerzen anzuzünden, Dame Alys?«

Schwester Alys bejahte stumm, ohne sich umzusehen. Frevisse wandte sich den Frauen und den Knaben zu, für die sie nun vorübergehend die Verantwortung hatte. Erst jetzt, da sie sie endlich genau betrachten konnte, stellte sie fest, daß sie eine der Frauen kannte. Die schlanke dunkelhaarige Frau war vor fünf Jahren schon einmal nach St. Frideswide gekommen, im Dienst und als Spionin einer Dame, die dann hier ermordet worden war.

Die Frau sah sie in dem Moment an und bemerkte, daß Frevisse sie wiedererkannt hatte. Sie schüttelte kaum merklich den Kopf. Sie wollte offensichtlich nicht, daß man preisgab, wer sie war.

Maryon. So hieß sie. Doch bevor Frevisse entscheiden konnte, ob sie die Warnung beherzigen sollte oder nicht, griff der ältere der beiden Jungen so ungeduldig nach Maryons Arm, als hätte er schon länger versucht, ihre Aufmerksamkeit auf sich zu ziehen. »Deinetwegen habe ich Sir Gawyn im Stich gelassen! Du wolltest nicht, daß ich ihm helfe!« beklagte er sich laut.

»Ihr seid noch nicht alt genug, um zu kämpfen, Master Edmund, und auch nicht stark genug«, warf Jenet ernst ein. »Dazu waren die Männer da. Um Euch zu beschützen. So konnten wir hierherfliehen, weg von den bösen Männern. Mistress Maryon hat nur ihre Pflicht getan.«

Edmund und Jasper sahen sie verächtlich an. »Wir hatten keine andere Wahl«, bestätigte Maryon. »Wir mußten es tun. Versteht Ihr?«

Ihr Tonfall deutete darauf hin, daß es besser war, dies zu verstehen. Und wie schon in dem Blick, den sie Frevisse zugeworfen hatte, lag auch in ihren Worten eine Warnung – welche die Knaben auch begriffen. Abrupt verstummten sie und ließen das, was sie gerade sagen wollten, ungesagt. Doch im nächsten Augenblick platzte Jasper empört heraus: »Hery hat mir mein Schwert abgenommen!«

»Er wird es Euch bestimmt zurückbringen«, sagte Maryon. Und bevor sie noch etwas sagen konnten, legte sie ihre Hände fest auf die Schultern der Knaben und sagte zu Frevisse: »Dies sind meine Söhne, Edmund und Jasper.«

Beinahe ohne zu zögern, verbeugte sich Edmund vor ihr. Der kleinere Junge, Jasper, wollte Maryon erst einen verschreckten Blick zuwerfen, fing sich dann aber und verbeugte sich ebenfalls. Sie richteten sich wieder auf und sahen Frevisse an, als erwarteten sie etwas von ihr. Sie neigte leicht ihr verschleiertes Haupt, worüber sich die Jungen zu wundern schienen.

Sie sahen einander so ähnlich, daß es einen leicht verwirren konnte. Doch Frevisse ließ sich nicht so schnell durcheinanderbringen. Sie sagte rasch: »Ich bin Schwester Frevisse, Küsterin von St. Frideswide. Ihr dürft gerne den Schutz und die Annehmlichkeiten, die wir bieten können, in Anspruch nehmen«, fügte sie an die Frauen gewandt hinzu.

Währenddessen waren die Nonnen von ihren nachmittäglichen Arbeiten zusammengekommen und gingen nun drüben an der Klostermauer entlang auf die Kirche zu. Sie hatte die Ankömmlinge gesehen, doch keine war stehengeblieben. Ein paar der Bediensteten, die sich verspätet hatten, liefen hinter den Nonnen her. »Maud«, rief Frevisse, und eine der Frauen blieb mit fragendem Blick stehen. Dann kam sie rasch herbeigelaufen, offensichtlich erfreut darüber, die Fremden näher betrachten zu können. Schließlich kamen kaum jemals Fremde ins Kloster. Vielleicht würde sie sogar erfahren, was sie hierhergeführt hatte.

»Zeige unseren Gästen, wo sie sich waschen und ausruhen können, und bringe ihnen etwas zu essen und zu trinken«, befahl Frevisse. »Am besten in die Wärmestube, denke ich. Nach der Vesper werden wir mit Schwester Claire beraten, was weiter geschieht.«

»Ich könnte sie in Priorin Ediths Empfangszimmer bringen«, bot Maud an.

»Nein. Wir brauchen sie damit noch nicht zu behelligen.« Schwester Claire war im Moment die Kellermeisterin. Sie konnte die momentan erforderlichen Entscheidungen treffen und Priorin Edith so lange wie möglich schonen. Vor allem, bis Frevisse herausgefunden hatte, in welchen Betrug Maryon diesmal verwickelt war.

St. Frideswide war seit seiner Gründung durch eine fromme, wohlhabende Witwe im Jahrhundert zuvor nie viel größer geworden, sondern hatte seine ursprünglichen Ausmaße beibehalten. Innerhalb der äußeren Mauer lagen große Scheunen, Schuppen, Werkstätten und Lagerhäuser, die der Versorgung des Priorats dienten. Dahinter, durch die innere Mauer und einen gepflasterten Hof getrennt, lagen Kirche und Kloster, die das Herz des Priorats waren und in denen die Nonnen ihr Leben nach den Ordensregeln des heiligen Benedikt führten. Rings um die vier Seiten des überdachten Kreuzgangs befanden sich die Kirche, das Dormitorium, das Refektorium, ein kleiner Kapitelsaal und die Wärmestube. Dazu die Küche und all die anderen Räume, die für das Leben und die Arbeit der Nonnen erforderlich waren, darüber hinaus ein ummauerter

Garten, in dem die Nonnen während der Erbauungsstunde umherwandeln konnten, sowie ein Obstgarten.

Das Erbe der Witwe hatte für all dies ausgereicht, doch keinen Luxus gestattet. Sogar die Kirche selbst spiegelte die beschränkten finanziellen Mittel des Priorats wider. Sie bestand nur aus einem kleinen, einfachen Schiff mit einer Balkendecke und schmucklosen Glasfenstern. Vor dem Altar stand Chorgestühl für zwanzig Nonnen, obwohl St. Frideswide niemals auf so viele Mitglieder angewachsen war. Im Moment waren sie, abgesehen von ihrer Priorin, nur zu neunt.

Frevisse ging zu ihrem Platz auf der Südseite des Chores neben Schwester Perpetua, Schwester Alys, Schwester Lucy und Schwester Emma. Gegenüber saßen Schwester Claire, Schwester Juliana, Schwester Amicia und Schwester Thomasine. Frevisse kniete kurz nieder und setzte sich dann, bereit, alle Erdenschwere um sie herum zu vergessen und sich ganz der Vesper hinzugeben.

Vor zwei Jahren hatte sie Entscheidungen treffen müssen, die Todesfälle nach sich zogen. Damals hatte sie Trost im Gebet gefunden. Sie wußte aus bitterer Erfahrung, daß einen das Gebet nicht von der Welt befreite, doch es ermöglichte einem zumindest eine Ruhepause vor den weltlichen Sorgen und führte im Idealfall zu jenen Orten, an denen man die Kraft finden konnte, der Welt entgegenzutreten. Wenn ihre Not am größten war, hatte sie stets im Gebet zu sich selbst gefunden. Und jetzt fand sie, wie so oft, im Psalm des heutigen Tages etwas, das zu ihren Gefühlen und Bedürfnissen paßte.

»Domine, non superbit cor meum, neque extolluntur oculi mei. Nec prosequor res grandes aut altiores me ipso …«, sangen sie. Herr, mein Herz ist nicht hoffärtig, und meine

Augen sind nicht stolz. Ich gehe nicht um mit großen Dingen, die mir zu wunderbar sind …

Frevisse mischte ihre Stimme in den *Cantus planus* der anderen Nonnen, deren Stimmen ihr von so vielen Gelegenheiten über so viele Jahre hinweg vertraut waren. Sie sang ganz bewußt leiser, um Schwester Thomasines leichter, süßer Stimme voll Sicherheit und Freude in dem Teil des Psalms den Vortritt zu lassen, den Thomasine besonders liebte.

»*Sicut parvulus in gremio matris suae: ita in me est anima mea.*« Wie ein kleines Kind bei seiner Mutter, so ist meine Seele in mir.

Schwester Thomasine war mit der Naivität eines Kindes nach St. Frideswide gekommen, und nach wie vor hatte sie den innigen Wunsch, dort zu bleiben.

Der Psalm endete mit der Versicherung, daß ihre Herzen nicht stolz waren, und unter dem Rascheln ihrer Gewänder setzten sich die Nonnen anschließend zur Verlesung der Schrift.

Da beschlich Frevisse, heimlich, wie aus dem Nichts, ein Gedanke: Maryon ist nicht die Mutter dieser Kinder.

Sie bemerkte, daß sie sofort vom Gottesdienst abgelenkt war. Maryon hatte nie einen Mann oder Kinder erwähnt, als sie vor fünf Jahren hiergewesen war, und der ältere Junge war mit Sicherheit sechs oder sieben Jahre alt, der andere nur wenig jünger. Natürlich hätte Maryon einen Witwer geheiratet haben können, und dies wären seine Kinder. Aber sie waren überrascht gewesen – zumindest der Jüngere –, als sie gesagt hatte, sie seien die ihren. Und in Maryons Blick hatte eine Warnung gelegen, die er prompt beherzigt hatte. Eine Warnung wovor?

Aber wenn Maryons Behauptung nicht stimmte, was war

dann mit ihrer Geschichte von dem Überfall auf der Straße? Sicher, etwas mußte passiert sein. Die Empörung der Knaben, von einem Kampfgeschehen weggeschleppt worden zu sein, war echt gewesen. Aber was genau war geschehen? Geächtete zum Beispiel hatte man schon lange Zeit nicht mehr in der Nähe gesehen. Und wenn solche Männer schon Reisende angriffen, wählten sie normalerweise eine Reisegesellschaft, bei der sich die Sache lohnte, die reich war und die man fast nur auf den Hauptstraßen antraf. Wohlhabende Reisende benutzten selten die Nebenstraßen hier in der Nähe. Und Maryon war zwar wohlerzogen, aber nicht adelig und kam auch nicht aus einer Kaufmannsfamilie. Allenfalls gehörte sie dem niederen Adel an, und das hieß walisischer Adel. Sie wirkte nicht reich genug, um die Geächteten auf sich aufmerksam zu machen. Sie und die Knaben waren einfach gekleidet, und Jenet war nichts als eine gewöhnliche Dienerin. Die Pferde entstammten einer guten Zucht, aber nichts an ihnen oder ihren Geschirren deutete auf besonders vermögende Reisende hin. Es konnten auch nicht viele Männer bei ihrer Reisegesellschaft gewesen sein, sonst wären einige von ihnen bei den Frauen geblieben. Oder waren die Angreifer etwa so zahlreich gewesen?

Master Naylor wußte es vermutlich bereits oder würde es bald wissen. Er hatte Männer ausgesandt, um zu erfahren, was mit den übrigen Leuten passiert war und ob sie noch in Gefahr waren. Ob sie wohl noch vor der Komplet mit ihm sprechen konnte?

Frevisse kam mit einem schuldbewußten Ruck zu sich. Das alles war nicht ihre Angelegenheit. Sie war nicht mehr Hospitalaria. Die Frauen und die Knaben waren als Gäste des Priorats Schwester Alys anvertraut.

Aber Maryon hatte um Asyl gebeten.

Nicht um Zuflucht oder Schutz, sondern um Asyl, das die Kirche denen, die darum baten, gewähren mußte. Doch *warum* hatte sie darum gebeten? Asyl war vor allem für jene gedacht, die auf der Flucht vor dem Gesetz waren.

Die Vesper endete mit der Fürbitte für die, die die Welt für immer verlassen hatten. »... *requiescant in pace.*« Sie mögen in Frieden ruhen. Amen.

Die Worte waren verklungen. Einen Moment lang rührte sich niemand im Chorraum, alle waren versunken in die friedliche Stille, die den Worten folgte.

Dann erhob sich Schwester Alys mit dem ihr eigenen energischen Schwung, und Schwester Emma und Schwester Amicia standen, ohne zu überlegen, mit auf. Doch Schwester Claire als Kellermeisterin führte in Domina Ediths Abwesenheit den Vorsitz, nur ihr stand es zu, das Zeichen zum Aufstehen zu geben. Die Diskreteren – Frevisse und Schwester Perpetua, Schwester Lucy und Schwester Thomasine – blieben also mit gesenkten Köpfen sitzen und warteten darauf, daß Schwester Claire sie anführte. Schwester Juliana sah – weniger diskret – Schwester Alys mit unverhohlener Entrüstung an. Und Schwester Claire hob, ohne ein Zeichen der Empörung, die Augen in Schwester Alys' Richtung.

Schwester Alys, die ihren Irrtum zu spät bemerkt hatte, starrte Schwester Emma und Schwester Amicia an, als ob diese dafür verantwortlich wären, und setzte sich so heftig wieder hin, daß das Chorgestühl ächzte. Schwester Claire wartete einen Augenblick, dann erhob sie sich, um die anderen aus der Kirche zu geleiten.

Die Stunde zwischen der Vesper und dem letzten Gebet des Tages, der Komplet, diente der Erholung. Dann waren gewöhnliche, sogar selbstgefällige Gespräche erlaubt. Die Vorfreude darauf war ihren Bewegungen anzusehen, mit denen sie aus der Kirchentür in den Kreuzgang traten. Die meisten Frauen wandten sich dem engen Gang zu, der in den Garten führte. Frevisse, die unter den letzten war, sah, wie Ela, eine Dienerin in den Gästehäusern, hinzutrat und Schwester Thomasine am Ärmel beiseite zog. Die anderen gingen weiter, doch Frevisse verlangsamte ihren Schritt, worauf Schwester Claire, die am Durchgang wartete, um alle hinauszulassen, zurückkam, um zu erfahren, was passiert war. Schwester Thomasine oblag nämlich die Pflege der Kranken, und wenn Ela sie holen kam, mußte wohl jemand krank oder verletzt sein. Schwester Claire war vor Schwester Thomasine die Betreuerin der Kranken gewesen, und die damit verbundenen Pflichten lagen ihr noch immer mehr am Herzen als alle anderen, die sie in St. Frideswide zu erfüllen hatte.

»Es geht um die, die mit der Frau unterwegs waren«, sagte Ela. »Man hat sie hergebracht. Master Naylors Männer haben sie gefunden, und einer von ihnen ist verletzt, ziemlich schwer, wie's scheint.«

Schwester Thomasine sah zu Schwester Claire hinüber. »Ich brauche Hilfe, wenn es wirklich so schlimm ist«, sagte sie.

Schwester Claire nickte. »Geht nur schon zu ihm. Ich werde alles Nötige holen und nachkommen. Schwester Frevisse, würdet Ihr sie begleiten?«

»Selbstverständlich«, sagte Frevisse. Schwester Thomasine hatte sich bei Krankheitsfällen stets als zuverlässig und mitfühlend erwiesen, doch wenn es sich um offene Wunden handelte, wie sie zuweilen bei den Leibeigenen, die für das Priorat arbeiteten, oder nach einer Dorfschlägerei vorkamen, war sie nervös und nicht besonders geschickt. Daß sie, nachdem sie ihren ersten Schreck überwunden hatte, dennoch ihr Bestes tat, egal, wie krank sie selbst währenddessen aussah, hatte ihr Frevisses Respekt gesichert. Jetzt lächelte sie Frevisse mit scheuer Dankbarkeit an, bevor sie sich umwandten, um Ela zu folgen.

Im Hof, am Fuß der Treppe zum neuen Gästehaus, standen zahlreiche Männer, die so aufgeregt aufeinander einredeten, daß sie die Frauen nicht kommen sahen. Als Frevisse nahe genug herangetreten war, hörte sie: »... wie ein Schweineschlachten war das, über die ganze Lough Meadow hinweg. Ich hätte nie gedacht, daß ein Schwert soviel Blut aus einem Mann fließen lassen könnte. Man könnte glauben –«

Der Mann verstummte, als ihm von beiden Seiten Ellbogen in die Rippen gestoßen wurden und man den Nonnen verlegen Platz machte. Frevisse sah besorgt zu Schwester Thomasine, da sie sich außerhalb der Klostermauern nie recht wohl fühlte, am allerwenigsten unter Männern. Doch obwohl sie blaß war, zögerte sie nicht. Jemand war verletzt und brauchte sie, und das war wichtiger als ihre Empfindungen.

Der Verletzte war auf eines der Betten in einem Seitenzimmer des Gästehauses gelegt worden. Es waren viel zu viele Leute im Raum. Ela, die ihre Pflicht erfüllt hatte, trat zur Seite und überließ es Frevisse, jeden, der hier nicht gebraucht wurde, nach draußen zu beordern. Ela fragte einen der Männer, der, dem Blut an seinen Händen nach zu schließen, den Verletzten hereingetragen hatte: »Wo ist Master Naylor?«

»Er kümmert sich darum, daß die Leichen noch vor Einbruch der Dunkelheit hierhergebracht werden.«

»Wie viele sind es?«

»Keine Ahnung. Ich hab' drei gesehen, doch es können auch noch mehr sein. Das war vielleicht ein Gemetzel! Der da wird es wissen.« Er wies mit dem Kopf auf einen Mann, der unruhig am Fußende des Bettes stand und seine ganze Aufmerksamkeit auf den Verletzten richtete. »Das ist einer von ihnen.«

Schwester Thomasine stand neben dem Bett, legte die Hände vor die Brust und senkte den Kopf zum Gebet, bevor sie mit ihrer Arbeit begann. Die etwas praktischer veranlagte Frevisse befahl einem der Dienstboten, der sich am Eingang herumdrückte: »Bring heißes Wasser her, ein Bekken, saubere Lappen, schnell!« Dann trat sie zu dem Verletzten ans Bett.

Er war ein Mann mittleren Alters. Seine grobe Reitkleidung war von einem großen Blutfleck beschmutzt, der sich von seiner Schulter bis zum Ärmel hinabzog. Er lag ganz still und hatte die Augen geschlossen. Sein verzerrter Mund verriet jedoch, daß er bei Bewußtsein war und Schmerzen litt. Jemand hatte sein Wams am Kragen geöffnet und ein Stück Stoff in sein Hemd gestopft, um die Blutung zu verlangsamen. Seine Halsschlagader pochte unregelmäßig, so als ob sein Herz nicht mehr richtig arbeitete. Behutsam sagte Frevisse, die wußte, daß kein Weg daran vorbeiführte, ihm weitere Schmerzen zuzufügen: »Wir müssen Euch das Hemd ausziehen, um die Wunde zu behandeln.«

Der Mann öffnete die Augen. Es war schrecklich, ihn leiden zu sehen. Erstaunlicherweise sagte er einigermaßen zusammenhängend: »Jemand hat gesagt, sie sind sicher hier angekommen. Die Knaben, die Frauen.«

»Sie sind in Sicherheit«, bestätigte Frevisse. »Sie sind hier, gerettet.«

Er schloß erneut die Augen. »Dann tut mit mir, was Ihr tun müßt.«

Einige Zeit später stand Frevisse wieder neben seinem Bett und sah ihn an. Sein Gesicht war grau und eingefallen, schien älter geworden zu sein. Er war jetzt nicht mehr bei Bewußtsein, zum Glück, in Anbetracht dessen, was Schwester Claire seiner Schulter hatte antun müssen.

»Er wird wieder gesund werden«, hatte sie im Hinausgehen gesagt, »wenn sich die Wunde nicht infiziert. Und wenn er genügend Nahrung zu sich nimmt, sobald er wieder bei Bewußtsein ist.«

Sie hatte fast so erschöpft ausgesehen wie er. Auch Schwester Thomasine hatte seine Schmerzensqualen mitgelitten. Sie war ganz bleich geworden, hatte aber stets Blut weggewischt oder sein verwundetes Fleisch zusammengehalten, während Schwester Claire es nähte. Auch sonst hatte sie alles getan, was man von ihr verlangte, sogar am Ende die blutigen Lappen und Instrumente in einem Bekken gesammelt und gesagt, sie werde sich darum kümmern, daß sie gesäubert und weggeräumt würden, damit Schwester Claire noch ein verspätetes Mahl einnehmen konnte.

»Ihr solltet aber auch etwas essen, bevor ihr für ihn beten geht«, hatte Schwester Claire energisch geantwortet, worauf Schwester Thomasine mit einem raschen Kopfnicken zustimmte. Schwester Claire wußte, daß die Kirche in jeder Notlage ihre Zuflucht war, und jetzt, da das Leben eines Mannes auf dem Spiel stand, war es nur zu wahrscheinlich, daß sie über ihre leidenschaftlichen Gebete die Ordensregel vergaß, die neben Gebet und Arbeit auch ausreichend Entspannung vorschrieb.

Dann waren sie und Schwester Claire gegangen, und nur

Ela blieb zurück, die das Blut vom Boden schrubbte, sowie der Mann, der die ganze Zeit über am Fußende des Bettes gestanden hatte. Er hatte gemeinsam mit Ela Sir Gawyn festgehalten, als sich Schwester Claire an dessen Wunde zu schaffen machte, bis seine Bewußtlosigkeit dies erübrigte. Er war ein hagerer Mann, eher kräftig als schwer gebaut und fast so blaß vor Erschöpfung wie sein Herr. Er hatte den Ritter während der grauenvollen Operation immer wieder beim Namen gerufen. Seiner Sorge und seinem Kummer nach zu urteilen, war er vermutlich sein Knappe.

»Ich kenne Euren Namen noch gar nicht«, sagte Frevisse jetzt zu ihm.

Er blickte leicht überrascht auf, als halte er sich selbst für unbedeutend, besann sich dann aber, neigte den Kopf und sagte ziemlich respektvoll: »Will Tendril, Mylady.«

»Ihr seid unverletzt? Seid Ihr nicht im Kampf verwundet worden?«

»Nein, Mylady. Nur eine kleine Prellung und ein Kratzer.« Er wies auf einen langen Riß in seinem Ärmel und auf das trockene Blut auf seinem starken Arm darunter. Er grinste. »Sollte man wohl nähen lassen.« Er meinte wohl eher das Hemd als den Arm.

»Irgend jemand hier wird es gerne für Euch tun. Ihr hattet Glück.«

»Colwin auch. Aber Hery, der ist tot, und Hamon auch, das ist jammerschade. Euer Mann hat gesagt, er würde sich um die Leichen kümmern?«

Frevisse versicherte: »Wenn er das gesagt hat, wird er es auch tun. Wo ist Colwin?«

»Kümmert sich wohl um die Pferde. Er hat mir geholfen, Sir Gawyn hereinzutragen, aber er kann kein Blut sehen. Er wäre hier nutzlos gewesen.«

»Warum hat man Euch angegriffen? Wie viele waren es?«

»Fünf, glaube ich.« Will zögerte. »Da waren Bäume, und ich hatte keine Zeit, genau zu zählen. Sie haben sich getrennt und sind dann von vorne und von hinten auf uns zugekommen.«

»Waren es Geächtete? Räuber?«

Will zuckte mit den Schultern. »Was sonst wohl? Wir haben nichts Besonderes getan, sind nur so dahingeritten, als sie uns entdeckten. Und obwohl wir versucht haben, ihnen aus dem Weg zu reiten, sind sie auf uns zugekommen. Da haben wir dann gekämpft.« Er sah Sir Gawyn wieder an. »Seine Schulter wird nicht mehr so werden wie früher, oder?«

»Schwester Claire hat getan, was getan werden konnte.«

»Oh, ja doch, ohne Zweifel. Ich hab' viele Männer gesehen, die nach einer Schlacht Schrecklicheres über sich ergehen lassen mußten. Aber es ist schlimm, oder?«

»Ziemlich schlimm.«

»Wird er es überleben?«

»Er scheint stark zu sein, daher ist es gut möglich. Aber es ist wahrscheinlich, daß sein linker Arm nie mehr so kräftig sein wird wie vorher und daß er ihn vielleicht nicht mehr richtig bewegen können wird.«

Will senkte traurig und besorgt den Kopf, und seine hellen Locken fielen ihm in die Stirn. Er strich sie bedächtig zurück. »Das ist nicht gut für ihn.«

»Nein. Aber wir können für seine Genesung beten, vielleicht werden wir erhört«, sagte Frevisse. »Ihr seht übrigens aus, als könntet Ihr etwas zu essen und etwas Schlaf vertragen. Ela, bist du fertig? Sorge dafür, daß man ihm etwas zu essen und eine Matratze bringt. Bleibt Ihr hier?« fragte sie Will.

»Es ist das beste, wenn ich auf ihn aufpasse und nicht jemand anders«, antwortete er, wie sie bereits vermutet hatte.

Schwester Alys war anscheinend nicht zum Gästehaus gekommen, um sich zu vergewissern, daß alles in Ordnung war. Frevisse erteilte Ela und verschiedenen anderen Bediensteten die ihrer Meinung nach nötigen Anweisungen und machte sich dann auf die Suche nach Master Naylor, obwohl sie längst im Kloster hätte sein müssen.

Draußen vor der Tür erfüllten die langen milden Strahlen der Abendsonne den äußeren Hof. Der warme ruhige Tag ging einem warmen und ruhigen Ende entgegen, als hätte es keinen Aufruhr und keine Furcht an der Klosterpforte gegeben – oder einen schwerverletzten Mann im Gästehaus und Tote, die begraben werden mußten. Nichts von alldem schien St. Frideswide wirklich zu betreffen, es schien nur eine momentane Unregelmäßigkeit gewesen zu sein, die man schon beinahe wieder vergessen hatte.

Aber es war nicht vorbei. Es gab immer noch viel zu erledigen. Frevisse war froh, endlich Master Naylor zu entdecken, der aus einer Gruppe von Männern heraustrat und durch den äußeren Hof auf sie zukam. Frevisse bemerkte, daß das Tor geschlossen und verbarrikadiert war, was eigentlich erst, kurz bevor es völlig dunkel war, geschah. Und auf dem Dach des Torhauses, von dem aus man einen weiten Überblick auf die Landschaft hatte, war mindestens eine Wache postiert.

»Schwester Frevisse«, sagte der Verwalter mit einer leichten Verbeugung, als sie sich ungefähr in der Mitte des Hofes trafen. Sie hatten in der Vergangenheit gemeinsam Erfahrungen gemacht, auf die sie gerne verzichtet hätten. Dabei jedoch hatten sie Respekt füreinander entwickelt, und er fragte sie direkter, als er es vielleicht bei den anderen Nonnen getan hätte: »Wie geht es dem Ritter? Die Wunde sah schlimm aus.«

»Schwester Claire meint, er wird es überleben, wenn sich die Wunde nicht infiziert. Sein Knappe konnte mir fast nichts über das, was passiert ist, erzählen.« Oder wollte es nicht. »Was habt Ihr erfahren?«

»Nur, daß sie auf Reisen waren und von Geächteten angegriffen worden sind. Die Männer haben gekämpft, während sich die Frauen mit den Knaben in Sicherheit gebracht haben. Zwei der Männer und fünf von ihren Angreifern sind getötet worden.«

»Der Mann, mit dem ich gesprochen habe, Sir Gawyns Knappe, glaubte, sie seien nur von fünf Leuten angegriffen worden!«

»Das behauptete der andere Mann auch, als ich ihn fragte. In diesem Fall ist die Bande wenigstens ausgerottet.«

»Aber Ihr habt es trotzdem für richtig gehalten, das Tor zu schließen und eine Wache zu postieren.«

»Und ich habe eine Meldung ins Dorf geschickt, daß sie dort auf der Hut sein sollen. Und einen Mann zum Sheriff und zu Master Montfort.« Zum Sheriff, weil er sie schützen und diesen Gesetzesverstoß gegen den königlichen Frieden ahnden mußte, zu Master Montfort, weil er als Coroner verpflichtet war, jeglichen gewaltsamen oder ungewissen Todesfall zu untersuchen, die Schuldfrage zu klären und festzusetzen, was dem König an Gebühren zustand.

»Hat es den eigentlich irgendwelche Berichte von Geächteten hier in der Gegend gegeben?« fragte Frevisse.

»Seit Jahren nicht mehr.«

»Hatte Colwin eine Ahnung, warum sie angegriffen wurden?«

»Nein. Er sagt, sie seien ohne ersichtlichen Grund attackiert worden.«

»Und glaubt Ihr ihm?«

»Nein.«

Frevisse wartete, doch er sprach erst weiter, als sie nachhakte: »Warum nicht?«

Langsam, als wolle er seine Gedanken erst preisgeben, wenn er Zeit gehabt hatte, sie zu überdenken, sagte Master Naylor: »Jeder Geächtete, der hier in der Umgebung nach Beute Ausschau halten würde, wäre ein Narr, und diese Männer waren zu gut gekleidet und zu schwer bewaffnet, um Narren zu sein.«

Master Naylor hegte also offensichtlich ebenso starke Zweifel an der Geschichte mit den Geächteten wie sie an Maryons Behauptung, die Mutter der Knaben zu sein. Und da war noch etwas. »Sir Gawyn trug einen Brustharnisch unter seinem Wams. Und sein Knappe hat auch einen an, seinen Bewegungen nach zu urteilen.«

Master Naylor runzelte die Stirn und folgte ihren Gedanken. »Die Straßen hier sind nicht so unsicher, daß Männer normalerweise bewaffnet reisen müssen. Und wenn sie es tun, tragen sie ihre Waffen sichtbar, um Angreifer zu warnen, daß sie auf der Hut sind.«

»Das heißt, sie haben also mit einem Angriff gerechnet und wollten zur gleichen Zeit wie harmlose Reisende aussehen.«

»Und wir glauben beide nicht, daß sie das sind«, sagte Master Naylor.

»Nein«, stimmte Frevisse zu. »Das glauben wir beide nicht.«

Es war mittlerweile zu spät, um sich in der Küche nach etwas Eßbarem umzusehen, aber Frevisse war das Fasten gewohnt und tat es gern. Diese Disziplin befreite den Geist von den Forderungen des Körpers. Und gerade jetzt brauchte ihr Geist Freiheit, um das, was geschehen war – was gerade geschah –, zu überdenken. Natürlich auch im Hinblick darauf, wie sehr das Leben in St. Frideswide durcheinandergebracht werden konnte, sollte sich ihr Verdacht als begründet erweisen.

Die weichen Sohlen ihrer Schuhe verursachten fast kein Geräusch auf dem Steinpflaster, als sie den Kreuzgang entlang auf die Treppe zum Schlafsaal zuging. In der relativen Abgeschiedenheit ihrer Bettstatt würde sie Zeit zum Nachdenken haben.

Doch am anderen Ende des Kreuzgangs erhob sich jemand, der in der nach Blumen duftenden Abendluft auf der schattigen Innenmauer gesessen hatte, und stellte sich ihr in den Weg. Maryon.

Frevisse blieb stehen. Die Frauen sahen einander schweigend an. Das Licht der Sterne war hell genug, so daß sie sich erkennen konnten, es reichte aber nicht aus, daß Frevisse Maryons Gesichtsausdruck studieren konnte beziehungsweise das, was Haube und Schleier vom Gesicht freiließen.

Nicht, daß Maryons Gesichtsausdruck je einfach zu deuten gewesen wäre, kam es Frevisse in den Sinn. Wenn sie wollte, hatte sie die großäugige Unschuld einer berechnenden Katze. Dazu waren ihre Bewegungen geschmeidig und mild wie Honig, selbst wenn sie verdächtigt wurde, eine Mörderin zu sein – was bei ihrem letzten Aufenthalt in St. Frideswide der Fall gewesen war. Sie hatte sich als Dienerin der furchterregenden und ziemlich widerwärtigen Lady Ermentrude eingeschlichen, sollte aber in Wirklichkeit die Intrigen dieser Dame ausspionieren – eine ungewöhnliche Situation, die bekannt wurde, als man Lady Ermentrude plötzlich vergiftet hatte. Nur Frevisses Weigerung, sich mit dem allzu Offensichtlichen zufriedenzugeben, hatte Maryon damals gerettet.

In ihrer Notlage heute nachmittag war Maryon unbeherrscht gewesen, hatte Frevisse gegenüber angedeutet, wie groß die Gefahr wäre – und hatte etwas über sich selbst erzählt. Doch trotz ihrer großen Angst hatte sie nicht den Kopf verloren, sondern ihre Tränen und Gefühle im Zaum gehalten.

In den Stunden, die seither vergangen waren, hatte sie Zeit gehabt, ihre Ruhe wiederzufinden. In ihrem sanften, singenden Waliser Tonfall sagte sie jetzt zu Frevisse: »Ich muß Euch sprechen.«

Das traf sich mit Frevisses Wunsch. Wortlos gab sie Maryon ein Zeichen, ihr in den Durchgang zu folgen, den Ort des Klosters, an dem dringliche Gespräche gestattet waren. Der enge Gang führte vom Kloster in den Garten und lag in tiefem Schatten. Maryon zögerte, bevor sie eintrat, horchte auf verräterische Geräusche und blickte sich um, um sicherzugehen, daß niemand sonst in der Nähe war, bevor sie Frevisse folgte. Von Maryons Mißtrauen angesteckt, flüsterte Frevisse vorsichtig: »Was gibt es?«

»Zuerst möchte ich Euch danken, daß Ihr mich nicht verraten habt.«

Frevisse nickte zum Zeichen der Erwiderung und wartete. Maryon sah wieder über ihre Schulter und sagte: »Glaubt Ihr, es erinnert sich noch jemand anderes an mich?«

»Von den Nonnen höchstens Schwester Claire und Schwester Thomasine.«

»Schwester Claire kam, um mir mitzuteilen, daß Sir Gawyn Gott sei Dank vermutlich überleben wird, und sie hat mich nicht erkannt, das ist also in Ordnung. Könntet Ihr vielleicht Schwester Thomasine bitten, nichts zu sagen?«

»Schwester Thomasine ist so sehr mit unirdischen Dingen beschäftigt, daß sie Euch wahrscheinlich erst dann bemerken wird, wenn Ihr von Angesicht zu Angesicht mit ihr sprecht. Und sollte es dazu kommen, könnt Ihr ihr das auch selbst sagen. Einige Bedienstete des Gästehauses erinnern sich möglicherweise noch an Euch. Aber es sind immerhin fünf Jahre vergangen, seit Ihr hier wart, und wir hatten in dieser Zeit viele Besucher.«

»Aber wir dürfen doch hierbleiben, oder?« wollte Maryon hastig wissen.

»Bleibt Ihr dabei, um Asyl zu bitten? Das bedeutet nämlich, daß der Sheriff davon unterrichtet werden muß, wenn er kommt. Er wird nach Euren Gründen fragen, danach, welches Gesetz Ihr übertreten habt und vor welchem Beamten des Königs Ihr auf der Flucht seid.«

»Wir sind ohne Schuld«, sagte sie mit ausdrucksloser Stimme.

»Aber man wirft Euch etwas vor, und Ihr braucht Schutz, bis Ihr Eure Unschuld beweisen könnt?«

Maryon zögerte, bevor sie vorsichtig antwortete. »Man wirft uns nichts vor, doch wir brauchen Sicherheit, bis wir von hier wegkönnen.«

»Alle Angreifer von heute nachmittag wurden getötet. Von ihnen habt Ihr nichts mehr zu befürchten.«

»Nein, von ihnen nicht«, stimmte Maryon zu.

»Von wem dann?«

Maryon gab keine Antwort.

Frevisse wählte ihre Worte mit Bedacht: »Seid Ihr noch im Dienst von ... der Dame von damals?«

Irgendwo zwischen den Steinen zirpte eine Grille. In der Stille der Dunkelheit um sie herum war kein weiterer Laut zu hören, außer ihren Atemzügen. Schließlich sagte Maryon: »Ja.«

»Und die Knaben sind ihre Kinder, nicht Eure.«

Als würde sie das Wort zwischen den Zähnen hervorpressen, antwortete Maryon: »Ja.«

»Gott steh' uns bei.« Frevisse atmete heftig.

Maryon griff in der Dunkelheit mit ihrer Hand, die weit kräftiger war, als ihre weiße Schlankheit vermuten ließ, nach Frevisses Arm. Sie war so nahe am Rand der Verzweiflung, wie Frevisse es noch nie erlebt hatte, und sie sagte: »Wir brauchen dringend Eure Hilfe. Bei der Mutter Gottes, die für ihr Kind gelitten hat – versteckt diese Kinder hier, nur eine kleine Weile, bis wir unsere Reise fortsetzen können. Helft mir, sie zu verstecken!«

»Vor wem? Wovor? Ihre Mutter ist Königinwitwe. Und ihr Halbbruder ist der König von England.« Die Worte klangen beinahe unwirklich, als sie sie aussprach. »Wer bedroht sie?«

Maryon blieb stumm.

Von ihrer eigenen Furcht getrieben, sagte Frevisse in schroffem Ton: »Ich muß mehr wissen, bevor ich mich auf irgend etwas einlassen kann.«

»Was wollt Ihr wissen? Alles?«

»Nein!« rief Frevisse, der erst jetzt bewußt wurde, daß sie nur soviel wissen wollte, wie zum Verständnis der Sache nötig war. Für etwas, das sie nicht wußte, konnte man sie immerhin nicht verantwortlich machen. Aber hinter dem, was heute geschehen war, drohte eine Gefahr. Eine Gefahr, die mit ihrer Hilfe nach St. Frideswide gebracht worden war, und deshalb mußte sie wenigstens einen kleinen Teil davon verstehen. »Seid Ihr auf der Flucht vor … ihrer Mutter? Ist es das? Wenn das …«

»Sie hat sie fortgesandt. Wir gehören alle zu ihrem Hofstaat. Sie hat sie uns anvertraut, damit wir sie in Sicherheit bringen, zur Familie ihres Vaters nach Wales.«

»Warum?«

Ein Nachtvogel und die noch immer zirpende Grille erfüllten die Stille.

Frevisse ergriff Maryons Hand, die noch immer auf ihrem Arm lag, und drückte sie ebenfalls fest, um ihren Worten Nachdruck zu verleihen. »Wer will diese Knaben unbedingt haben und schüchtert ihre Mutter so sehr ein, daß sie sie heimlich quer durchs Land fliehen läßt? Sicherlich nicht der König.«

König Henry war vierzehn Jahre alt und wurde noch vom königlichen Rat regiert, doch den Berichten zufolge war er ein kompetenter, kluger junger Mann – den die eigene Mutter beileibe nicht fürchten mußte.

»Natürlich nicht! Aber er regiert nicht, oder? Die Lords in seiner Umgebung sind es, die die Macht innehaben.«

»Und sie haben von der Existenz dieser Knaben erfahren und wollen die Kontrolle über sie?«

»Ja«, erwiderte Maryon, nun wieder selbstsicher. Sie fühlte sich befreit. Der Anfang war gemacht worden, nun konnte auch noch mehr gesagt werden. So fügte sie hinzu: »Meine Herrin hat die Existenz der Knaben all die Jahre verheimlicht, weil sie genau dies befürchtet hat. Sie wollte, daß ihre Ehe nur ihre eigene Angelegenheit war, die nicht von Lords beredet, in Erwägung gezogen und arrangiert worden war, von Lords, die kein Verständnis zeigen würden und die nichts über sie oder den Mann, dem sie zur Frau gegeben wurde, wußten.«

Was bei ihrer ersten Ehe mit König Henry V., die den Frieden mit Frankreich durch einen Vertrag besiegeln sollte, der Fall gewesen war.

»Als sie und Lord Owen sich ineinander verliebten, waren sie sicher, daß sie dazu kein Recht hatten, konnten aber nichts dagegen tun. Übrigens, sie sind wirklich reizend zueinander, wie ein Prinz und seine Prinzessin in einer Romanze! Meine Herrin wußte, daß sie Lord Owen nur heimlich heiraten konnte. Die Ratsherren hatten ihr bereits den Umgang mit ihrem eigenen Sohn untersagt. Sie darf weder bei ihm wohnen, noch hat sie Einfluß auf seine Erziehung.

Hin und wieder Besuche, hübsche Geschenke, aber das ist auch schon alles, denn sie ist eine Frau und könnte den König verzärteln.« Maryons Verachtung für die Ratsherren war ihrer Stimme deutlich anzuhören. »Sie verweigern ihr einfach ihr Kind. Und sie würden ihr auch eine Wiederheirat oder weitere Kinder verbieten, da dies die Existenz des Rats erschweren würde. Einen Stiefvater und Halbbrüder des Königs, nein, das könnten sie nicht gestatten.«

»Deshalb hat sie heimlich geheiratet und die Knaben in die Welt gesetzt«, sagte Frevisse. Und hatte ihr Geheimnis lange bewahrt, was eine Menge über ihre Willenskraft und ihren Mut aussagte. Wie sehr ihre Bediensteten sie lieben mußten, da sie ja riskierten, den Zorn des Rats auf sich zu ziehen, indem sie das Geheimnis wahrten!

»Und so hat sie das Beste aus ihrem einsamen Landleben gemacht und ihr Glück bei den Knaben und Lord Owen gefunden«, sagte Maryon. »Doch jetzt wissen die Ratsherren davon, und sie wird keinen Frieden mehr finden, meine arme Herrin, und Lord Owen auch nicht. Oder die Kinder.«

Das Mitleid klang echt und die Zuneigung auch – Gefühle, die Frevisse nie zuvor bei Maryon bemerkt hatte. Vielleicht waren sie nur gespielt. Sie zweifelte nicht daran, daß Maryon zu allerlei Täuschung fähig war, wenn es ihren Zwecken oder denen ihrer Herrschaft diente. Doch die Gefahr für die Jungen heute nachmittag war echt gewesen, ebenso wie Maryons und Jenets Furcht. Ohne es zu wollen, hörte sich Frevisse fragen: »Welche Lords kennen das Geheimnis?«

»Meine Herrin fürchtet Gloucester am meisten.« Er war Onkel des Königs und, solange König Henry keinen Sohn hatte, sein Erbe, seit dem Tod des Herzogs von Bedford im letzten Jahr. »Aber da ist auch noch der Bischof von Winchester. Und die Lords, die sich mit ihm gegen Gloucester verbündet haben. Er wird in einer Sache wie dieser nicht hintanstehen wollen.«

Frevisse hatte Gelegenheit gehabt, sich ein Bild von dem Bischof von Winchester zu machen, da sie im letzten Winter mit ihm zusammengetroffen war. Daher widersprach sie nicht, sondern sagte: »Eure Herrin hat also meinen Onkel vor fünf Jahren angelogen, als er ihr gegenüber andeutete, daß er von dieser Veränderung in ihrem Privatleben erfahren hatte. «

Maryons Tonfall wurde wieder honigsüß. »Sie erzählte ihm wahrheitsgemäß, daß sie heimlich wieder geheiratet hatte und im Frühjahr ein Kind erwartete.«

»Wobei sie verschwieg, daß sie schon zwei Söhne hatte«, sagte Frevisse schneidend. »Hätte sie ihm das nicht auch anvertrauen können?«

»Er hat Euch dieses Wissen anvertraut«, sagte Maryon mit einer Spur von Schärfe. »An wen habt Ihr es weitergegeben?«

»An niemand.«

Maryon blieb still, während sie diese Antwort abwog. Dann sagte sie mit einem kurzen Nicken: »Das war gut so. Und was das Übrige betrifft: Was man nicht weiß, kann man nicht weitererzählen. Selbst jetzt können wir nicht sicher sein, wem wieviel bekannt ist. Wir hatten lediglich Kunde, daß man von den Knaben erfahren hatte und Männer sie entführen wollten. Wir sind noch in derselben Stunde geflohen.«

»In der Hoffnung, nach Wales zu gelangen.«

»Bei den Verwandten ihres Vaters werden sie in Sicherheit sein.«

»Bis –« Frevisse hielt abrupt inne. Die Neugier führte sie

zu weit, es gab Dinge, die sie nicht zu wissen brauchte. Statt dessen sagte sie: »Wir werden Euch so gut wie möglich schützen.« Sie hörte, wie Maryons hastige Atmung in einen Seufzer der Erleichterung mündete. »Doch der Sheriff und der Coroner werden wegen der Todesfälle hierherkommen. Sie werden Fragen stellen, die Ihr beantworten müßt. Man wird mißtrauisch werden, wenn Ihr im Kloster seid.«

»Dann werde ich im Gästehaus wohnen. Das wird die Dinge vereinfachen.« Und sie in noch größere Gefahr bringen, wenn ihr Verdacht echt war – was die toten Männer allerdings ausreichend bewiesen. »Aber laßt die Knaben mit Jenet im Kloster bleiben.«

»Wir haben noch ein Kind hier. Lord Warennes Tochter. Die Jungen könnten sich ihrem Unterricht anschließen, als wären sie rechtmäßig hier. Wenn niemand erwähnt, daß sie zu Euch gehören, kann es klappen. Und sie sind im Kloster und in Sicherheit.«

Sie konnte spüren, daß Maryon heftig nickte.

»Das könnte gutgehen. Vielleicht. Habt Ihr noch jemand anderem gegenüber behauptet, die Mutter der Knaben zu sein?«

»Nein.«

»Ich werde Priorin Edith darüber berichten und um ihre Einwilligung bitten müssen.«

»Warum?«

»Weil sie meine Herrin ist«, sagte Frevisse, »und noch immer Vorsteherin von St. Frideswide.«

»Man sagt, sie liege im Sterben.«

»Aber sie ist weder tot noch unzurechnungsfähig«, sagte Frevisse.

»Und Ihr vertraut Ihr.«

»Mehr als mir selbst.«

Maryon bewegte ihre Finger auf Frevisses Arm, als wolle sie alle Möglichkeiten abzählen. Dann ließ sie sie schließlich los. »In Ordnung«, sagte sie. »Aber niemandem sonst.«

»Niemandem sonst«, stimmte Frevisse bereitwillig zu. Sie stellte erstaunt fest, daß sie sich ganz gegen ihre Absicht mit Maryon verschworen hatte. Mit der Frau, die von allen Menschen, die ihr je begegnet waren, zu den am wenigsten durchschaubaren gehörte.

Der Friede des Priorats wurde in dieser Nacht nicht mehr gestört, und während der Mette, der Morgengebete und des Frühstücks ergab sich unter den Nonnen keine Gelegenheit zum Gespräch. Um des Schlafes willen und um sich zur jeweiligen Zeit auf das Gebet konzentrieren zu können, hatte Frevisse jeden Gedanken an die gestrige Aufregung verdrängt, bis das Problem mit ihren Gästen wieder anstand. Doch während des Frühstücks im Refektorium, das aus Brot vom Vortag und einem Becher schalem Bier bestand, wurde ihr immer klarer, daß Dame Alys die gestrige Erbauungsstunde damit zugebracht zu haben schien, sich über das, was passiert war, auszulassen. Obwohl das Schweigegebot beachtet wurde, waren die Nonnen nervös vor Aufregung. Sie sahen einander häufig an, mit hochgezogenen Augenbrauen und fragenden Blikken. In St. Frideswide gab es normalerweise nicht viel Abwechslung und noch weniger Aufregung. Frevisse wußte, daß man diese hier weidlich auskosten würde – wobei die anderen noch nicht einmal von dem Verwundeten im Gästehaus und von all den toten Männern wußten! Sie freute sich nicht besonders auf die Versammlung im Kapitelsaal heute morgen. Das war ihre tägliche Besprechung der klösterlichen Angelegenheiten, bei der Fragen gestellt werden durften. Doch wenigstens war Schwester Claire, die Priorin Edith aus bekannten Gründen ersetzen mußte, während des Frühstücks mit ihrer Autorität darauf bedacht, daß die Ordensregel eingehalten wurde. Ihre wachsamen Augen wanderten von Nonne zu Nonne und erinnerten sie an ihre Pflicht, zu essen und zu schweigen.

Nach dem Frühstück folgte die Messe. Danach gingen sie von der Kirche in den Kapitelsaal hinüber, wonach sie dann üblicherweise ihre verschiedenen morgendlichen Aufgaben erledigten. An solch einem warmen Sommermorgen war es für gewöhnlich eine Plage, sich in dem Raum, der dem Kapitel diente, zu versammeln, auf den Stühlen zu sitzen, während eine Angelegenheit nach der anderen hervorgebracht wurde, Anschuldigungen und Schuldeingeständnisse gemacht und Strafen erteilt wurden. Doch heute eilten die meisten Schwestern hastig den Kreuzgang entlang, wobei Schwester Alys Schwester Claire sogar beinahe auf die Fersen trat.

Frevisse, weniger eifrig, ging als letzte. Sie hatte es nicht eilig mit dem, was da kommen mußte. Schwester Thomasine vor ihr ging ebenfalls gemessenen Schrittes, wie immer mit gesenktem Kopf, die Hände unter den Ärmeln gefaltet. Frevisse hielt es für möglich, daß sie gar nicht gemerkt hatte, daß heute eine besondere Aufregung herrschte. Wann immer sich ihr die Gelegenheit bot, konnte sich Schwester Thomasine bewundernswerterweise so sehr in Kontemplation und Gebet verlieren, daß sie vergaß, wer sie war oder was für eine Arbeit sie gerade verrichtete, selbst wenn sie sie weiterhin tat. Im Priorat waren fast alle der Ansicht, daß sie auf dem besten Weg war, eine Heilige zu werden. Sie war mit Sicherheit die frömmste Person, die Frevisse je getroffen hatte, und auch – inständig kämpfte sie mit Gebeten gegen diesen Gedanken an – eine der lästigsten.

Schwester Claire wartete vor der Tür, während die Nonnen an ihr vorbei in den Kapitelsaal zogen und sich vor ihre Stühle stellten. Sie wartete auf Pater Henry, den Klosterpriester, der von der Sakristei herüberhastete. Mit hochrotem Kopf, der wegen der Eile noch röter war als sonst, steuerte er auf seinen Platz neben dem Lehnstuhl der Priorin zu. Nachdem endlich alle an ihrem Platz waren, schritt Schwester Claire gemessen und ruhig quer durch den Raum auf Priorin Ediths Stuhl zu, sah alle an und sagte mit ihrer tiefen, klaren Stimme: »*Dominus vobiscum.*«

»*Et cum spirito tuo*«, antworteten sie.

Auf Schwester Claires Zeichen setzten sie sich. Gewänder raschelten, und Stuhlbeine schabten leicht am Holzboden entlang, doch alle verhielten sich ganz still. Schwester Claire hatte ihr gegenwärtiges Amt zwar nicht unbedingt gewollt, doch dies entband sie nicht von ihrer Verantwortung und die anderen nicht von der Verpflichtung, ihr zu gehorchen. Sie sah die Schwestern wortlos an. Ungeduldig blickten sie zurück. Es amüsierte Frevisse, wieviel ihre Gesichter darüber preisgaben, wie sie waren oder was sie dachten. Oder was sie nicht dachten, je nachdem. Schwester Alys dachte mit Sicherheit an etwas. Mißgelaunt gegen die Welt war sie ja immer, heute jedoch ganz besonders wegen der derzeitigen Störung im Kloster. Schwester Emma und Schwester Amicia neigten sich einander zu und unterdrückten ein nervöses Gekicher der Vorfreude. Schwester Lucy, Schwester Juliana und Schwester Perpetua verhielten sich würdevoll und gaben vor, weder das heimliche Gekicher noch Schwester Alys' Zorn zu bemerken. Nur Schwester Thomasine war wie gewöhnlich ganz in Gedanken. Sie saß auf ihrem Lieblingsstuhl, der hinten an der Seite stand, hatte die Hände in den Schoß gelegt, die Augen zu Boden gesenkt und war bereit für alles, was da kommen mochte.

»In nomine Patris, et Filii, et Spiritus Sancti. Amen.«

Sie bekreuzigten sich und senkten die Köpfe zum Gebet an den Heiligen Geist um Führung und Segen für die Zusammenkunft. Danach las Pater Henry die Losung für den Tag aus der Regel des heiligen Benedikt, zuerst in seinem stockenden Latein, dann auf englisch. Er schloß ein paar Phrasen an, die als Auslegung dienen sollten, und segnete sie, um dann eher eilig als würdevoll den Raum zu verlassen, da er vermutlich spürte, was bevorstand.

Doch Schwester Claire kam ihnen nochmals zuvor, indem sie sagte: »Wir werden nun ein stilles Vaterunser beten, um uns zu beruhigen und einzustimmen, unruhig, wie wir sind, in Anbetracht der zu regelnden Angelegenheiten.«

Dame Alys plusterte sich förmlich auf vor Entrüstung. Schwester Amicia entschlüpfte unwillentlich der Ansatz eines Kicherns. Ohne sie auch nur anzusehen, sagte Schwester Claire: »Zwanzig Ave Maria auf den Knien vorm Altar vor der Komplet.« Alle Köpfe senkten sich rasch, und der Raum blieb für die Dauer eines Vaterunsers still, bis ein kaum hörbares Knistern von Stoff verriet, daß sie sich bekreuzigten.

Noch immer zeigte sich, wenn auch unterdrückt, auf den meisten Gesichtern die Neugier.

»Ich nehme an«, sagte Schwester Claire, »unser erstes Thema sollte die plötzliche Ankunft unserer Gäste sein sowie die Befriedigung Eurer Neugier in bezug auf das, was sich gestern ereignet hat.«

Alle nickten, eher eifrig als besonnen.

Sie wandte sich an Frevisse. »Ihr wißt am besten darüber Bescheid, und soweit ich weiß, habt Ihr gestern abend mit Master Naylor gesprochen. Seither gibt es in dieser Sache nichts Neues. Würdet Ihr uns also erzählen, was Eurer Meinung nach geschehen ist und was Master Naylor zu sagen hatte, Schwester Frevisse?«

Erwartungsvoll blickten alle Frevisse an. »Eine Reisegesellschaft wurde hier in der Nähe angegriffen«, sagte sie mit unbewegtem Gesichtsausdruck und neutraler Stimme, »wie es scheint, von Geächteten. Zwei Frauen und zwei Kinder flohen hierher und wurden, da sie eine Verfolgung befürchten, im Kloster statt im Gästehaus untergebracht. Von den Männern, die mit ihnen unterwegs waren, sind zwei unversehrt und einer verwundet. Sie sind derzeit im Gästehaus. Zwei weitere von ihnen sowie ihre fünf Angreifer wurden getötet.« Köpfe senkten sich, man bekreuzigte sich unter murmelnden Gebeten für ihr Seelenheil. Frevisse machte eine Pause, bis alle – mit Ausnahme Schwester Thomasines, die stets längere Gebete sprach als alle anderen – sie ansahen, und sagte dann: »Da alle Angreifer tot sind, besteht scheinbar kein Grund mehr zur Beunruhigung.«

»Scheinbar?« quietschte Schwester Amicia, die sich die aufregende Gelegenheit, sich fürchten zu können, nur ungern entgehen lassen wollte.

»Da alle Geächteten tot sind«, sagte Schwester Claire mit

Nachdruck, »dürfen wir uns in Sicherheit wiegen, glaube ich.«

»Für alle Fälle hat Master Naylor die Tore schließen lassen, eine Wache postiert sowie nach dem Sheriff und dem Coroner schicken lassen«, sagte Frevisse. »Und das Dorf ist ebenfalls gewarnt worden. Sollte noch irgendeine Gefahr bestehen, so werden wir nicht davon betroffen sein. Master Naylor sagt, wir seien in Sicherheit.« In der Hoffnung, sich so deutlich wie möglich ausgedrückt zu haben, setzte sich Frevisse zum Zeichen, daß sie geendet hatte.

Schwester Claire wollte gerade etwas sagen, doch Schwester Alys kam ihr zuvor: »Das ist also geregelt. Doch wie lange wollen diese Leute im Kloster bleiben? Wenn sie doch nicht mehr in Gefahr sind – sofern das jemals der Fall war?« Schwester Alys hielt nicht viel von Leuten, die sich bedroht fühlten. Mit ihren kräftigen Armen und der Bereitschaft, alles, was sich ihr darbot, als Waffe zu benutzen, hatte sie sich noch nie von etwas bedroht gefühlt und dachte auch gar nicht an diese Möglichkeit. »Sie können ins Gästehaus ziehen, wo sie hingehören, und uns hier die Mühe ersparen, diesen Mann mit der verwundeten Schulter zu pflegen.« Schwester Alys hatte auch eine niedrige Meinung von Menschen, die sich von einer Verletzung behindern ließen.

Doch grundsätzlich war ihre Schlußfolgerung vernünftig. Frevisse hatte gefürchtet, jemand würde darauf zu sprechen kommen, und jetzt hatte Schwester Alys es getan, bevor Frevisse Gelegenheit gehabt hatte, Schwester Claire unter vier Augen darzulegen, daß es gute Gründe gab, Maryon und die Knaben weiterhin in der relativen Sicherheit des Klosters unterzubringen. Um zu verhindern, daß die Angelegenheit in eine allgemeine Diskussion mündete oder

Schwester Claire Schwester Alys zustimmen könnte, hob Frevisse die Hand, um die Aufmerksamkeit auf sich zu ziehen. Auf Schwester Claires Nicken hin sagte sie, ohne sich ihre Worte vorher überlegt zu haben: »Sie hatten große Angst. Die Frauen und die kleinen Jungen.«

»Kleine Jungen!« sagte Schwester Alys verächtlich.

»Sehr kleine Jungen«, sagte Frevisse. »Die gestern vermutlich zugesehen haben, wie Männer umgebracht wurden. Männer, die sie kannten, und Männer, die versuchten, sie umzubringen. Es ist daher nicht überraschend, daß die Frauen den besonderen Schutz des Klosters suchten, und sollten sie ihn auch heute noch begehren, müssen wir ihn natürlich gewähren. Damit sie Frieden finden und die Kinder sich beruhigen, bis sie sich wieder sicher fühlen.«

»Knaben gehören nicht ins Kloster!« beharrte Schwester Alys.

»Schon seit langem erlaubt jeder Bischof, daß sich Knaben unter acht Jahren in einem Nonnenkloster aufhalten dürfen, wenn die Notwendigkeit besteht«, gab Frevisse zurück.

»Wenn sie unterrichtet werden. Um sie aufzuziehen, bis sie in jemandes Haushalt oder ein Mönchskloster gehen können. Das ist hier nicht der Fall!«

»Sie dürfen es, wenn sie in Not sind – und in diesem Fall sind sie es!«

»Mir scheint«, warf Schwester Claire bedächtig ein, »dies ist ein Notfall in Anbetracht dessen, was ihnen gestern zugestoßen ist.« Schwester Alys schnaubte. Schwester Claire sah sie scharf an und fuhr dann, an alle gewandt, fort: »Könnten wir uns darauf einigen, daß wir lieber entgegenkommend als vorsichtig sein sollten und daß sie wenigstens heute noch bleiben können?«

Schwester Alys' Gesichtsausdruck zeigte deutlich, was sie von Entgegenkommen als Grund für jedwede Handlung hielt, doch die anderen nickten einmütig.

»Ich glaube, es wäre schön, sie hier im Kloster zu haben, selbst wenn es nur für kurze Zeit ist«, sagte Schwester Emma glücklich. »›Lasset die Kindlein zu mir kommen, denn ihrer ist das Himmelreich.‹«

»Es ist auch nett für die kleine Adela, Gesellschaft zu haben, und sei es nur für einen Tag«, fügte Schwester Perpetua hinzu. »Seit ihrer Ankunft im Kloster war sie so einsam.«

Nach einigem weiteren Hin und Her entschieden sich die Schwestern dafür, obwohl Schwester Alys das letzte Wort behielt: »Ihr könnt sagen, was Ihr wollt, aber man sollte Priorin Edith Bescheid sagen.«

Schwester Claire war einverstanden und sagte: »Schwester Frevisse, würdet Ihr Euch nach der Versammlung darum kümmern?«

Schwester Alys war indigniert. Als Hospitalaria hatte sie sich um die Gäste zu kümmern, und sie hätte diejenige sein sollen, die Priorin Edith informierte. Mit dem unchristlichen Gedanken, daß es Schwester Alys Freude bereitete, andere Menschen nicht zu mögen, und sie jetzt einen Grund hatte, sowohl sie als auch Schwester Claire nicht mehr zu mögen, neigte Frevisse zum Zeichen der Zustimmung ihren Kopf.

Schwester Claire ging zu alltäglichen Geschäften über und ließ sich nicht mehr davon abbringen. Sie erteilte am Ende den Segen und entließ sie alle zu ihren täglichen Verrichtungen, ohne ihnen Gelegenheit zu geben, nochmals auf die Sache mit den Gästen zu sprechen zu kommen. Sie bat lediglich Schwester Perpetua, diesen mitzuteilen, daß sie zumindest heute im Kloster bleiben durften, und sie darum zu bitten, die Knaben zu Lady Adela zu schicken. Frevisse bemerkte, daß Schwester Perpetua glücklich lächelte, als sie alle den Saal verließen.

Es war noch früh am Morgen. Das Kloster lag im Schatten, obwohl die Dachfirste schon im Sonnenlicht glänzten. Da es der kürzeste Weg zu Priorin Ediths Zimmer war, ging Frevisse durch den Klostergarten, anstatt ihn zu umrunden. Der Pfad war schmal. Ihre Röcke streiften zu beiden Seiten den Tau vom Gras. Der Geruch nach Erde und Pflanzen war angenehm in der zunehmenden Wärme des Morgens. Auf der anderen Seite des kleinen Schutzdaches in der Mitte des Gartens, unter dem die Glocke hing, stand ein kleines Mädchen hastig auf, kam auf sie zu und knickste vor ihr.

»Lady Adela«, sagte Frevisse erstaunt. Aber da sie momentan ständig Kinder im Sinn hatte, blieb sie stehen – was sie sonst nicht getan hätte – und fragte sanft: »Was machst du denn hier?«

»Den Wiesenfrauenmantel ansehen, wenn Ihr gestattet«, sagte das Kind leise, die Augen zu Boden gesenkt.

Frevisse blickte auf die breitblättrige Pflanze in dem säuberlich umgegrabenen Beet. Jedes Blatt war mit feinen silbernen Härchen bedeckt, die den Tau in einzelnen Tröpfchen hielten, als sei er so kostbar wie Perlen. »Man sagt, wenn man in einen Tautropfen auf einem Wiesenfrauenmantel blickt, auf den gerade die Sonne fällt, dann kann man seine Zukunft darin sehen«, sagte Frevisse.

Lady Adela nickte. »Ich weiß. Deshalb bin ich ja hier.«

»Und hast du in die Zukunft geblickt?«

Lady Adela schüttelte den Kopf. »Noch nicht. Schwester

Perpetua ruft mich immer, bevor die Sonne hoch genug steht.«

»Aber heute hat Schwester Perpetua etwas zu erledigen, bevor sie dich abholen kommt, also wirst du vielleicht genug Zeit haben.«

Lady Adela war ein stilles, nachdenkliches Kind. Sie überdachte diese Möglichkeit, bevor sie antwortete: »Danke, Schwester Frevisse«, als hätte diese ihr einen Gefallen getan.

»Gern geschehen«, gab Frevisse ebenso feierlich zurück, neigte leicht den Kopf, als das Kind vor ihr knickste, und ging ihrer Wege.

Weil Priorin Edith gelegentlich die wichtigeren Gäste des Priorats empfangen mußte oder Angelegenheiten zu regeln hatte, die nicht in der Öffentlichkeit des Kapitelsaals besprochen werden konnten, war ihr Empfangszimmer eine Spur wohnlicher eingerichtet als das übrige Kloster. Die Fenster, die auf den Hof hinausgingen, waren verglast. Ein gewirkter spanischer Teppich lag auf dem Tisch, es gab zwei Stühle und einen Kamin und sogar kleine persönliche Dinge zum Zeitvertreib wie zum Beispiel einen Stickrahmen. Priorin Edith hatte Anspruch auf eine eigene Schlafkammer, die allerdings karg eingerichtet war. An der einen Wand stand nur ein Bett, an der anderen der Betstuhl mit einem Kruzifix darüber, und auf dem Boden lag eine einfache Binsenmatte. Seit sie krank war, hatte man einen Tisch ins Zimmer gestellt, auf dem nachts eine Kerze oder eine Lampe angezündet werden konnten und wo ihre Medizin aufbewahrt wurde. Tagsüber fiel Licht durch ein kleines, unverglastes Fenster herein.

Auf Frevisses Klopfen hin öffnete Tibby die Tür des Empfangszimmers. Tibby war ein Mädchen aus dem Dorf, das sich im Frühjahr auf der Suche nach bezahlter Arbeit an das Priorat gewandt hatte. Da man damals gerade jemanden brauchte, der sich sowohl nachts als auch tagsüber, wenn alle anderen beschäftigt waren, um Priorin Edith kümmern konnte, war sie aufgenommen worden und hatte sich als großzügige, freundliche Pflegerin erwiesen. Man vermutete, daß sie Geld verdienen wollte, um sich freizukaufen, denn es war wohl ein junger Mann im Spiel – kein Wunder, da sie ein gutmütiges hübsches Ding war. Doch mittlerweile stellte ihre Anwesenheit schon fast eine Fügung dar, denn sie wurde gebraucht und war Teil von St. Frideswide geworden.

Jetzt lächelte sie Frevisse freundlich zu und knickste tief. Sie hatte während der Monate im Priorat Übung im Knicksen bekommen. Ebenso hatte sie an Sicherheit dazugewonnen, was ihre Kleidung und ihre Manieren betraf. Frevisse lächelte zurück und fragte: »Wie geht es ihr heute morgen? Glaubst du, ich kann sie sprechen?«

Es hatte sich eingebürgert, daß die Nonnen auf Tibbys Einschätzung von Priorin Ediths Gesundheitszustand vertrauten, und Tibby antwortete, ohne zu zögern: »Sie hat sicher nichts dagegen. Sie hat letzte Nacht gut geschlafen und fühlt sich daher besser als an anderen Tagen. Achtet jedoch bitte darauf, das Gespräch abzubrechen, wenn sie müde wird.«

»Keine Sorge«, sagte Frevisse und verbarg ihre Belustigung über Tibbys jugendliche Ernsthaftigkeit.

Priorin Ediths Schlafkammer war in mildes Licht getaucht. Die Priorin lag in dem schmalen Bett, das ebenso einfach war wie die Betten ihrer Nonnen und sogar die gleiche Strohmatratze hatte. Sie hätte es unter Berufung auf ihr Amt bequemer haben können, doch das wollte sie nicht. Jetzt lag sie mit der gleichen stillen Würde darin, mit der sie über so viele Jahre hinweg während so vieler Gebete im Chorgestühl gesessen hatte, zu ihren Nonnen nur in dem Abstand, den ihr Amt erforderte.

Sie trug, da die Ordensregel es so vorschrieb, ihr Untergewand auch im Bett. Eine weiße Leinenhaube, die unter dem Kinn zusammengebunden war, bedeckte ihr Haar vollständig. Ihre Hände, die aus den Ärmeln hervorsahen und die sie auf die Bettdecke gelegt hatte, waren bis auf die Knochen abgemagert. Ihr Gesicht, fast so weiß wie ihre Haube und das Kissen hinter ihr, schien in dem fahlen Licht ausdruckslos, bis sie schließlich, als sie Frevisses Kommen bemerkt hatte, die Augen öffnete.

Deren Farbe hatte schon lange zu einem altersbedingten trüben Blau gewechselt, doch ihre Klugheit war unvermindert. »Schwester Frevisse«, sagte sie matt und lächelte.

Frevisse knickste vor ihr. »Tibby meint, es gehe Euch heute besser.«

»Tibby hat gesagt, es gehe mir besser als an anderen Tagen, und das stimmt auch.« Priorin Edith ließ die Lider sinken. Kurze Zeit atmete sie so tief, als schliefe sie, und vielleicht schlief sie tatsächlich. Ihr Körper war wirklich sehr geschwächt. Frevisse wartete, und wenig später öffnete sie erneut die Augen und fragte, als hätte es keine Unterbrechung gegeben: »Was führt Euch zu mir? Diese Sache mit den Leuten, denen wir gestern Unterschlupf gewährt haben?«

Frevisse blickte sich nach Tibby um. Das Mädchen hatte sich diskret mit einer Näharbeit auf die Bank unterhalb der Fenster auf der entgegengesetzten Seite des Sprechzimmers verzogen. Wenn sie leise sprachen, konnte sie sie nicht hören, und da man Priorin Edith am einfachsten und besten unverblümt die Wahrheit sagte, meinte Frevisse: »Ja. Ihr wißt, weshalb sie hier sind?«

»Tibby hat es für mich herausgefunden. Man wird für die Toten beten. Soviel können wir für sie tun, möge Gott sie aufnehmen. Und der Verwundete, wie geht es ihm heute morgen?«

»Schwester Claire wollte gleich nach der Versammlung nach ihm sehen. Sie glaubt, daß er wieder gesund wird, falls die Wunde nicht eitert.«

»Ich werde für ihn beten.« Priorin Ediths Augenlider senkten sich wieder, schlossen sich diesmal aber nicht vollständig. Sie richtete sich auf und sagte deutlich: »Doch Ihr seid nicht seinetwegen hier, oder?«

»Nein. Da ist noch die Sache mit den Knaben. Und mit den Frauen, die sie begleiteten. Besonders betrifft es eine der Frauen, die mit ihnen kamen.« Behutsam erzählte Frevisse von ihrem Verdacht, der sich schließlich bestätigt hatte, und daß dies die Anwesenheit Maryons und der Knaben in St. Frideswide zu einem Problem machte, das größer war, als es zunächst den Anschein hatte.

Die ganze Zeit hob Priorin Edith kaum merklich die Augenbrauen, blieb aber still und döste auch nicht ein. Zum Schluß berichtete Frevisse von den Beschlüssen während der Versammlung, wobei Priorin Edith andeutungsweise nickte.

»Recht so. Wir dürfen sie nicht hinauswerfen, solange sie uns um Hilfe bitten und uns nicht schaden. Sagt morgen im Kapitel, die Frauen und die Kinder seien uns willkommen, solange sie unserer Hilfe bedürfen.«

»Aber die Sache mit der Herkunft der Jungen …« Frevisse zögerte. »Sie sind sicherlich nicht zufällig angegriffen worden. Jemand will sie haben, vermutlich nicht, um sie zu töten. Man ist aber doch bereit, andere zu töten, um sie in seine Gewalt zu bringen. Nicht einmal Maryon ist sicher, wer es ist und warum er dies vorhat.«

»Oder sie behauptet, nicht sicher zu sein«, faßte Priorin Edith zusammen, was Frevisse nicht ausgesprochen hatte, denn man wußte, daß Maryon sich bei ihrem letzten Besuch als ausgemachte Lügnerin erwiesen hatte. Und wenn man dies in Betracht zog, konnte sie nicht mit Sicherheit sagen, wieviel Wahres oder Falsches an dem war, was Maryon letzte Nacht gesagt hatte. Oder heute sagen würde, wenn man sie nochmals befragte.

Doch eines war zumindest sicher, und Frevisse sprach es so direkt wie möglich aus, damit es Priorin Edith ganz klar wurde: »Ihre Anwesenheit bedeutet eine Gefahr. Möglicherweise sogar eine große Gefahr.«

Priorin Edith schloß langsam die Augen, lächelte sanft und öffnete sie wieder. »Nicht für unsere Seelen«, sagte sie, als ob dies die Sache einfacher machte.

Und nach einem kurzen Moment erkannte Frevisse, daß dies tatsächlich der Fall war. Solange ihre Seelen in Sicherheit waren, konnte ihnen kein wirkliches Leid geschehen. Sie mußten nur ihre Pflicht erfüllen, und das bedeutete im Augenblick, ihnen das Asyl zu gewähren, um das Maryon gebeten hatte.

Frevisse senkte das Haupt. All ihre Gebete, ihre Hingabe und Kontemplation hatten sie noch nicht zu jener Tiefe des Glaubens geführt, die die Dinge für sie so sehr vereinfachte wie für Priorin Edith. »Ich danke Euch, Ehrwürdige Mutter«, sagte sie und meinte damit nicht nur den Ratschlag, den ihr Priorin Edith eben erteilt hatte.

Priorin Edith hatte die Augen wieder geschlossen. Frevisse rührte sich nicht und wartete, um zu sehen, ob sie diesmal fest eingeschlafen oder nur eingenickt war. Gerade als sie der gleichmäßige Atem der Priorin davon überzeugt hatte, daß sie eingeschlafen war, sagte Priorin Edith mit traumverlorener Stimme: »Ihr habt eine Cousine. Ich würde ihr an Eurer Stelle schreiben.«

»Ihr meint Alice?« fragte Frevisse verdutzt. Sie hatte vor Monaten das letzte Mal von ihrer Cousine gehört, als ihre Tante Matilda, Alices Mutter, gestorben war und Alice Frevisse eine Antwort auf deren Beileidsbrief geschickt hatte. Seither hatten sie nichts voneinander gehört und dies auch nicht erwartet. Ihr Leben hatte verschiedene Wege genommen, und obwohl sie einander zugetan waren, hatten sie sich nicht viel zu sagen.

Priorin Edith hielt ihre Augen geschlossen. »Die Gräfin von Suffolk, nicht wahr?«

In der Tat. Ihr Mann, der Earl of Suffolk, war eng mit den Angelegenheiten des jungen Königs Henry vertraut. Und er war ein Mitglied des königlichen Rats. Sollten Dinge bekannt werden, die mit der Königinmutter zu tun hatten, so würde sie davon wissen oder sie in Erfahrung bringen können.

»Ihr braucht nicht zu sagen, was hier los ist, nur, daß Ihr Gerüchte gehört habt und neugierig seid«, murmelte Priorin Edith. »In meinem Sprechzimmer findet Ihr Tinte und Pergament. Tibby weiß, wo. Bleibt hier und schreibt den Brief, und gebt ihn heimlich Master Naylor, damit niemand etwas davon erfährt, der es nicht zu wissen braucht. Es wäre gut zu erfahren … was jemand anders über … die Königinmutter zu berichten weiß.«

Jasper saß auf der Bettkante, baumelte mit den Beinen, trat mit den Zehen gegen die Binsenmatte auf dem Boden des kleinen Raums – und langweilte sich. Neben ihm auf dem Fußboden hieb Edmund, ebenso gelangweilt, mit der Schwertspitze Splitter aus dem nächstgelegenen Bettpfosten.

Seit drei Tagen waren sie nun schon hier, und es gab nichts Interessantes mehr zu tun. Zuerst war es ein weiterer Teil des Abenteuers gewesen, als man ihnen gesagt hatte, daß sie hierbleiben würden, wo alles so anders war als zu Hause. Doch hier gab es tausenderlei Vorschriften, man mußte ständig still sein, und es war überhaupt nicht mehr aufregend oder wenigstens interessant. Das Schloß zu Hause hatte unzählige Räume voller Möbel und Teppiche und Gemälde, die ganze Wände mit ihren kräftigen Farben und

Figuren bedeckten. Dort konnte man auf Wendeltreppen und langen Fluren Fangen spielen. Und in den Höfen und Gärten und Ställen wimmelte es von allen möglichen Leuten.

Doch St. Frideswide und vor allem das Kloster, in dem sie sich aufhalten mußten, war klein. Wenn sie sich hätten frei bewegen dürfen, wäre ihnen bereits am ersten Tag jeder Winkel vertraut gewesen. Da sie aber mit Jenet und anderen Frauen zusammen waren, hatten sie fast die ganzen drei Tage dazu gebraucht.

Sie hatten noch nie Leute gesehen, die absichtlich so bescheiden lebten. Die wenigen Räume, die es hier gab und die sich noch dazu alle um den Kreuzgang und den Klostergarten scharten, hatten kaum Fenster nach draußen. Und die wenigen, die es gab, waren meistens so hoch angebracht, daß man nicht nach draußen sehen konnte. Alle Wände waren nur verputzt, nicht einmal in der Kirche gab es Gemälde oder Wandteppiche. Und auf den Fußböden aus Holz oder aus Stein lagen allenfalls geflochtene Binsenmatten.

In ihrem eigenen Zimmer, in dem sie den größten Teil des Tages verbringen mußten, standen lediglich ein Tisch mit einem Waschkrug und einem Becken darauf, ein hölzerner Hocker und ein schmales Bett. Und darauf lag eine mit Stroh ausgestopfte Matratze mit groben Laken aus Leinen und einfachen Decken darüber, nicht zu vergleichen mit ihrem breiten Himmelbett zu Hause, das eine dicke Federmatratze und weiche, feingewebte Laken und Decken hatte.

Am Morgen ihres zweiten Tages hier waren sie – »wie zwei Ausstellungsstücke«, hatte Edmund nachher bemerkt – zur Priorin geführt worden, die sie nach ihren Namen gefragt hatte und sie neben ihrem Bett knien ließ, um sie, die knochige Hand leicht wie ein Blatt auf ihre Köpfe gelegt, zu segnen, erst Edmund, dann Jasper. Ihr Zimmer war besser ausgestattet als die anderen, die sie gesehen hatten, mit verglasten Fenstern und sogar mit einem Kamin, doch es war offensichtlich, daß man sie nicht mehr dorthin bringen würde.

Heute morgen waren sie Jenet entschlüpft und hatten es endlich geschafft, die Treppe hinaufzuschleichen, die sie auf keinen Fall benutzen durften, um oben in den Schlafsaal der Nonnen zu spähen. Sie waren allerdings enttäuscht wieder hinuntergeschlichen, denn es hatte auch da nicht viel zu sehen gegeben, nur einen Raum mit hoher Decke, der durch etliche mannshohe Trennwände in die einzelnen Schlafzellen der Nonnen unterteilt wurde. Später, im hellen Sonnenschein des Klostergartens, hatte Edmund gemeint, sie hätten hineingehen und jede Zelle auskundschaften sollen, da ja sowieso keine Nonnen oben waren, doch Jasper hatte darauf hingewiesen, daß die Nonnen jederzeit hätten hereinkommen und sie ertappen können. Edmund hatte dagegengehalten, es hätte ihnen nicht viel passieren können, man hätte sie zu Jenet gebracht, und die hätte ihnen sicher nichts getan, da sie ja, seit sie hier angekommen waren, ständig nur heulte.

»Na ja, sie ist traurig, weil Hery Simon tot ist.« Jasper hatte versucht, Jenet zu verteidigen, denn obwohl sie ständig heulte, hatte sie alles getan, um ihnen den Aufenthalt hier zu erleichtern.

»Das bin ich auch, aber er ist im Kampf umgekommen, um uns zu retten«, hatte Edmund entrüstet gesagt. »Sie sollte sich freuen, daß er auf diese Weise gestorben ist.«

»Aber sie mochten einander. Sie vermißt ihn, glaube ich.«

»Wir vermissen Vater und Mutter auch und weinen trotzdem nicht andauernd.«

»Ja, aber sie sind nicht *tot*, und wir werden sie wiedersehen«, hatte Jasper geantwortet. Dann war ihm allerdings ein schrecklicher Gedanke gekommen: Und wenn wir sie nicht wiedersehen? Vielleicht war Edmund der gleiche Gedanke durch den Kopf gegangen, denn sein Gesicht hatte sich entweder vor Ärger oder weil er Tränen zurückhalten wollte, verzogen, und er hatte sich auf Jasper gestürzt. Jasper hatte ihn ebenfalls gepackt, und in einem Gewirr aus Stößen und Püffen hatten sie das Bedürfnis zu weinen verdrängt.

Leider war es nicht Jenet gewesen, die den Kampf beendet hatte, sondern die Nonne namens Schwester Frevisse. Sie hatte sie am Kragen gepackt und wieder auf ihre Füße gestellt. Ihr forschender Blick war Jasper schon vorher aufgefallen. Sie schien tiefer in jemanden hineinsehen zu können als andere Leute. Sie hatte sie also mit diesen Augen angeschaut, wilder als ein Jagdfalke ihrer Mutter, und auf ihr Zimmer gedeutet – wortlos, denn meistens durften die Nonnen nicht sprechen. Es wäre auch gar nicht nötig gewesen. Sie waren so schnell in ihr Zimmer geflitzt, als suchten sie Unterschlupf vor einem Gewitter.

Zuerst kam es ihnen so vor, als sähen alle Nonnen gleich aus in ihren Benediktinergewändern und mit den Schleiern und den weißen Hauben um Gesicht und Hals. Doch Edmund und er lernten bald, sie auseinanderzuhalten. Sie begriffen, daß man der lauten Schwester Alys besser aus dem Weg ging, weil sie immer noch wütend über ihre Anwesenheit war und immer einen Gegenstand zur Hand zu haben schien, mit dem sie auf sie einschlagen konnte, wenn sie ihren Weg kreuzten. Auch vermieden sie es, der sanften, plumpen Schwester Emma zu begegnen, da sie jedesmal – und das hieß ziemlich oft, denn sie kam zweimal täglich, um nachzusehen, ob Jenet etwas für die Knaben benötigte – einen entzückten Laut ausstieß, ihre Köpfe tätschelte und sie in die Wangen kniff, während sie verworrene Ratschläge erteilte. Einmal sagte sie unter Bekundungen, was für hübsche Jungen sie seien, überschwenglich: »Aus manchem häßlichen Entlein wird einmal ein Schwan.« Jasper war beleidigt, obwohl er wußte, daß sie es vermutlich gut meinte.

Diejenigen der Nonnen, die ihnen nur zulächelten, nickten und ihren Verrichtungen nachgingen, waren weniger anstrengend, und Schwester Claire in der Küche war ihnen mit Abstand die liebste. Sie vergötterte sie nicht oder tätschelte ihnen etwa den Kopf, sondern lächelte einfach, als würde sie sich freuen, sie zu sehen. Als sie sich gestern zu ihr geschlichen hatten, hatte sie jedem eine dicke Scheibe Brot mit Butter gegeben, die sie in Ruhe verzehren durften, bevor sie wieder hinausgeschickt wurden, da sich Jenet vermutlich Sorgen um sie machte.

Diesmal hatten sie Jenet im Kreuzgang gefunden, im Gespräch mit der freudig strahlenden Schwester Amicia, die sie eifrig zu sich gewinkt hatte, weil sie die Jungen in den Arm nehmen wollte, wie immer. Edmund und er waren jedoch zurückgewichen und hatten sich unter hastigen Verbeugungen in ihr Zimmer zurückgezogen.

Immer mußten sie in ihr Zimmer gehen. Sie durften sich nirgendwo sonst aufhalten, außer wenn Jenet sie zum Unterricht zu Schwester Perpetua brachte oder zum Gebet in die Kirche. Beten war jedem hier Bedürfnis und Pflicht, doch die Nonnen schienen dies ununterbrochen zu tun. Jenet hielt es für richtig, daß auch sie beten gingen – wenngleich nicht so oft wie die Nonnen. Die Gottesdienste um Mitternacht, im Morgengrauen und am Abend blieben ihnen erspart, doch sie besuchten die übrigen drei und die tägliche Messe, was noch immer mehr als genug war.

Bevor sie Jenets Fürsorge übergeben wurden, hatte Mistress Maryon zu ihnen gesagt: »Ihr müßt für Sir Gawyn beten. Um seinetwillen und auch weil wir um so früher nach Wales weiterreisen können, je schneller er wieder gesund wird.« Gott wußte, wie inbrünstig sie daraufhin zunächst gebetet hatten, wie sie Gott gedankt hatten, daß Sir Gawyn am Leben war, und auch die Seelen der Männer nicht vergessen hatten, die beim Versuch, sie zu verteidigen, getötet worden waren. Doch heute war schon der vierte Tag, und sie beteten nicht mehr so eifrig. Edmund drückte es so aus: »Wir sind nicht weniger dankbar. Es ist nur so, daß sie entweder gerettet worden sind oder nicht, und Sir Gawyn sieht jetzt wieder recht lebendig aus, und ich glaube, Gott möchte nicht, daß wir länger auf ihn einreden als nötig.«

Es gab also nichts Interessantes zu tun. Selbst der Unterricht war nutzlos und langweilig. Jeden Morgen und jeden Nachmittag mußten sie jeweils eine Stunde in einem der kahlen Klosterräume mit Schwester Perpetua und diesem dummen Mädchen, Lady Adela, zubringen und so tun, als würden sie etwas lernen. Aber sie wußten schon viel mehr über Manieren, als Schwester Perpetua ihnen beibringen konnte. Außerdem sprachen sie wesentlich besser französisch als Lady Adela, obwohl sie ein Jahr älter und einen halben Kopf größer als Edmund war, was diesem mißfiel – und Jasper sowieso. Ihr Französisch war sogar besser als das von Schwester Perpetua, was diese aber nicht feststellen konnte, da sie dachte, Edmund und Jasper würden sie nicht verstehen, weil *deren* Französisch kümmerlich war, und daß sie es so gut wie Lady Adela können müßten.

Trotzdem versicherte sie ihnen immer wieder, wie klug sie seien und wie gut es für Lady Adela sei, Altersgenossen um sich zu haben. Edmund und Jasper wußten wohl, daß sie klug waren, doch ihrer Meinung nach war Lady Adela zu brav. Sie saß mit gesenktem Blick und mit den Händen im Schoß da und sagte nur etwas, wenn Schwester Perpetua eine Frage gestellt hatte oder sie selbst mit ihrer sanften, stockenden Stimme etwas vorlesen sollte.

Es half wenig, daß Schwester Perpetua bald herausgefunden hatte, daß sie Latein beherrschten, und sie daher Gebete aus den Psalmen auswendig lernen ließ, während sie Lady Adela Nähen beibrachte.

Wenigstens brauchten sie nicht nähen zu lernen. Doch das änderte nichts daran, daß es nichts Interessantes zu tun gab und niemand außer dem Bruder da war, mit dem man reden konnte, und daß alles ungemütlich und seltsam war. Obwohl keiner von beiden es laut aussprach, wünschten sie sehnlichst, wieder zu Hause zu sein.

Jasper hörte jetzt auf, die Binsenmatte zu malträtieren, und gab statt dessen Edmund einen Fußtritt.

»Hör auf«, sagte Edmund. »Ich ritze gerade meinen Namen in diesen blöden Bettpfosten.«

»Das wird Jenet aber nicht gefallen.«

»Das wird niemand gefallen. Nur mir.«

Jasper kannte diese Stimmung bei seinem Bruder. Es bedeutete, daß man tunlichst eine spannendere Aufgabe oder Beschäftigung für ihn fand, sonst würde es Ärger geben. Doch Jasper fiel nichts ein. Hätte er sein Schwert gehabt, hätte auch er seinen Namen in einen Bettpfosten geritzt. Oder vielleicht in den Tisch, um sich von Edmund abzuheben. Und dann auch nur seine Initialen, denn seine Schreibschrift war noch nicht besonders gut. Er bekleckste meistens seine Buchstaben, wenn er mit Feder und Tinte schrieb, und mit Messer und Holz würde es vermutlich noch schlimmer sein. Er hatte sein Schwert noch kein einziges Mal ausprobieren können, bevor Hery Simon es ihm entrissen hatte, und jetzt waren sowohl Hery Simon als auch sein Schwert nicht mehr da.

»Das werde ich weitersagen«, meinte er. Es war nur eine leere Drohung, keiner von ihnen verriet jemals den andern. Edmund schnitzte weiter, und Jasper stieß ihn wieder mit dem Fuß an.

Edmund rutschte zur Seite, um außer Reichweite zu gelangen, ohne sich aber in seiner Arbeit unterbrechen zu lassen. Jasper überlegte gerade, ob er vom Bett hinabrutschen sollte, um ihn zu erreichen, als jemand anders sagte: »Das werde ich weitersagen.«

Sie sahen erschrocken zur Tür. Dort stand Lady Adela in ihrem einfachen grauen Kleid und sah ihnen zu.

»Das werde ich weitersagen«, wiederholte sie.

»Das wirst du nicht«, sagte Edmund bestimmt. Er hatte festgestellt, daß er andere Leute umstimmen konnte, wenn er entschieden genug auftrat.

»Nur wenn ihr nach draußen zum Spielen mitkommt«, entgegnete Lady Adela ebenso bestimmt.

»Hier kann man nirgends spielen«, sagte Edmund und wandte sich wieder seiner Schnitzerei zu.

»Außerhalb des Klosters schon.«

»Wir können nicht nach draußen gehen.«

»In den Garten.«

»Das ist außerhalb.«

»Nein.«

»Doch.«

»Nein. Die Nonnen gehen ständig dorthin.«

»Tun sie nicht.«

»Doch. Man gelangt direkt vom Kloster dorthin. Sie nennen es den Durchgang«, fügte sie hinzu, um ihrer Behauptung Glaubwürdigkeit zu verleihen.

Jasper ahnte, welchen Gang sie meinte: eine schwarze, enge Öffnung im Kreuzgang, die auf der entgegengesetzten Seite ihres Zimmers lag. Jenet hatte behauptet, es sei ein Hintereingang zur Küche, von dem sie sich fernhalten sollten. Da sie den Vordereingang zur Küche kannten, hatten sie ihr dies eine Mal Glauben geschenkt und sich nie bis ans andere Ende des Ganges gewagt. Doch Jenet gehörte zu den Leuten, die glaubten, man brauche Kindern nur eine Lüge zu erzählen, damit sie einem gehorchten, daher konnte Lady Adelas Behauptung, der Durchgang führe in den Garten, durchaus stimmen.

Aber Edmund schien dies einfach aus Lust am Streiten anzweifeln zu wollen, und in dem Fall würden sie wohl niemals hier herauskommen. Jasper sprang auf die Füße. »Zeig uns den Weg«, sagte er und schritt auf die Tür zu. Hinter ihm entwirrte Edmund seine Beine. Wenn die zwei gingen, anstatt hier mit ihm zu zanken, konnte er ebensogut mitgehen. Lady Adela legte den Finger auf die Lippen und führte sie an.

Niemand befand sich im Kreuzgang. Eilig und überaus still, wie Flüchtlinge, erreichten sie den Durchgang, ohne gesehen zu werden, und verschwanden in seinem Schatten, Lady Adela immer noch an der Spitze. Das andere Ende mündete in einem breiten Weg zwischen der Rückseite der Klostergebäude und einer hohen Mauer zur Linken. Auf der rechten Seite des Klosters befand sich eine Tür in der Mauer, direkt neben dem Ende des Durchgangs.

Adela hielt vorsichtig Ausschau. »Wohin führt diese Tür?« fragte Edmund.

»Zur Treppe zum Necessarium.«

»Nicht zur Küche? Jenet hat also gelogen«, sagte Edmund mit großer Genugtuung.

»Vom anderen Ende führt eine Treppe hinab zur Küche und eine weitere nach oben in den Schlafsaal«, sagte sie ungeduldig.

Das mußte der Grund sein, warum man ihnen das Necessarium nicht gezeigt hatte: Zu viele Räume, die sie nicht aufsuchen sollten, gingen von dort weg – und der Weg nach draußen. Adela führte sie vom Necessarium nach links auf ein Gatter in der Mauer zu, das ihnen den Blick versperrte auf das, was dahinterlag. Es war ein Gatter aus Weidengeflecht, und Jasper konnte gerade darüber hinwegsehen, wenn er sich auf die Zehenspitzen stellte. Wie Lady Adela versprochen hatte, lag ein Garten dahinter. Er konnte auf einen Blick erkennen, daß niemand dort war und daß es sich um einen gewöhnlichen Garten handelte, mit sauber eingefaßten kleinen Beeten und einer Laube auf der einen Seite sowie Rasenbänken, die entlang jener Mauer errichtet worden waren, die ihn von der Außenwelt abschirmte. Er war viel kleiner und schmuckloser als alle Gärten seiner Mutter und hatte nicht einmal einen Springbrunnen.

Ungeduldig streckte Edmund die Hand nach dem Torriegel aus. Lady Adela sagte: »Oh, laßt uns nicht dorthin gehen. Sie werden uns zu schnell finden. Ich weiß etwas Besseres.«

Ohne auf ihre Einwilligung zu warten, huschte sie trotz ihrer Behinderung sehr flink die Gartenmauer entlang, auf einen anderen Torbogen zu, der von einer festen Holztür verschlossen war. Sie gab keinen Hinweis darauf, was dahinterliegen mochte. Lady Adela ging daneben in die Hocke, um an einen großen Stein am Wegrand zu zerren. Er war schwer, und Jasper hockte sich neben sie, um ihr zu helfen. Über ihnen versuchte Edmund, die Klinke herunterzudrücken.

»Sie ist verschlossen«, sagte er empört.

»Natürlich ist sie zu«, entgegnete Lady Adela. Der Stein gab endlich ihren Bemühungen nach und rollte zur Seite. Triumphierend holte sie einen großen rostigen Schlüssel darunter hervor. »Dies ist ein Hintereingang zum Kloster. Normalerweise soll er nicht benutzt werden, da alle durch das Haupttor ein und aus gehen.«

»Was machen wir dann hier?« fragte Edmund.

»Wir gehen raus.«

Edmund und Jasper sahen sich an. Sie wußten beide, was sie darauf zu antworten hatten. Jasper hatte jedoch schneller ein schlechtes Gewissen als Edmund, also sprach er für beide: »Wir sollen das Kloster nicht verlassen. Das hat Mistress Maryon gesagt.«

»Die Nonnen dürfen nicht rausgehen. Die Nonnen dürfen überhaupt nichts. Aber wir sind keine Nonnen.«

Edmund und Jasper sahen sich wieder an. Dagegen konnte man nichts einwenden.

Lady Adela stieß Edmund mit dem Ellbogen beiseite, um an das Schloß zu gelangen. Der Schlüssel war sehr groß. Sie brauchte beide Hände, um ihn ins Schlüsselloch zu stecken.

»Wir sollten das nicht tun«, sagte Jasper, immer noch zögernd.

»Nein«, stimmte Lady Adela lächelnd zu und stocherte

mit dem Schlüssel im Schloß herum, bis es mit einem leisen Kreischen nachgab. »Das sollten wir nicht. Aber ich gehe auf jeden Fall.«

Bald würde es Zeit sein für das kurze Stundengebet der Non, zwischen der Sext am Mittag und der Vesper am späten Nachmittag. In der ersten Zeit in St. Frideswide hatte sie diese Unterbrechung der Arbeit geärgert, doch mittlerweile hatte sie das Gebet zu schätzen gelernt, als Mahnung daran, daß ihr Lebensinhalt hier lag und nicht in irgendwelchen weltlichen Pflichten, die jeder Tag erforderte. Da sie momentan Küsterin war und die meisten ihrer Aufgaben auf die Kirche und ihre Einrichtungen beschränkt waren, bereitete es ihr nicht mehr solche Schwierigkeiten, sich dies in Erinnerung zu rufen.

Nachdem bereits alles zur Vorbereitung des Gottesdienstes erledigt war, hatte sie sich heute für einen stillen Moment des Nachdenkens vor dem Glockengeläut auf ihren Platz im Chorgestühl gesetzt. In diesen Mittsommertagen stand die Sonne so hoch, daß sie nur ganz früh am Morgen und spät am Abend direkt in die Kirche schien. Jetzt, am frühen Nachmittag, war das Kircheninnere kühl und von grauen Schatten getönt – eine ganz andere Welt als der warme, geschäftige Tag draußen. Ein Ort wie geschaffen zum Nachdenken, aber auch zum Beten, dachte Frevisse, und das eine wie das andere würden ihr jetzt guttun.

In Wirklichkeit hatte sie nämlich den Wunsch, Priorin Edith aufzusuchen und mit ihr nochmals das Problem mit den Knaben zu bereden. Es gab zwar nichts Neues, aber sie wollte dies zu ihrer eigenen Beruhigung tun, und das war Priorin Edith gegenüber, die jetzt so bedürftig war, reichlich unfair.

Sie hatte Priorin Ediths Rat beherzigt, den Brief an Alice geschrieben und ihn Master Naylor noch am gleichen Tag übergeben. Ein Bote war losgeschickt worden, um Alice zu finden, wo immer sie sein mochte. Natürlich fielen Frevisse jetzt, da es zu spät dafür war, bessere, taktvollere und klügere Wendungen ein, mit denen sie sich nach diesen Dingen hätte erkundigen können, die sie eigentlich nichts angingen.

Sie versuchte, nicht daran zu denken. Eine berechtigtere Sorge – die man ebenfalls nicht mit Priorin Edith besprechen konnte – war, daß der Sheriff und Master Montfort, der Coroner, heute nachmittag hier eintreffen würden. So hatte es ihr Vorreiter, der heute morgen angekommen war, ausgerichtet. Wenn alles gutging, würden sie ihre Untersuchungen anstellen und dann wieder gehen, vielleicht sogar schon morgen. Natürlich konnte es auch schiefgehen, falls die Dienstboten zu ausführlich befragt wurden und die Knaben erwähnten und der Sheriff etwas von Knaben gehört hatte, die vermißt und gesucht wurden … Doch es gab keinen Grund, warum der Sheriff oder der Coroner mit irgendeinem von den Bediensteten sprechen sollten. Sie würden nur die Zeugen des Überfalls befragen, also Sir Gawyn, Mistress Maryon, die beiden Männer und möglicherweise Jenet. Frevisse hoffte, daß alle dieselbe Geschichte erzählten und die Kinder – wie geplant – aus dem Spiel ließen. Wenn sie sich nicht daran hielten, konnte es Ärger geben, doch Frevisse fiel nichts ein, was man noch hätte tun können, um dem vorzubeugen.

Wenigstens stellten die Knaben bislang keine große Belastung dar. Oder zumindest keine so große Belastung, wie vielleicht zu erwarten gewesen war. Obwohl sie manchmal im Weg waren, hatten sie gute Manieren und verhielten sich ruhig. Während der Erbauungsstunde waren fast alle Nonnen übereingekommen, daß sie sehr süße, hübsche kleine Jungen waren. Nur Schwester Alys fand ihre Anwesenheit unerträglich, doch Schwester Alys hätte unter Umständen selbst die Anwesenheit des Erzengels Gabriel unerträglich gefunden. Frevisse hatte bemerkt, daß die Knaben sich bemühten, Schwester Alys möglichst aus dem Weg zu gehen, was bewies, daß sie nicht nur Charme, sondern auch Intelligenz besaßen. Wenn sie vor die Wahl gestellt worden wäre, hätte sie allerdings der Intelligenz den Vorzug vor Charme und hübschem Aussehen gegeben, denn auf lange Sicht konnte man damit mehr erreichen.

Dadurch wurde das Problem jedoch nicht gelöst. Es konnte auch gar nicht gelöst werden, konnte sich nur in Wohlgefallen auflösen, wenn es Sir Gawyn wieder gut genug ging, um mit ihnen weiterzureiten.

Die Stirn auf ihre gefalteten Hände gelehnt, betete Frevisse für seine baldige Genesung.

Und für die von Priorin Edith.

Nein, das war nicht fair. Priorin Edith wartete bereitwillig auf ihr Ende, und wenn man für sie betete, so sollte es darum sein, daß sie ein sanftes Ende haben möge, nicht, daß sie noch länger von dem Ort ferngehalten wurde, nach dem sie sich so sehr sehnte.

Frevisse war darüber ziemlich unglücklich. Doch wenn sie sich so viele Sorgen um Priorin Edith machte, wie sie behauptete, dann mußte sie für Priorin Edith beten, nicht für sich selbst. Die Worte des zur Non gehörenden Kirchenlieds kamen ihr in den Sinn.

Largire lumen vespere, quo vita nusquam dedicat, sed praemium mortis sacrae perennis instet gloria. Gib Licht am Abend, damit das Leben niemals aufhört, sondern zum Preis des heiligen Todes in die ewige Herrlichkeit eingeht.

Sie versuchte, sich den Sinn der Worte ganz bewußtzumachen, sich darin zu verlieren, doch als sie geendet hatte, stützte sie sich noch schwerer auf ihre Hände und seufzte im stillen. Es war nicht mehr so ungeheuer schwierig, richtige Entscheidungen zu treffen – wie damals, als sie noch jünger war und nicht nur zwischen ihrem Gewissen und ihrem Verlangen hin und her gerissen war, sondern auch herauszufinden versuchte, worin die Ursache dieser Unentschlossenheit bestand. Es gelang ihr jetzt besser, richtiges Wollen gegen falsches Wollen abzuwägen, doch die Anstrengung, eher das Richtige zu tun als das, was einfacher und bequemer war, war auch jetzt nicht immer so leicht zu bewältigen, wie sie gewünscht hätte.

Eine Hand berührte zögernd ihre Schulter. Erschrocken fuhr Frevisse hoch. Schwester Thomasine stand vor ihr. Sie hatte die Hände auf die Brust gepreßt und einen sorgenvollen Ausdruck auf ihrem sonst so heiteren Gesicht. Sie machte Frevisse mit solch ungewöhnlicher Dringlichkeit ein Zeichen mitzukommen, daß Frevisse umgehend aufstand und ihr aus der Kirche am Kreuzgang vorbei in den Durchgang folgte. Frevisse konnte sich nicht daran erinnern, daß Schwester Thomasine seit ihrem Eintritt in St. Frideswide jemals Gebrauch von dem Privileg gemacht hatte, den Durchgang für einen dringlichen Informationsaustausch zu nutzen, und fragte, nunmehr höchst beunruhigt: »Was ist denn? Was ist los?«

Schwester Thomasine flüsterte rasch: »Ich kann die Kinder nicht finden. Sie sind nirgendwo im Kloster.«

»Nirgendwo? Seid Ihr sicher?«

»Die Knaben – ich wollte ihnen etwas Gutes tun und ihnen ein paar Andornkrauttropfen geben. Ich dachte, sie würden sich dadurch besser fühlen.« Schwester Thomasine rang unglücklich die Hände und fügte rasch hinzu: »Sie sind noch vom letzten Winter übrig. Wir haben soviel davon, und ich mache noch welche –«

»Das ist schon in Ordnung«, unterbrach Frevisse. »Das war sehr aufmerksam. Aber Ihr könnt Edmund und Jasper nicht finden?«

»Und Lady Adela.«

»Und Jenet weiß auch nicht, wo sie sind?«

»Ich weiß nicht, wo Jenet ist.« Schwester Thomasine hatte aufgehört, ihre Finger ineinanderzuschlingen, und preßte die Hände wieder auf die Brust. »Das heißt, ich glaube, ich weiß, wo sie ist, aber ich bezweifle, daß die kleinen Jungen bei ihr sind, und Lady Adela würde sie nicht mitnehmen. Ich glaube, sie wollte nochmals für den toten Mann beten. Sie hat mir erzählt – ich habe noch nie mit ihr gesprochen, noch nie, doch ich habe sie einmal getroffen, als sie weinend ins Kloster zurückkam, und sie hat mir damals erzählt, daß … sie einen Mann geliebt hat, der jetzt tot ist.

Sie hat gesagt, daß niemand sonst für ihn betet, und ich glaube, sie tut es manchmal.«

»Sie sollte die Kinder nicht einmal eine Minute allein lassen!« sagte Frevisse ärgerlich. »Und bestimmt nicht so lange, wie man braucht, um ins Dorf zu gehen!« Die sieben Männer waren bis zur Ankunft des Coroners und des Sheriffs in der Dorfkirche aufgebahrt. Bei diesem warmen Wetter schien das, da man ja nicht wußte, wann die Beamten des Königs kamen, besser zu sein, als sie in der Klosterkirche aufzubahren. Das Dorf lag eine Viertelmeile entfernt. Auf dem Feldweg war man schnell hin und zurück, wenn man dort nur Kleinigkeiten zu erledigen hatte, und auf der Straße auch nicht viel länger. »Wie lange ist sie schon fort?«

»Ich weiß nicht. Ich war seit dem Abendessen im Krankenzimmer.«

»Was ist mit den Kindern? Wann wurden sie zuletzt gesehen?«

»Ich weiß nicht. Ich habe niemand gefragt. Als ich sie nicht finden konnte, bin ich zu Euch gekommen.«

»Jenet hat sie bestimmt nicht mitgenommen. Sie weiß, daß sie im Kloster bleiben müssen.« Frevisse dachte laut nach und sprach einfach ihren nächsten Gedanken aus. »Warum seid Ihr zuerst zu mir gekommen?«

Schwester Thomasine biß sich auf die Lippen, schlug die Augen nieder und sagte, zum Fußboden gewandt: »Ich habe gesehen, wie Ihr sie anschaut und wie besorgt Ihr ausseht, seit sie ins Kloster gekommen sind. Besorgter als alle anderen. Besorgter, als es nötig zu sein scheint.« Sie zog die Schultern ein bißchen hoch – Erinnerung an eine Geste, die sie fast vergessen hatte, seit sie ihre Gelübde abgelegt hatte. »Daher dachte ich …, daß Ihr vielleicht mehr als die anderen wißt, falls etwas mit ihrer Anwesenheit hier nicht stimmt, und als ich sie nicht finden konnte …«

Nervös brach sie ab. Sie sah besorgt zu Frevisse auf, die sie in einer Mischung aus Überraschung und Bestürzung anstarrte. Sie hatte sich offensichtlich getäuscht in dem Glauben, Schwester Thomasine bemerke nicht viel, was über ihre Gebete und Pflichten hinausging! Sie mußte Frevisse immerhin so intensiv beobachtet haben, um feststellen zu können, daß sie, und nur sie, wegen der Knaben in Sorge war. Dies war äußerst ärgerlich.

Doch darum ging es jetzt nicht. »Lady Adela ist auch weg, sagt Ihr?«

Schwester Thomasine sah noch unglücklicher drein. »Ja. Ich konnte sie auch nicht finden. Und … und die Tür zum Obstgarten ist nicht mehr verschlossen.«

Frevisse bemerkte, daß sie die jüngere Nonne anstarrte.

»Was hat Euch dazu gebracht zu probieren, ob es verschlossen ist?«

»Als ich sie nicht innerhalb des Klosters finden konnte, bin ich in den Garten gegangen, um dort nachzusehen. Lady Adela ist dort schon mit uns während der Erbauungsstunde gewesen. Ich dachte, sie könnte die Jungen dorthin geführt haben. Die Tür zum Obstgarten liegt genau dahinter, und so habe ich daran gerüttelt, wißt Ihr, weil ein Kind vermutlich genau das tun würde, und sie war nicht mehr verschlossen. Sie soll aber immer zugesperrt bleiben!«

»Natürlich. Kommt mit.« Ohne sich bewußt zu sein, daß sie eine Entscheidung getroffen hatte, ging sie rasch durch den Durchgang auf die Tür zum Obstgarten zu.

Schwester Thomasine war ihr zwar gefolgt, fragte aber: »Sollten wir nicht jemand benachrichtigen, daß wir nach draußen gehen?«

Strenggenommen hatte sie recht. Jede Nonne, die das Kloster verlassen wollte, mußte zuvor um Erlaubnis bitten, mit Ausnahme der Hospitalaria, der jedoch ebenfalls enge Grenzen gesetzt waren. Doch um Erlaubnis zu bitten würde Zeit in Anspruch nehmen, und Frevisse befürchtete, daß keine Zeit zu verlieren war. »Je weniger Leute außerhalb des Klosters wissen, daß die Knaben hier sind, desto besser. Das beste wäre allerdings, wenn wir sie *vor* allen anderen finden würden.«

Wie Schwester Thomasine gesagt hatte, war die Tür offen. Frevisse ging entschlossen nach draußen, doch Schwester Thomasine zögerte. »Ich kann nicht hinausgehen«, sagte sie schwach.

Frevisse blieb stehen, sie hatte Verständnis für ihre Skrupel, doch dafür war jetzt keine Zeit. »Dann muß ich eben allein gehen.«

Das durfte sie eigentlich nicht. Wenn eine Nonne schon unbedingt das Kloster verlassen mußte, und zwar aus einem zwingenden Grund, nicht etwa aus einer Laune heraus, so durfte sie unter keinen Umständen allein gehen, sondern nur in Begleitung mindestens einer anderen Nonne. Wenn Frevisse nun allein nach draußen ging, würde dies ihr Vergehen zwar noch verschlimmern, doch das war weniger verwerflich, als Schwester Thomasine dazu zu überreden, sie gegen ihre tiefe Überzeugung zu begleiten.

Überraschenderweise hob Schwester Thomasine jedoch den Kopf und sagte: »Ihr habt als Küsterin von St. Frideswide Autorität über mich. Sagt, daß ich mitkommen soll, und ich werde es tun.«

Damit wies sie so offensichtlich die Verantwortung von sich, wie Frevisse es noch nie erlebt hatte, wenngleich es in völliger Unschuld geschah.

»Dann kommt«, sagte Frevisse, und Schwester Thomasine folgte, ohne zu zögern. Frevisse unterdrückte ihren leichten Ärger, den sie, wie sie sehr wohl wußte, eigentlich gar nicht empfinden dürfte, schloß die Tür und befahl ihr rasch: »Ihr übernehmt diese Hälfte des Obstgartens und ich die andere. Ruft sie und haltet nach ihnen Ausschau, und falls wir sie nicht finden, treffen wir uns auf der anderen Seite.«

Es war ein ziemlich großer Obstgarten, der zur Versorgung der Nonnen gedacht war. Die Bäume waren gleich bei der Errichtung des Klosters gepflanzt worden, und ihre alten, knorrigen Äste, die bis auf den Boden reichten, verzweigten sich weit. Sie luden ein Kind geradezu ein, hinaufzuklettern und sich in der dichten sommerlichen Belaubung zu verstecken.

Das lange Gras raschelte am Saum von Frevisses Gewand und gab sanft unter ihren Füßen nach, wodurch ihre Schritte fast unhörbar wurden. Sie rief die Namen der Kinder und »Kommt jetzt raus!« und lauschte, doch nicht einmal ein leichtes Rauschen der Blätter verriet, daß sich dort oben jemand versteckte. Schwester Thomasine, außer Sicht zwischen den Bäumen, lockte die Kinder mit ebensowenig Erfolg. Als sie sich der anderen Seite des Obstgartens näherte, sagte Frevisse grimmig zu sich selbst: »Die sollten sich hüten, hier mit uns Versteck zu spielen!«

Schwester Thomasine und Frevisse trafen, von ihren Stimmen gegenseitig angezogen, bei den Rasenbänken aufeinander, die den äußeren Rand des Obstgartens bildeten.

»Vielleicht sind sie gar nicht hiergewesen«, gab Schwester Thomasine zu bedenken.

»Jemand hat die Tür von innen geöffnet«, widersprach Frevisse. Sie sah auf die Erdböschung, die ungefähr sechs Fuß hoch, ziemlich steil und mit langem Gras bewachsen war. Wollte man hinaufsteigen, so mußte man klettern, was jedoch durchaus nicht unmöglich war. Die Böschung war eher als symbolische Begrenzung denn als unüberwindbare Absperrung gedacht. »Sie sind sicher hiergewesen und können noch nicht weit sein. Vielleicht können wir sie von oben sogar noch sehen.« Frevisse raffte mit einer Hand ihre Röcke zusammen und schickte sich an hinaufzuklettern.

»Da hinauf?« Schwester Thomasine sah zweifelnd nach oben. »Die Glocke wird uns jeden Moment zur Non rufen.«

Doch Frevisse konnte jetzt die Suche nicht mehr abbrechen, da sie ja die Ordensregeln ohnehin schon mißachtet hatte, indem sie überhaupt damit begonnen hatte. Wenn sie jetzt umkehrten, hätten die Kinder Gelegenheit, sich noch weiter zu entfernen. »Ich werde die Verantwortung übernehmen, wenn wir zu spät kommen«, sagte sie und begann die steile Böschung emporzuklettern. Nach einigem Zögern folgte ihr Schwester Thomasine.

Oben angekommen, setzte sich Frevisse mit einem dankbaren Seufzer hin, um Atem zu schöpfen und übers Land zu blicken. Ungefähr fünfzig Meter entfernt schlängelte sich ein breiter Bach zwischen den Klosteranlagen und dem freien Feld. An seinen Ufern standen zahlreiche Bäume, meist Weiden und Erlen, die das Ufer befestigten und Ruten lieferten, die man zu Körben, Zäunen und sogar zu Wänden für Häuser verarbeitete, doch dazwischen standen auch größere Bäume, deren abgestorbene Äste im Winter als Feuerholz dienten. Die Erdböschung war zu niedrig, um einen Blick über die Bäume hinaus zu ermöglichen, und dazwischen lag nur ein schmales Feld, das dieses Jahr als Weide für einige friedlich grasende Milchkühe genutzt wurde. Ein breiter Graben, der dem Kloster Wasser aus dem Bach zuführte, zuerst der Küche, dann dem Necessarium, teilte die Weide, um schließlich jenseits der Wiese wieder auf den Bach zu stoßen. Zu Zeiten der Klostergründung angelegt, wurde er von seinem eigenen Buschwerk und jüngeren Bäumen verdeckt.

Schwester Thomasine krabbelte neben ihr hoch, weniger außer Atem, aber viel aufgeregter, sofern man ihrem blassen Gesicht und ihren weit aufgerissenen Augen Glauben schenken durfte. Seit ihrer Ankunft als Novizin in St. Frideswide vor sieben Jahren hatte sie außerhalb des Klosters nur den Hof und den Obstgarten betreten – und auch das nur selten. Als sie sich jetzt neben Frevisse niederplumpsen ließ, zog sie mit gewohnter Gründlichkeit Haube und Schleier gerade und strich die Vorderseite ihres Gewands glatt. Dann besah sie erstaunt die weite Welt zu ihren Füßen, wobei sie gegen das Sonnenlicht blinzelte.

»Oh, wie schön«, sagte sie und atmete schwer. Frevisse fühlte einen Stich, eine Mischung aus Genugtuung und Beunruhigung. Es tat gut, Schwester Thomasine aus ihrer stillen Heiligkeit herausgerissen zu sehen, aber es machte sie auch nervös. Von hier oben gab es wahrlich nichts Ungewöhnliches zu sehen, sicherlich nichts, das einen dazu veranlassen könnte, atemlos darauf zu starren, doch Schwester Thomasine hatte ja bereits in ihrer Jugend der Welt entsagt. Welche Auswirkung würde dieser kurze Eindruck einer vergessenen Schönheit jetzt auf sie haben?

Kaum eine, so schien es, denn nach einem Moment ließ Schwester Thomasine die Hände in den Schoß sinken. Zufrieden lächelnd sagte sie: »Es ist wunderbar, ab und zu zu sehen, wie schön die Welt ist. So kann man diejenigen besser verstehen, die sich entschieden haben, in ihr zu leben, und man kann besser für sie beten. Ich kann die Kinder nirgends entdecken.«

In der Tat war außer den Milchkühen kein Lebewesen zu sehen, doch Frevisse sagte: »Hört doch!«

Von irgendwo zwischen den Bäumen am Graben lachten und riefen helle Kinderstimmen. Schwester Thomasine bekreuzigte sich mit einem großen Seufzer der Erleichterung. Frevisse stand auf. »Ich hole sie. Ihr bleibt hier, und wenn Ihr die Glocke hört, geht ohne uns zurück. Ich werde so schnell wie möglich nachkommen.« Es bestand keine Veranlassung, daß beide in größere Schwierigkeiten als nötig kamen. Schwester Thomasine nickte dankbar, und Frevisse schickte sich an, den Abhang auf der anderen Seite hinabzurutschen.

Eigentlich hatten sie nicht weiter als bis zum Obstgarten gehen wollen, doch nachdem sie auf die Bäume geklettert waren und Fangen gespielt hatten und Lady Adela sich nicht an einen Baum binden lassen wollte, um eine Jungfrau darzustellen, die gerettet werden mußte – Jasper hatte den Drachen zu spielen, den Edmund ermorden konnte –, gab es nichts anderes mehr zu tun, als die sonnige Böschung hinaufzuklettern. Als sie von dort oben eine ganz neue Welt entdeckten, die man erobern konnte, blieb es nicht aus, daß sie auf der Rückseite der Böschung hinabstiegen.

Jasper hatte noch einen Moment gezögert. »Das sollten wir nicht tun«, sagte er. Doch Edmund stieg schon hinab, balancierte mit ausgebreiteten Armen, während seine Füße mit ihm durchgingen. Und als sich Lady Adela auf die Seite legte und lachend den Hügel hinabrollte, wobei sich die Haare um ihr Gesicht schlungen, da konnte auch er nicht mehr widerstehen. Jasper warf sich auf den Boden und rollte ihr nach, stellte aber zu spät fest, daß er seine Geschwindigkeit nicht mehr kontrollieren konnte, und rollte in den Graben, um ausgestreckt und unter Lachen beinahe auf Adela zu landen. Jeglicher Gedanke daran, daß sie etwas Verbotenes taten, war verflogen.

Edmund, empört darüber, diesen Spaß versäumt zu haben, wollte schon zur Besteigung des Hügels ansetzen, um es auch zu probieren, doch Lady Adela kletterte bereits aus dem trockenen Graben, um auf die Wiese zu gelangen. Jasper schwindelte, und er war sich nicht sicher, ob er aufrecht gehen konnte, folgte ihr aber. Edmund trabte hinter ihnen her und schlug vor, die Kühe zu jagen, doch Lady Adela sagte so entschieden: »Nein!«, daß er die Idee widerspruchslos aufgab. Sie hinkte etwas mehr als vorher, bemerkte Jasper, als wäre ihr Bein vielleicht müde oder täte ihr weh, doch sie sagte nichts, sondern führte sie zu dem Bach im Kiesbett, der unter den Weiden durch die Wiese floß.

Ohne ein Wort – das auch gar nicht nötig gewesen wäre – setzten sie sich hin, zogen ihre Schuhe und Strumpfhosen aus und wateten bis zu den Knien in das erfrischende, kühle Naß hinein.

Jasper konnte nicht mit Sicherheit sagen, wie es zu der Entscheidung gekommen war, sein Hemd zu benutzen, doch schon lag sein Wams am Ufer, und schon war sein Hemd zu einem Netz umfunktioniert worden, um damit die Elritzen zu fangen, die in der Strömung zwischen den Wasserpflanzen hindurchschnellten. Lady Adela versuchte zunächst, ihre Röcke aus dem Wasser herauszuhalten, doch ihre Vorsicht vertrug sich schlecht mit dieser Beschäftigung, daher gab sie es auf und ließ statt dessen den Saum durchs Wasser gleiten, um die Elritzen auf Edmund und Jasper zuzutreiben. Es machte nichts, daß sie keinen Erfolg hatten. Sie waren alle so durchnäßt, daß Jasper, als er schließlich im Wasser stolperte und bis zum Kinn im Bach lag, nur noch lachen konnte.

Er war in seinem ganzen Leben noch nie so frei gewesen, ohne Menschen, die von ihm und seinem Bruder würdevolles, korrektes Benehmen erwarteten – und auch dafür sorgten, daß sie sich so verhielten. Hier gab es nur sie beide und Lady Adela und niemanden, der ihnen sagte, was sie zu tun hatten und daß sie das, was sie so gerne tun wollten, nicht tun sollten. Hier gab es Wasser und Sonnenschein und Elritzen, hier konnte man planschen und lachen, so laut man wollte.

Bis Lady Adela plötzlich erschrocken ihr Gekicher abbrach. Jasper und Edmund folgten ihrem furchtsamen Blick nach oben zu Schwester Frevisse, die am Ufer über ihnen stand. Jaspers und Edmunds glückliches Gelächter erstarb gleichzeitig.

Die Glocke läutete zur Non, als Frevisse und Schwester Thomasine die nassen, verschüchterten Kinder zurück in den Obstgarten trieben. »Los, weiter! Geht Ihr zur Non, ich kümmere mich um die Kinder«, sagte Frevisse zu Schwester Thomasine, die dankbar nickte und davoneilte. Doch als Frevisse die Kinder endlich versorgt hatte, war sie verspätet, so wie sie befürchtet hatte, und mußte ihren Platz im Chorgestühl unter geringschätzigen Blicken einnehmen. Morgen beim Kapitel würde sie beichten müssen, daß sie das Kloster verlassen und Schwester Thomasine mitgenommen hatte, und dafür Buße tun. Jetzt aber stimmte sie, den Kopf pflichtbewußt gesenkt, in den zweiten Psalm des Gottesdienstes mit ein, noch bevor sie ihn im Gesangbuch aufgeschlagen hatte. Allerdings nur ein paar Zeilen lang. Dann verlor sie sich in Gedanken.

Die Kinder waren wieder in ihren Räumen untergebracht. Eine der Dienerinnen des Priorats versorgte Lady Adela mit trockener Kleidung, und Jenet kümmerte sich unter Tränen um Edmund und Jasper. Sie hatten durch ihren Ungehorsam keinen Schaden angerichtet, doch Frevisse zweifelte, daß die Sache damit abgetan war. Sie hatte eine Weile am Flußufer gestanden und ihren fröhlichen Spielen zugesehen, und es war offensichtlich, daß sie alle Lady Adela völlig falsch eingeschätzt hatten. Freilich, sie war ein ruhiges, höfliches, aufmerksames Kind, doch sie war mehr als das. Und Edmund und Jasper waren auch nicht so fügsam, wie es den Anschein gehabt hatte.

Vermutlich würden die drei nie mehr so ruhig wie bisher zusammensein, da sie entdeckt hatten, wieviel Spaß sie miteinander haben konnten. Man würde sie sorgsamer beaufsichtigen müssen, was nicht einfach war, wenn die anderen Nonnen davon nichts mitbekommen sollten.

Am Ende der Non, als die Nonnen die Kirche verließen, blieb Schwester Claire an der Tür stehen und machte Frevisse ein Zeichen zu warten. Mit gesenktem Kopf stellte sie sich neben sie, bis alle anderen gegangen waren, und folgte ihr dann in den Durchgang, wo Schwester Claire sagte: »Ihr hattet vermutlich gute Gründe, zu spät zum Gottesdienst zu kommen?«

Schwester Claire stand ihr von allen Nonnen am nächsten, sie war fast wie eine Freundin. Sie waren aus den gleichen Motiven heraus Nonne geworden und hatten schon lange gelernt, einander zu respektieren und sich auf ihre gegenseitige Klugheit zu verlassen. Doch Schwester Claire hatte gegenwärtig die Autorität der Priorin inne, und zu dieser Autorität, nicht zu ihrer Freundin, sagte Frevisse respektvoll: »Ja, Schwester.«

»Und Ihr werdet diese Gründe morgen im Kapitel darlegen?«

»Ja, Schwester.«

Schwester Claire holte tief Luft. »Gut. Das kann ich Schwester Alys sagen, wenn sie sich bei mir darüber während der Erbauungsstunde beschwert.«

Frevisse lächelte verstohlen. »Als hätte nur sie bemerkt, daß ich zu spät gekommen bin.«

»Und daß Grasflecken auf Eurem Gewand waren und Eure Schuhe nach Morast gerochen haben«, sagte Schwester Claire. »Warum wart Ihr draußen und seid zu spät gekommen?«

»Die Kinder haben das Kloster verlassen, und ich mußte sie suchen gehen. Sie haben im Fluß gespielt und Elritzen gefangen. Alle drei«, fügte sie hinzu.

»Lady Adela ist den Jungen gefolgt? Warum? Um sie vor Schaden zu bewahren?«

»Ich nehme eher an, sie hat sie angeführt.«

»Unsere Lady Adela?«

»Genau. Sie scheint wohl eher aus Mangel an Gelegenheit als aus Veranlagung in den vergangenen Monaten so still gewesen zu sein.«

»O Gott.«

»Sie war es, die wußte, wo der Schlüssel zum Obstgarten verborgen liegt. Denn auf diesem Weg sind sie nach draußen gelangt.«

»Woher wußte sie von dem Schlüssel?«

»Das wollte sie mir nicht sagen. Ich konnte herausfinden, wie sie nach draußen gekommen sind, aber nicht, woher sie wußte, wo der Schlüssel war. Sie sagte nur, daß sie ›den Stein umgedreht‹ habe – ›und da war er‹. Und vielleicht war es auch so. Vielleicht haben sie gespielt, und sie hat ihn durch Zufall gefunden.«

»Dann hätte sie das doch so erzählt«, sagte Schwester Claire.

»Sie haben mir alle drei versprochen, daß sie nicht mehr nach draußen gehen werden.« Es war keine Zeit mehr gewesen, sie tüchtig auszuschimpfen wegen dem, was sie getan hatten. Abgesehen davon, daß sie Lady Adela ausgefragt hatte, wie sie an den Schlüssel gekommen war, hatte sie sich damit zufriedengegeben, ihnen einzuschärfen, daß sie auf keinen Fall, *auf keinen Fall* allein hinausgehen durften. Auf ihre ärgerliche Aufforderung hin hatten sie ihr dies murmelnd versprochen, als Frevisse sie eilig den Kreuzgang entlang zu ihren Räumen führte, doch sie hatte keine Sekunde daran geglaubt, daß dies das Ende der Probleme mit ihnen bedeutete.

»Kann ich nach drüben in die Halle des Gästehauses gehen, um mit Mistress Maryon zu sprechen? Vielleicht weiß sie etwas, womit man die Kinder beschäftigen kann.«

»Es stimmt, wir haben allerdings wenig zu bieten. Aber ich wünschte, ich wüßte, warum wir sie überhaupt bei uns behalten –« Schwester Claire brach ab, vielleicht weil Frevisses Gesichtsausdruck mehr verriet, als sie selbst wollte. Schwester Claire sah sie lange und nachdenklich an, bevor sie sagte: »Nein, vielleicht wünsche ich das gar nicht. Priorin Edith hat ihr Einverständnis gegeben, und damit sollte ich mich zufriedengeben.«

»Das ist das Beste«, sagte Frevisse. Wenn sie noch jemand hätte einweihen müssen, wäre Schwester Claire die erste gewesen, doch je weniger Personen Bescheid wußten, um so sicherer waren sie alle.

Und vielleicht war auf ihrem Gesicht auch davon etwas

zu lesen, denn Schwester Claire nickte. »So sei es denn. Ja, natürlich dürft Ihr gehen, um mit dieser Mistress Maryon zu sprechen.«

Schwester Alys war vor ihr im Gästehaus. Frevisse hörte ihre Stimme, als sie am Ende der Treppe zum Hof angekommen war. Sie fragte, warum man den Tisch so früh deckte und ob sie ihn für sauber hielten, denn ihrer Meinung war er es nicht, wann sie ihn zum letzten Mal ordentlich geschrubbt hatten, sie könnten ihn gleich jetzt zum Saubermachen nach draußen bringen, es war ihr egal, ob er noch von der letzten Reinigung feucht war, sie sollten es nochmals tun – und diesmal sorgfältig.

Als sie in die Halle kam, trat Frevisse zur Seite, denn zwei der Diener stapften mit der schweren Tischplatte an ihr vorbei nach draußen.

»Und wenn wir schon einmal dabei sind, können wir uns auch gleich die anderen anschauen, um zu sehen, wie sehr ihr geschlampt habt, in der Hoffnung, ich würde es nicht merken«, erklärte Schwester Alys den in der Halle zurückgebliebenen Dienern. »Macht weiter. Los!«

Sie stand in der Mitte der Halle, die Hände auf den breiten Hüften gestützt, und stierte ihre Handvoll von Untergebenen an, als wäre sie ein Befehlshaber, der besonders dumme Truppen zusammenstauchen mußte. Schwester Alys' Meinung nach war generell jeder dümmer als sie selbst – und Bedienstete ganz besonders.

Sie war weder erfreut, Frevisse zu sehen, noch hielt sie es für nötig, ihr Mißvergnügen zu verbergen. »Was wollt Ihr hier, Schwester?« wollte sie wissen. »Das ist nicht mehr Euer Platz.«

Frevisse hatte schon vor langer Zeit gelernt, daß die beste Art, mit Schwester Alys umzugehen, darin bestand, sowenig wie möglich zu sagen – und dies möglichst sanft. Sie neigte also den Kopf, zum Zeichen, daß sie Schwester Alys' so unverblümt geäußerte Meinung teilte, und sagte: »Ich habe Schwester Claires Erlaubnis, mit Mistress Maryon zu sprechen.«

»Darüber, daß diese Welpen aus dem Kloster geschafft werden, hoffe ich«, blaffte sie. »Sie ist bei diesem Mann.« Sie warf ihren Kopf in Richtung von Sir Gawyns Raum. »Und den könnt Ihr auch gleich mit hinauswerfen.«

Frevisse knickste zum Dank und ging.

Sir Gawyns Raum war einer der kleineren des Gästehauses und ziemlich einfach eingerichtet. Es gab ein Bett, und an der Wand gegenüber des Fußendes hing ein Kruzifix. Ein kleiner Tisch und ein Hocker standen neben dem Bett. Auf dem Tisch war ein Durcheinander von Gebrauchsgegenständen: ein Becken, ein irdener Krug, Verbandszeug und diverse Schüsseln und Becher. Sir Gawyn lag da wie vor drei Tagen, als Frevisse ihn das letzte Mal gesehen hatte, mit geschlossenen Augen und regungslos. Aber er war nicht mehr fahl vor Schmerz, nur blaß. Man hatte ihn rasiert und gewaschen und sein Haar gekämmt, und Frevisse konnte sehen, daß er zwar ausgezehrt, bleich und erschöpft vom Blutverlust und von den Schmerzen war und nicht besonders schön, daß sein Gesicht aber eine Stärke ausstrahlte, die für ihn einnahm.

Sein Knappe, Will Tendril, lehnte an der Wand neben dem Kruzifix, die Arme über der Brust verschränkt, den Blick zum Boden gesenkt. Maryon, die auf dem Hocker saß, in Reichweite von Sir Gawyn und von dem Tisch, betete den Rosenkranz. Will und sie blickten hoch, als Frevisse in der Tür stehenblieb. Dann richtete Will sich auf, und Maryon erhob sich, einen beunruhigten, fragenden

Ausdruck im Gesicht. Frevisse bedeutete ihnen mit einem Lächeln, daß alles in Ordnung war, und machte Maryon ein Zeichen, nach draußen zu kommen.

»Ich bin wach«, sagte Sir Gawyn. »Ihr braucht nicht zu gehen.« Er hob seinen Kopf vom Kissen, um zu sehen, wer gekommen war. Seine Augen glänzten leicht fiebrig. Er runzelte die Stirn. »Ihr wart am Anfang auch hier. Als wir gekommen sind. Ich kann mich erinnern, Euch gesehen zu haben.«

»Das ist Schwester Frevisse«, erklärte Maryon.

Sein Blick wurde klar, als er sie wiedererkannte. »Schwester Frevisse«, wiederholte er. »Ja, Maryon hat von Euch gesprochen. Will?«

Will war einen Schritt nach vorn getreten, als Sir Gawyn aufgesehen hatte. Ohne daß man ihm weitere Befehle erteilen mußte, verließ er den Raum.

»Er wird aufpassen, daß uns niemand hört«, sagte Sir Gawyn. »Ist alles in Ordnung? Was ist mit den Jungen?«

»Es geht ihnen gut. Aber sie haben sich heute nachmittag aus dem Kloster gestohlen – nein, es ist ihnen nichts passiert, sie sind nur naß geworden, weil sie fröhlich in einem Bach gespielt haben. Nachdem ich sie entdeckt und ins Kloster zurückgebracht habe, waren sie nicht mehr so fröhlich.«

»Wo war Jenet?« wollte Maryon wissen.

»Vermutlich in der Dorfkirche.«

»Um an Hery Simons Sarg zu beten.«

»Wahrscheinlich«, stimmte Frevisse zu. Wenn das der Name des Mannes war, den sie geliebt hatte.

Als er diesen Namen hörte, spannte Sir Gawyn die Lippen an. Dann fragte er: »Wann werden sie bestattet?«

»Morgen, sofern der Sheriff und der Coroner zufriedengestellt sind. Sie sollen heute abend hier ankommen, habt Ihr davon gehört?«

»Master Naylor hat es uns ausrichten lassen«, sagte Maryon. »Wieso haben sie so lange gebraucht?«

»Ich nehme an, sie hatten die Rechtsfragen eines Streitfalles zu klären, der in einem Dorf am anderen Ende der Grafschaft zu tödlicher Gewalt geführt hat, bevor sie sich hierher auf den Weg machen konnten.«

»Auch recht«, sagte Sir Gawyn. »Jetzt habe ich einen klareren Kopf, als ich gehabt hätte, wenn sie früher gekommen wären – und mehr Kraft.«

»Ihr seht schon viel besser aus.«

»Ich fühle mich aber nicht viel besser.« Er führte seine rechte Hand zu dem Wulst aus Bandagen an seiner linken Schulter, berührte ihn aber nicht »Aber ich fühle mich immerhin besser als Hery und Hamon, die gestorben sind.« Er legte die Hand wieder an seine Seite.

»Und sein Fieber ist nicht schlimmer, als es den Umständen entspricht«, sagte Maryon. »Eure Schwester Claire ist ausgezeichnet. Wenn alles so weitergeht, können wir vielleicht noch vor Ende des Monats weiterreisen.«

Ihr sanfter Waliser Akzent schwang in ihrer Stimme mit, doch Sir Gawyn hatte die Augen wieder geschlossen und lag bewegungslos da, ohne zu antworten. Frevisse, die so tat, als sähe sie es nicht, sagte: »Wir müssen die Kinder irgendwie beschäftigen, wenn sie noch so lange im Kloster bleiben sollen.«

»Jenet soll sich um sie kümmern«, sagte Maryon. »Sie muß aufhören, dauernd um Hery zu trauern.«

»Sie tut ihr Bestes, denke ich. Nur haben wir so wenig zu bieten, womit Edmund und Jasper unterhalten und beschäftigt werden könnten. Ich wollte Euch daher fragen, ob wir ihnen vielleicht erlauben sollten, das Kloster zu verlassen, wenn sie jemand begleitet und sie innerhalb der Mauer bleiben? Freilich erst, nachdem der Sheriff und der Coroner fort sind. Es würde ihnen helfen, die übrige Zeit ruhiger zu sein, glaube ich.«

»Vielleicht werden sie tatsächlich davon abgehalten, auf eigene Faust Entdeckungsreisen zu unternehmen, wenn wir ihnen das gestatten«, stimmte Maryon nachdenklich zu.

»Und ich werde versuchen, zusätzlich zu Jenet jemand zu ihrer Beaufsichtigung zu bekommen.« Vielleicht Schwester Amicia, die wie eine nie versiegende Quelle unaufhörlich davon redete, wie niedlich, hübsch, charmant und klug sie seien.

Leise sagte Maryon: »Er schläft wieder.«

Sie hatte Sir Gawyn die ganze Zeit über nicht aus den Augen gelassen. Da sah auch Frevisse, daß sein Atem ruhig ging und seine Züge sich entspannt hatten. Schlaf war wahrscheinlich das Beste für ihn in diesen Tagen. In stiller Übereinkunft verließen sie und Maryon den Raum.

Will stand etwas abseits vom Eingang und unterhielt sich mit einem kleinen, gedrungenen Mann, der grobe Kleidung trug, als wäre er ein Stallknecht oder ein Bewaffneter. Dem Schwert an seiner Seite nach zu urteilen, war er letzteres. »Colwin«, sagte Maryon zu ihm, »ist alles in Ordnung?«

»Ja doch, Herrin«, antwortete Colwin mit einer Verbeugung. »Ich war nur draußen, um die Pferde auszureiten, und jetzt wechseln Will und ich einander ab.«

Da Sir Gawyn krank war, hatten die Männer offensichtlich akzeptiert, daß die Autorität nun bei Maryon lag. Soweit Frevisse sie kannte, würde sie gut damit zurechtkommen, und wehe dem, der dies anzweifelte. Leicht belustigt versuchte sie sich vorzustellen, was sich hier zwischen Maryon und Schwester Alys abgespielt haben mochte, da sie beide sehr unterschiedliche Ansichten und einen starken Willen hatten.

Eine außergewöhnliche Betriebsamkeit und Geschäftigkeit an der Tür richtete ihre Aufmerksamkeit nach draußen. »Ich glaube, der Sheriff und der Coroner sind da«, sagte Frevisse beklommen.

Maryon kehrte ohne ein Wort zu Sir Gawyn zurück. Will und Colwin tauschten Blicke und stellten sich zu beiden Seiten der Tür auf.

Frevisse wünschte, sie hätte ins Kloster gelangen können, ohne dem Coroner Master Montfort zu begegnen. Die wenigen Male, die er hiergewesen war, hatte er ihre Einmischung in seine Angelegenheiten nicht gutgeheißen. Und sie hatte seine Dummheit nicht gutgeheißen. Er und ein Mann, der vermutlich der Sheriff war, traten jetzt mit etwa einem halben Dutzend Leuten ihres Gefolges in die Halle. Schwester Alys steuerte auf sie zu, um sie willkommen zu heißen, und es sah nicht so aus, daß Frevisse ihnen entgehen konnte, es sei denn, sie entschloß sich zu einem schmachvollen Rückzug in die Küche, in der Hoffnung, später wieder hinausschlüpfen zu können.

Sie beschloß, dies nicht zu tun. Die Hände in die Ärmel gesteckt, lief sie mit gesenktem Blick durch die Halle und hoffte, Schwester Alys und Master Montfort würden sie ignorieren, denn dann konnte auch sie die beiden absichtlich übersehen.

Schwester Alys hätte dies vermutlich auch nur zu gern getan, doch als Frevisse einen Bogen um sie machte, wobei sie lediglich einmal respektvoll in ihre Richtung nickte, sagte Master Montfort: »Schwester Frevisse, nicht wahr? Ihr seid nicht mehr Hospitalaria, was tut Ihr also hier? Wieder was im Schilde führen? Nichts da! Das ist die, vor der ich Euch gewarnt habe, Master Worleston. Seht Euch vor, Schwester Frevisse, er ist gewarnt. Er weiß über Euch Bescheid und wird nicht gestatten, daß Ihr Euch mehr einmischt, als ich zulasse.«

Frevisse achtete darauf, sich den Ärger, den Master Montfort immer in ihr auslöste, nicht anmerken zu lassen. Sie machte ein friedfertiges Gesicht und knickste vor Master Worleston. Er erwiderte ihren Gruß mit einer Verbeugung, und beide nahmen die Gelegenheit wahr, einander anzusehen. Er war ein stattlicher Mann, dessen Gesichtsfarbe verriet, daß er zu leben wußte. Seine dunkle, bis zu den Waden reichende Houppelande eignete sich durch ihren Schnitt gut zum Reiten und verzichtete auf den überflüssigen Stoff, in dem wiederum Master Montfort so gerne schwelgte, um seine Wichtigkeit unter Beweis zu stellen. Frevisse sah, daß er darüber, wie Master Montfort sie vorgestellt hatte, vor allem amüsiert war, denn er sagte: »Schwester Frevisse, ich freue mich, Euch kennenlernen zu dürfen.«

»Gott segne Euch in allem, was Ihr tut«, entgegnete sie.

»Sie war gerade im Begriff zu gehen«, erklärte Schwester Alys. »Sie war nur auf einem Botengang für Schwester Claire hier, den sie jetzt beendet hat, nicht wahr, Schwester?«

»In der Tat«, stimmte Frevisse zu, verneigte sich leicht vor Master Worleston und Master Montfort und verließ dann die Halle des Gästehauses in beinahe heiterer Stimmung.

Am nächsten Morgen regnete es für kurze Zeit, doch als Frevisse am Vormittag aus der Kirche kam, brach bereits die Sonne durch die Wolken. Ihre bis dahin zu erledigenden Arbeiten hatte sie schon hinter sich und die erste Hälfte ihrer Buße, fünfhundert Vaterunser und zweihundert Ave Maria, bereits begonnen. Der andere Teil der Buße, nämlich während der nächsten zwei Wochen weder Bier noch Wein, sondern nur Wasser zu trinken, war weder so leicht auszuhalten noch so schnell zu erfüllen. Dennoch lächelte sie innerlich – es hätte sich nicht geschickt, auch äußerlich zu lächeln –, denn der große Nutzen einer Buße lag darin, daß sie das Gewissen reinigte. Und sie war ihrer Verantwortung für Schwester Thomasine enthoben, denn ihre Erklärung, daß Schwester Thomasine auf ihren Befehl hin das Kloster verlassen habe, hatte Schwester Thomasine eine eigene Buße erspart.

Im Kreuzgang blieb sie stehen, um den Klostergarten zu betrachten. Auf jedem Grashalm und auf jedem Blütenblatt glänzten Kristalltröpfchen. Die Luft war von dem Duft nach feuchter Erde und sprießenden Pflanzen erfüllt. Frevisse atmete tief ein und vergaß bis auf die Schönheit des Augenblicks alles um sich herum. Sie hatte gelernt, den Wert der vorübergehenden Offenbarungen des Lebens zu schätzen und sich daran zu erfreuen, wann immer dies möglich war.

Diesmal wurde sie von Schwester Claire unterbrochen, die den Kreuzgang entlangeilte. Sie hatte ein kleines abgedecktes Tongefäß in den Händen. Als sie bemerkte, daß Frevisse sie gesehen hatte, machte sie ihr mit dem Kopf ein Zeichen, ihr in den Durchgang zu folgen. Frevisse rief sich zur Ordnung und folgte ihr. Schwester Claire hielt ihr das Gefäß hin und sagte: »Würdet Ihr das Mistress Maryon bringen? Ich habe Schwester Thomasine versprochen, daß ich es tun würde, da sie so ungern zu Fremden geht und im Moment so viele davon hier sind. Doch es gibt ein Problem in der Küche, um das ich mich kümmern muß, wenn wir rechtzeitig essen wollen. Mistress Maryon kann die Wunde damit behandeln, das ist kein Problem, doch ich möchte wissen, wie die Wunde aussieht, und würde es lieber von Euch als von einer Dienerin erfahren.«

Obwohl Frevisse gehofft hatte, Master Montfort und Master Worleston aus dem Weg gehen zu können, hatte sie Verständnis für Schwester Claires und Schwester Thomasines Nöte und nahm den Tontopf zuversichtlich lächelnd an. »Gern, Schwester.«

»Dank' Euch«, sagte Schwester Claire und lief auf die Küche zu.

Wegen des Regens waren die meisten Gefolgsleute des Sheriffs und des Coroners an diesem Morgen im Haus geblieben, doch jetzt kamen sie – wie auch die Sonne – nach draußen und setzten sich auf den Brunnenrand im Hof oder gingen durchs Tor, um zu sehen, was man dort tun könnte, solange ihre Herren hier beschäftigt waren. Frevisse steckte die Hände in die Ärmel, verbarg das Gefäß darin, neigte den Kopf, so daß ihr Gesicht an beiden Seiten durch den Schleier verdeckt war, und ging – unbemerkt, wie sie glaubte – an ihnen vorbei durch die Halle zu Sir Gawyns Raum.

Dort waren nur Sir Gawyn und Maryon. Er lag ein bißchen aufrechter in den Kissen als am Tag zuvor und war nicht mehr so blaß, doch die Röte auf seinen Wangen veranlaßte Frevisse, ihn ohne Gruß zu fragen: »Habt Ihr Fieber?« Eine fiebrige Infektion der Wunde war das Schlimmste bei einer Verletzung dieser Art. »Nein«, sagte Maryon sofort, als könnte sie diesen Verdacht dadurch abwenden, indem sie die Frage entschieden verneinte.

»Ich habe gerade eine unangenehme Unterhaltung mit dem Sheriff und diesem Idioten von einem Coroner hinter mir«, erklärte Sir Gawyn kurz angebunden.

Frevisse wußte aus Erfahrung, daß schon eine kleine Weile in der Gesellschaft Master Montforts genügte, einem die Zornesröte ins Gesicht zu treiben. »Und habt Ihr ihn zufriedengestellt?«

»Ich denke schon. Zumindest Montfort. Der Sheriff ist klüger, doch es gab nichts auszusetzen, außer daß dies eine ungewöhnliche Gegend für Geächtete ist, was allerdings kaum unsere Schuld ist. Wir waren auf Reisen und wurden überfallen.« Sir Gawyn schloß die Augen und sank schwer atmend tiefer ins Bett zurück. »Aber es war nicht so einfach, wie ich gehofft hatte.«

»Jetzt befragen sie Will und Colwin«, sagte Maryon. »Wir hoffen, daß sie es dabei bewenden lassen und dann wieder gehen.«

»Werden sie nicht auch mit Euch oder Jenet sprechen wollen?«

»Sie wollten wissen, ob ich bestätigen kann, was Sir Gawyn gesagt hatte, was ich natürlich tat. Und sie scheinen kein Interesse daran zu haben, etwas von jemandem zu erfahren, der so verängstigt ist wie Jenet in der Obhut der Nonnen.«

»Und Edmund und Jasper?«

»Wir haben sie nicht erwähnt.«

»Was ist mit den Toten?«

»Sie haben sie sich gestern abend vor dem Essen angesehen und dann die Erlaubnis erteilt, sie zu bestatten. Der Trauergottesdienst findet heute nachmittag statt, anschließend werden sie im Kirchhof beigesetzt«, sagte Mistress Maryon.

»Ich werde dafür sorgen, daß die Jungen beaufsichtigt sind, damit Jenet zum Trauergottesdienst gehen kann«, bot Frevisse an.

»Das wäre sehr lieb von Euch.«

Frevisse reichte ihr den kleinen Topf. »Schwester Claire hat mich gebeten, Euch dies für die Wunde zu bringen. Sie sagte, Ihr wüßtet, was zu tun sei, und ich solle mir die Wunde ansehen.«

Maryon wandte sich zu Sir Gawyn um. »Könnt Ihr es jetzt ertragen, oder würdet Ihr lieber noch eine Weile ausruhen?«

Sir Gawyn lächelte gequält. »Tut es lieber gleich, damit es vorbei ist.«

Frevisse stand auf der anderen Seite des Raums, als Maryon die Wunde aufdeckte. Sir Gawyn ertrug schweigend die damit verbundenen Schmerzen und Bewegungen, doch trotz Maryons großer Vorsicht war er danach wieder sehr bleich. Er kniff die Lippen zusammen, und seine Brust hob und senkte sich schwer unter seinen Bemühungen, ruhig zu atmen. Maryon sah Frevisse an, die daraufhin an das Bett trat.

Da sie nicht zartbesaitet war, sah sich Frevisse die Wunde aus der Nähe an. Das Fleisch an den Wundrändern war noch nicht geheilt, aber weder rot oder geschwollen noch farblos, und es roch auch nicht faulig. Soweit Frevisse es beurteilen konnte, sah die Wunde den Umständen entsprechend gut aus – viel besser als noch vor vier Tagen.

Sir Gawyn verrenkte seinen Kopf, um den Schnitt sehen zu können, und fragte: »Wißt Ihr, was Ihr tut? Die lammfromme Mäuseschwester, die an den anderen Tagen hier war, sagt, es müsse von innen nach außen heilen, anstatt sich zu überkrusten und nach innen zu heilen.«

»Es gibt für beide Heilweisen Argumente«, sagte Frevisse, »doch Schwester Claire und Schwester Thomasine haben mit dieser hier gute Erfolge erzielt.«

Sir Gawyn lachte auf. »Und wie viele Schwerthiebe kommen in einem Nonnenkloster normalerweise vor?«

»Nicht unbedingt Schwerthiebe, aber Schnitte durch Sensen und Messer und eine allgemeine Unachtsamkeit in der Umgebung des Dorfes, so daß sie ausreichend Gelegenheit hatten, tiefe Wunden dieser Art zu behandeln.«

»Das hier war keine Unachtsamkeit«, sagte Sir Gawyn bitter.

»Doch«, verbesserte Maryon. »Der Mann wollte Euch töten und verfehlte sein Ziel.«

Sir Gawyn lachte. »Wohl wahr! Aus Unachtsamkeit hat er mich verfehlt, und noch unachtsamer war es, meinen Gegenschlag nicht zu stoppen.«

Während sie sprachen, hatte Maryon Wein in eine der Schüsseln auf dem Tisch gegossen. Dann kam sie mit der Schüssel und einem Schwamm zum Bett zurück. Sir Gawyn holte tief Luft, schloß die Augen und spannte die Muskeln an für das, was nun kam. Mit einem ähnlichen Gesichtsausdruck legte Maryon saubere Tücher auf die Wunde und begann, diese so vorsichtig wie möglich mit dem Wein zu tränken. Trotz der Anspannung tat sie es sorgfältig, betupfte die Wunde dann mit einem trockenen Handtuch, stellte Schüssel und Schwamm beiseite und nahm Schwester Claires Gefäß mit der Salbe in die Hand. Ganz, ganz vorsichtig – ihre Fingerspitzen berührten Sir Gawyn kaum dabei – strich sie die Salbe auf die Wunde und sagte, als sie auch das Töpfchen wieder beiseite stellte: »So. Für heute ist es gut. Jetzt muß ich es nur noch verbinden.«

Sir Gawyn hatte bei ihrer Berührung stumm gezittert. Jetzt atmete er tief durch, und seine Hände lösten sich von den Bettlaken, obwohl seine Stirn vor Schweiß glänzte. Als Maryon ihm Gesicht und Hals mit einem sauberen Lappen abwusch, öffnete er die Augen und lächelte sie an. »Wird schon wieder werden.«

Sie lächelte zurück und sagte: »Das hoffe ich doch.«

Zwischen den beiden schien mehr als nur die Behandlung einer Wunde stattzufinden, dachte Frevisse. Hatte es sich erst hier ergeben, oder hatte die Geschichte schon vorher begonnen?

Ein kurzes energisches Klopfen an der Tür war Master

Montforts einzige Warnung, bevor er den Raum betrat. Grußlos taxierte er Sir Gawyns Schulter und sagte: »Das sieht schlimm aus, und Ihr könnt von Glück reden, wenn es sich nicht entzündet. Ich habe im Laufe der Zeit eine Menge Wunden gesehen, wißt Ihr. Die hier sieht zwar so aus, als würde sie heilen, aber Ihr werdet nie wieder Eure gewohnte Kraft in dem Arm haben. Ich wäre sogar sehr überrascht, wenn Ihr Eure Hand bis zum Kopf heben könntet, nachdem die Wunde geheilt ist.«

Bevor Sir Gawyn antworten konnte, sagte Maryon verächtlich: »Die Zeit wird es erweisen. Und die Krankenschwester hier ist sehr erfahren. Es steht Euch nicht an, Verhängnis oder Freude vorherzusagen.«

»Ich bin in Sachen Wahrheit unterwegs, Frau«, entgegnete Master Montfort und richtete sich auf, um seine Würde angesichts der Meinung einer Frau geltend zu machen. »Ich habe es gesagt, weil es wahr ist. Man muß der Wahrheit ins Auge sehen, wie auch immer sie lautet.«

Doch sowohl Frevisse als auch Maryon hatten bereits erfahren, was für Master Montfort Wahrheit bedeutete. Für ihn kam die Wahrheit dem am nächsten, was ihm selbst am bequemsten oder seinem Ruf am förderlichsten zu sein schien. Da Maryons Blick vermuten ließ, daß sie ihm genau das sagen wollte, sprach Frevisse sanft: »Seid Ihr und Master Worleston schon zu einem Entschluß gekommen?«

Master Montfort wandte ihr seine mißgünstige Aufmerksamkeit zu. »Das wollte ich diesen Leuten hier gerade berichten. Alles ist zu unserer Zufriedenheit geklärt worden, so wie wir es erwartet haben. Sie wurden feige von Männern angegriffen, die es darauf abgesehen hatten, sie auszurauben, und die diese Dummheit mit ihrem Leben bezahlt haben. Nicht einmal ein Bußgeld für die Krone gibt es und vermutlich auch kaum Erlös aus den Habseligkeiten der Verbrecher, wenn wir sie verkaufen. Ein jämmerliches Geschäft also.« Er sah Frevisse scharf an und fügte hinzu: »Daher hoffe ich, daß Ihr nicht glaubt, einen Haken an der Sache gefunden zu haben, und nicht versessen darauf seid, etwas anderes darin zu sehen!«

Frevisse senkte den Kopf und sagte ziemlich ehrerbietig: »Nein, ich bin zufrieden mit dem, was Ihr und Master Worleston herausgefunden und verkündet habt. Wir sind alle zufrieden, da bin ich sicher.«

»Dann ist es gut. Ausgezeichnet.« Master Montfort warf Sir Gawyn erneut einen scharfen Blick zu. »Diese Schulter gefällt mir überhaupt nicht, möchte ich meinen«, stellte er noch einmal fest und verließ den Raum.

Maryon ging ihm rasch nach und schloß die Tür mit solcher Gewalt, daß sie nur im letzten Moment verhindern konnte, daß sie zuknallte. »Idiot! Idiot, Idiot, Idiot!« zischte sie.

»Dann hat sich ja alles in Wohlgefallen aufgelöst«, sagte Frevisse. »Jetzt muß ich aber gehen.« Sie hatte in Erfahrung gebracht, was Schwester Claire ihr aufgetragen hatte, und gehört, was sie von Master Montfort zu hören gehofft hatte. Alles übrige konnte sie Maryon und Sir Gawyn überlassen, sie wollte damit nichts zu tun haben. Vor allem, da sie fürchtete – und Maryon vermutlich auch, weil sie sich so entschieden dagegen verwahrt hatte –, daß Master Montfort zumindest in einer Sache recht hatte: daß Sir Gawyn verkrüppelt sein würde, egal, wie gut die Wunde heilte.

Sie dankten ihr, bevor sie den Raum verließ und die Halle durchquerte, unbeachtet, wie sie gekommen war, bis sie draußen an der Treppe zum Hof auf Master Worleston stieß. Sie neigte respektvoll den Kopf und wollte an ihm vorbeigehen, doch er sagte: »Schwester ... Frevisse, nicht wahr?«

Sie blieb gezwungenermaßen stehen und bejahte. »Kann ich etwas für Euch tun?«

»Man hat uns hervorragend versorgt, und wir werden nach dem Essen abreisen. Ich habe Euren Onkel gekannt. Er hat manchmal von Euch gesprochen, und ich wollte die Gelegenheit wahrnehmen, Euch kennenzulernen.«

Frevisse lächelte ihn an. Mittlerweile, da der erste grausame Schmerz über seinen Tod vorüber war, freute sie sich, wenn jemand von ihrem Onkel sprach. »Woher wußtet Ihr, daß ich seine Nichte bin?«

»Master Montfort hat gestern abend davon erzählt.«

»Ah.« Frevisse konnte sich vorstellen, in welchem wenig schmeichelhaften Zusammenhang Master Montfort von ihr gesprochen haben mochte.

Master Worleston lächelte, ohne den Mund zu verziehen, als würde er sich in einem unpassenden Moment amüsieren. »Er hat mich natürlich vor Euch gewarnt.«

»Natürlich«, pflichtete sie bei. »Und welcher Meinung gebt Ihr den Vorzug? Der meines Onkels oder der von Master Montfort?«

Master Worleston zog in gespieltem Ernst die Augenbrauen zusammen, als müsse er die Antwort bedenken, und fragte dann feierlich: »Im Ganzen besehen, unter Berücksichtigung dessen, was ich über jeden der beiden Männer weiß, was glaubt Ihr?«

»Daß Master Montfort eine echte Bewährungsprobe für Euch darstellen muß.«

»Das könnte man so sehen«, stimmte der Sheriff zu.

»Doch zumindest habt Ihr diese Angelegenheit recht schnell erledigt.«

»So scheint es.«

Mit einem unguten Gefühl hörte Frevisse den versteckten Vorbehalt aus Master Worlestons Worten heraus. »Scheint?« fragte sie.

»Nichts als ein fehlgeschlagener Raubüberfall. Vielleicht ein paar Tote zuviel, aber das kann vorkommen. Alles aufgeklärt, über alles Rechenschaft abgelegt.« Master Worleston leierte die Fakten herunter, wie sie vermutlich in seinem Bericht des Vorfalls aufgelistet würden. Doch seine Stimme hatte einen unzufriedenen Beiklang, als er sagte: »Und doch bleiben einige Unklarheiten.«

»Inwiefern?« Frevisse bemühte sich, nur mäßig interessiert zu klingen.

»Für eine Bande mittelloser Geächteter waren sie sehr gut ausgerüstet. Und es hat keine weiteren Berichte über Geächtete in der Nähe gegeben.«

»Sie können ebensogut von weiter weg gekommen sein, wo es für sie zu gefährlich geworden ist. Aus einer anderen Grafschaft«, gab Frevisse zu bedenken. »Oder sie mußten vor kurzem den Dienst bei einem Lord quittieren und haben sich erst jetzt auf das Räuberhandwerk verlegt.«

Master Worleston schüttelte den Kopf, nicht, weil er ihre Vorschläge verwarf, sondern aus Unzufriedenheit. »Es wird noch weitere Verhöre geben müssen.«

»Dann reist Ihr also nicht ab?«

»Hier sind wir einstweilen fertig. Ich bezweifle, daß man von diesen Leuten noch mehr erfahren kann. Aber ich möchte mehr über die Männer wissen, die getötet wurden.« Er schüttelte den Kopf, als wolle er seine Bedenken dadurch zerstreuen, lächelte und neigte sich ihr zu. »Wie schön, Euch kennengelernt zu haben, Schwester Frevisse. Euer Onkel hat große Stücke auf Euch gehalten.«

Frevisse erwiderte mit einem Knicks: »Habt Dank für Eure freundlichen Worte. Ich hoffe, wir sehen uns wieder, Sir. Gott schütze Euch bis dahin.«

»Euch auch.«

Zu einem anderen Zeitpunkt wäre Frevisse sehr erfreut gewesen, Master Worlestons Bekanntschaft gemacht zu haben. Er war sowohl intelligent als auch sympathisch. Aber jetzt war Master Montforts Ignoranz fast vorzuziehen. Master Worlestons Scharfsinn ließ sie auf unbequeme Art spüren, wie dünn die Hülle um Maryons heimlich mitgeteilte Wahrheiten war, die zusammenzuhalten sie eingewilligt hatte.

Dieser Gedanke mißfiel ihr, wie auch die Tatsache, daß sie nichts dagegen tun konnte.

Doch weil man wirklich nichts unternehmen konnte, verscheuchte sie diesen Gedanken und überlegte statt dessen, was man an diesem Nachmittag mit den Jungen unternehmen konnte, während Jenet bei dem Begräbnis von Hery und den anderen Männern war.

Master Worleston, Master Montfort und ihr Gefolge ritten am frühen Nachmittag von St. Frideswide weg. Frevisse hörte im Kreuzgang das Hufgeklapper ihrer Pferde und atmete in der darauffolgenden Stille erleichtert auf. Sollte Master Worleston seine Untersuchungen fortführen, würden sie ihn später hierher zurückbringen, doch einstweilen war das Priorat ihn und Master Montfort los.

Sie ging zum Zimmer der Knaben, die zwar, wie sie wußte, zusammen mit Lady Adela zum Unterricht bei Schwester Perpetua in den Kapitelsaal gegangen waren, doch sie suchte Jenet. Wie erwartet war sie da. Sie saß auf einem Hocker und flickte die zerrissene Ferse einer der Strumpfhosen der Jungen. Als Frevisse anklopfte, stand sie rasch auf, sagte: »Kommt doch bitte herein« und knickste. Sie war eine etwas dickliche junge Frau mit einem freundlichen Gesicht, das vermutlich sogar recht hübsch war, wenn es nicht gerade von roten, verweinten Augen und einer geschwollenen Nase verunstaltet wurde.

Mit einer Kopfbewegung auf die Strumpfhose sagte Frevisse: »Die Kinder schonen ihre Kleidung nicht gerade, wie?«

Jenet lächelte flüchtig. »Es geht. Sie sind brave Jungen.« Sie schien sich nicht entscheiden zu können, ob sie das Kleidungsstück beiseite legen oder weiter festhalten sollte. Statt dessen knetete sie es in ihren Händen, bis Frevisse fragte: »Gehst du heute nachmittag zur Beerdigung?« Jenet preßte die Strumpfhose gegen den Mund, um einen Schluchzer zu ersticken, und sagte atemlos: »Ja, bitte!« Trotz ihrer Bemühungen schluchzte sie kurz auf, bevor sie hervorstieß: »Er wird heute nachmittag bestattet, Hery meine ich, und jemand sollte hingehen. Er war ein anständiger Mann. Es tut mir leid wegen gestern, daß ich nicht da war.« In ihre Augen traten Tränen, die dann langsam über die Wangen rollten. »Aber ich muß unbedingt heute nachmittag hingehen. Unbedingt.«

»Natürlich mußt du gehen«, beruhigte sie Frevisse, obwohl sie selbst eigentlich nicht besonders ruhig war. Die Frau tat ihr in ihrem Kummer leid, doch sie wollte nicht zu sehr einbezogen werden. »Ich bin nur gekommen, um dir zu sagen, daß man sich um die Jungen kümmern wird, du brauchst dir keine Sorgen um sie zu machen, während du fort bist.«

Sie war aber auch gekommen, um sicherzugehen, daß Jenet noch da und nicht noch einmal einfach verschwunden war – nach der gestrigen Ermahnung. Es war ja gut und schön, daß sie trauerte, doch die vierzehntägige Buße mit nichts als Wasser verdankte Frevisse Jenets Sorglosigkeit!

Unter Tränen schluchzte Jenet voller Dankbarkeit: »Ihr seid so gut. Ihr seid so furchtbar gut. Dank' Euch. Dank' Euch vielmals. Danke ...«

Frevisse verließ sie, während Jenet weiterhin dankbar in die Strumpfhose weinte. Sie hatte mit Schwester Claire vereinbart, daß Schwester Perpetua und Schwester Lucy einen Großteil des Nachmittags mit den Kindern im Obstgarten verbringen würden. Schwester Claire hatte die beiden ausgewählt – Schwester Perpetua, weil sie am häufigsten Umgang mit den Kindern hatte, Schwester Lucy, weil Schwester Claire das Gefühl hatte, sie brauche etwas Erholung von der unablässigen Pflege Priorin Ediths. Obwohl sie dies auf eigenen Wunsch und von ganzem Herzen tat, war Schwester Lucy nicht viel jünger als Priorin Edith selbst. Die lange Anstrengung ermüdete sie, und die Ruhe eines Nachmittags im Obstgarten würde ihr guttun. Frevisse wollte währenddessen ihren Platz bei Priorin Edith einnehmen.

Sie ging die Treppe zu Priorin Ediths Räumen hoch. Schwester Lucy wartete an der Tür zum Empfangszimmer, um ihrem Klopfen zuvorzukommen. Auf Frevisses fragenden Blick machte sie ein Zeichen, daß Priorin Edith schlief und alles in Ordnung war. Frevisse nickte und gab Schwester Lucy mit einer Geste zu verstehen, daß sie gehen könne. Dies tat sie auch, nachdem sie einen letzten vorsichtigen Blick in die Schlafkammer geworfen hatte, und als das Schlurfen ihrer Pantoffeln auf der Treppe verklungen war, legte sich die friedliche Stille des Sommernachmittags über das Empfangszimmer.

Frevisse trat an das Fenster zum Hof. So früh am Nachmittag kamen noch keine Reisenden, die um ein Nachtquartier baten. Nach der Abreise des Sheriffs und des Coroners und ihres Gefolges bot sich also derzeit ein verlassenes Bild. Während Frevisse nach draußen sah, erschien Schwester Claire. Sie war selbst von hier oben und von hinten an ihrer geringen Körpergröße und ihrem forschen Schritt zu erkennen, überquerte unten den Hof und trat ins neue Gästehaus ein. Um selbst nach Sir Gawyn zu sehen, nahm Frevisse an.

Sie ließ ihren Blick über die Dächer zum Himmel schweifen, auf dem weiße Wolken in dem Blau eines herrlichen Sommernachmittags dahinzogen und der für eine Weile keinen Regen mehr verhieß. Am Morgen hatte die Heuernte begonnen. Nach drei Hungerjahren, die durch Kälte und Nässe verursacht worden waren, schien dies ein gutes Jahr zu werden.

Doch St. Frideswide stand der Verlust seiner Priorin bevor.

Sie durchquerte den Raum und blieb an der Schwelle zur Schlafkammer stehen. Die Priorin lag unter ihren Laken und war so still, daß Frevisse ängstlich einen Schritt näher trat, um sicherzugehen, daß sie noch atmete.

Beständig hob und senkte sich das Laken ein wenig. Heimlich beschämt wegen der plötzlichen Furcht, die ihr Herz befallen hatte, ging Frevisse auf Zehenspitzen zu dem Betstuhl an der Wand, um zu beten. Nicht für Priorin Ediths Heilung, sondern für ihren sanften Tod, wenn die Zeit gekommen war, sowie für sich selbst um die Gnade, ihn zu akzeptieren. Bereitwillige Annahme dessen, was unabänderlich war, gehörte zu Frevisses selbstgesteckten Zielen hier in St. Frideswide, doch sie war sich bewußt, daß sie darin noch keine Perfektion erreicht hatte. Zumindest hatte sie jedoch gelernt, sich ins Gebet zu vertiefen, und wie immer, wenn ihr dies besonders gut gelang, vergaß sie die Zeit. Priorin Edith selbst holte sie mit einem geflüsterten »Schwester Frevisse?« zurück.

Frevisse beendete hastig ihr Gebet und stand auf, um ans Bett zu treten. »Ja, Ehrwürdige Mutter. Schwester Claire hielt es für gut, daß Schwester Lucy bei dem schönen Wetter eine Weile draußen verbringt.«

»Wie schön von ihr, das freut mich. Und auch, daß Ihr hier seid.« Sie hob kaum merklich die Hand vom Laken. Frevisse griff nach der altersdünnen, knöchernen Hand, um sie sanft in die ihre zu legen. Priorin Ediths Finger umschlossen die ihren, und die Priorin murmelte, während sie die Augen schloß: »Das ist besser.« Und nach einer Weile: »Ich treibe immer wieder ab, und es hilft, jemanden zu haben, der einen hält.« Sie öffnete die Augen und sah Frevisse direkt ins Gesicht. »Ihr wißt ja, Ihr werdet nicht meine Nachfolgerin.«

Ohne nachzudenken, bekreuzigte sich Frevisse eilig und rief inbrünstig: »Da sei Gott vor, daß ich das werden sollte!«

Priorin Edith lächelte. »Ich hätte Euch gewählt, wißt Ihr.«

Frevisse versuchte nicht, ihre Bestürzung angesichts dieser Worte zu verbergen. »Nein, das wußte ich nicht. Ich will dieses Amt auch gar nicht.«

»Das zählt zu den Gründen, warum Ihr dafür geeignet wärt. Aber man wird Euch nicht wählen. Habt keine Angst.«

Frevisse blieb still, gefangen im Widerspruch zwischen dem Bedürfnis, nach dem Grund dafür zu fragen, und dem plötzlichen Bewußtsein, daß sie sich bislang geweigert hatte, auch nur in Erwägung zu ziehen, was nach Priorin Ediths Tod passieren würde. Priorin Edith fielen die Augen wieder zu, doch sie fuhr fort: »Ich hoffe, daß Schwester Claire das Amt übernimmt. Deshalb habe ich sie auch zur Kellermeisterin gemacht.«

Da die Kellermeisterin so viele Pflichten hatte, war es üblich, daß die jeweilige Amtsinhaberin, sofern sie sich bewährt hatte, in das eine Stufe höher stehende Amt der Priorin gewählt wurde, wenn es an der Zeit war.

»Ich glaube, sie will es auch nicht«, sagte Frevisse.

Leise faßte Priorin Edith ihre lange zurückliegende Erinnerung in Worte: »Ich wollte es auch nicht. Aber man lernt dazu. Gottes Wille ist weiser als der unsere, und man lernt dazu.«

Sie seufzte und schwieg dann. Frevisse wartete, und nach einer Weile fuhr Priorin Edith fort, als hätte sie nicht bemerkt, daß die Unterhaltung unterbrochen worden war: »Es hat damit zu tun, daß Ihr so eine besondere Persönlichkeit seid. Das macht Euch für viele Leute unbequem. Ihr zeigt Euer Mißfallen zu sehr, wenn sie dumm und gedankenlos sind und sich selbst aus Bequemlichkeit belügen. Als ob es Aufgabe einer Priorin wäre, es ihnen bequem zu machen.« Sie schmunzelte über ihre Bemerkung. »Doch es tut mir leid. Ihr hättet Eure Sache gut gemacht.«

Darauf schien es keine Antwort zu geben, daher sagte Frevisse auch nichts. Stille breitete sich zwischen ihnen aus. In der angenehmen Wärme des Nachmittags und der tröstlichen Nähe Priorin Ediths wäre Frevisse beinahe eingenickt. Sie zuckte zusammen, als Priorin Edith sagte: »Es ist schon richtig so, wißt Ihr. Es wird eine große Befreiung sein. Den Körper verlassen zu können.«

Abermals ohne nachzudenken, sagte Frevisse: »Aber nicht leicht.«

»O nein, nicht leicht.« Priorin Edith sah zur Decke, Heiterkeit im Blick. Ihre Stimme war sanft von den Gedanken, die ihr durch den Kopf gingen. »Ganz und gar nicht leicht. Und auch nicht so einfach, wie es sein sollte. Aber nichts ist ja so einfach, wie es sein sollte. Weder die Liebe noch der Haß, noch die Furcht oder gar die Hoffnung.« Sie schüttelte kaum merklich den Kopf auf dem Kissen. »Nein, die Hoffnung ist das Schwierigste von allem, habe ich manchmal gedacht. Es braucht dazu soviel von vielen anderen Dingen, unter anderem Mut. Und mutig zu sein ist auch nicht einfach.« Ihre Augen schlossen sich. Das Laken hob sich leicht und senkte sich dann wieder unter ihren angestrengten Atemzügen. Nach einer Weile sagte sie ziemlich deutlich: »Nur Gott ist unkompliziert.«

Diesmal war es Frevisse, die nach einer gewissen Zeit das Schweigen brach. Sie wußte nicht, ob Priorin Edith schlief oder nicht, aber sie fühlte den Drang, ihr zu sagen: »Wir werden Euch vermissen, Ehrwürdige Mutter. Sehr sogar.«

Mit geschlossenen Augen murmelte Priorin Edith so leise, daß Frevisse sie kaum verstehen konnte: »Es wird wohl noch eine Weile dauern. Aber nur noch eine kleine Weile.« Und ihre Mundwinkel verzogen sich zu einem ganz feinen Lächeln.

Der Tag ging langsam in den Abend über. Innerhalb der hohen Gartenmauern waren die Schatten schon lang geworden, doch die angenehme Wärme des Tages und der Duft der Blumen hielten an, und oben am Himmel blühte das rosafarbene Licht der untergehenden Sonne.

Es war die Stunde der Erbauung, und die Nonnen wandelten die Gartenpfade zumeist zu zweit oder zu dritt entlang. Ihre Stimmen klangen gedämpft, so leicht und angenehm wie der Abend. Selbst Schwester Alys, die mit Schwester Juliana sprach, war nur über die eine Hälfte des Gartens hinweg zu hören.

Frevisse ging zuerst neben Schwester Lucy und tauschte sich mit ihr über Domina Ediths Gesundheitszustand aus, wobei keine von ihnen den Gedanken aussprach, der sie am meisten beschäftigte – daß es nicht mehr lange dauern konnte. Schließlich aber gab es nichts weiter zu sagen als ebendies, woraufhin beide schwiegen. Schwester Lucy blieb vor den üppigen Knospen einer Weißen Lilie in einem großen Topf unter der Laube stehen und ließ Frevisse alleine weitergehen. An der nächsten Kreuzung gesellte sich Schwester Claire zu ihr. Frevisse kannte sie gut genug, um zu ahnen, daß dies nicht zufällig geschah, und als sie Seite an Seite gingen, fragte sie: »Was gibt's?«

Schwester Claire antwortete nicht sofort und sagte schließlich: »Sir Gawyn hat heute nachmittag nach mir verlangt. Wegen seiner Schulter.«

»Ist es schlimmer geworden?« Es war möglich, daß eine Wunde sich plötzlich verschlimmerte, selbst wenn sie morgens noch gut ausgesehen hatte.

»Nein. Es wird recht gut verheilen, denke ich. Aber er wird von der Vorstellung gequält, daß er sogar unter diesen Umständen nie mehr die völlige Kontrolle über seinen Arm haben wird.«

»Das hat er Master Montfort zu verdanken«, sagte Frevisse. »Er kam heute morgen herein, während die Wunde neu verbunden wurde, und sagte, eine solche Wunde würde seinen Arm verkrüppelt lassen. Ich hätte nicht gedacht, daß … Sir Gawyn hatte sich ja ein Bild von Master Montfort machen können, und ich hätte nicht geglaubt, er würde irgend etwas von dem, was Master Montfort zu sagen hatte, ernst nehmen.«

»Ich glaube, Sir Gawyn ahnte es sowieso bereits, doch er weigerte sich, es zu glauben, bis er gezwungen war, den Tatsachen ins Auge zu sehen.«

»Dann seid Ihr also sicher, daß er verkrüppelt bleiben wird, egal, wie gut die Wunde heilt?« Frevisse war sich bewußt, daß ihr eigenes beunruhigendes Gefühl bei diesem Gedanken nur ein schwaches Echo dessen sein konnte, was Sir Gawyn empfand.

»Ich wollte es ihm nicht so direkt sagen, doch darauf wird es hinauslaufen. Ich könnte mich irren. Menschen haben mich schon oft überrascht. Der Körper tut Dinge« – Schwester Claire machte eine angespannte Geste der Resignation mit beiden Händen –, »und wir wissen nicht, weshalb. Aber ich glaube, seine Wunde ist so tief, daß seine Muskeln nie wieder ihre Geschicklichkeit erlangen werden. Und es gibt nichts mehr, was ich sonst noch für ihn getan haben oder tun könnte. Man kann einem Körper große Verletzungen zufügen, und wir können so wenig tun, um ihn zu heilen! Das macht mich wütend!«

Da sie Schwester Claires Frustration kannte, wenn diese nicht einen gewünschten Heilerfolg erzielte, und weil sie darüber betrübt war, blieb Frevisse still. Sie paßte ihre Schritte denen von Schwester Claire an, und sie gingen weiter. Nach einer Weile war Schwester Claire etwas ruhiger geworden. Sie seufzte und sagte: »Aber wenn man nichts tun kann, hilft es auch nichts, darüber zu jammern, und ich war schon öfter so, bei anderen Fällen, bei denen ich nicht helfen konnte, nicht wahr?«

»Schon viele Male.«

Reumütig lachte Schwester Claire kurz auf. »Und ich sollte dankbar sein für die Gabe, die mir Gott geschenkt hat, anstatt mich über das zu beklagen, was mir fehlt.«

Da sie sich selbst oft dieser Sünde bezichtigte, gab Frevisse keine Antwort, und Schwester Claire fuhr fort: »Mistress Maryon läßt fragen, ob die Jungen heute abend Sir Gawyn besuchen dürfen. Zur Abwechslung für sie und für ihn.«

»Das scheint mir ein guter Vorschlag zu sein. Glaubt Ihr, Lady Adela könnte mitkommen? Um der Eifersucht vorzubeugen.«

Schwester Claire grinste. »Sie ist nicht das zurückgezogene Kind, das wir in ihr gesehen haben, nicht? Was, glaubt Ihr, hat sie schon alles angestellt, ohne daß wir davon wissen?«

»Das habe ich mich auch gefragt«, gab Frevisse zu.

»Und es wird vermutlich Unfrieden geben, wenn sie Jasper und Edmund heute abend nicht begleiten darf?«

»Möglicherweise. Falls sie es sich in den Kopf setzt. Und das wird sie wohl, wenn sie den Eindruck hat, daß ihr die Knaben vorgezogen werden.«

»Es bedarf wahrhaftig keiner weiteren Streiche mehr.« Schwester Claire klang eher belustigt als verärgert. »Dann nehmt Ihr sie am besten mit.«

»*Ich* soll sie dorthin bringen?«

»Gleich nach dem Abendessen, wenn Ihr wollt.« Da sie Frevisses Zögern spürte, fügte sie hinzu: »Oder soll es lieber Schwester Alys tun? Oder Schwester Amicia?«

»Ich dachte –« Frevisse brach ab. Sie hatte überhaupt noch nicht darüber nachgedacht. Sie wußte, daß es Schwester Claire weder mit Schwester Alys noch mit Schwester Amicia ernst war, doch sie wollte auch nicht, daß *sie* in Erwägung gezogen wurde. »Jenet«, schlug sie vor.

»Jenet ist zusammengebrochen. Das Begräbnis war zuviel für sie. Sie kam ganz aufgelöst zurück und ist jetzt im Krankenzimmer. Sie schläft, da ihr Schwester Thomasine etwas gegeben hat. Tibby paßt auf die Jungen auf. Möchtet Ihr, daß Tibby außerhalb des Klosters die Verantwortung für sie übernimmt?«

»Ich werde die Komplet versäumen. Und spät im Bett sein.«

»Ich werde Euch davon dispensieren.«

Frevisse begriff, daß die Einwände, die sie gegen den Vorschlag machte, in keinem Verhältnis zur Sache standen. Sie merkte, daß sie versuchte, sich soweit wie möglich von einem Problem fernzuhalten, für das sie keine Lösung hatte und das sie beunruhigte, weil sie hilflos war und weil eine Gefahr damit verbunden war. Aber wenigstens kannte sie die Gefahr, als einzige im Kloster. Sie neigte den Kopf und sagte ruhiger, als sie innerlich war: »Ich werde es mit Freuden tun.«

Die Knaben waren nur mit Hemd und Strumpfhose bekleidet und wehrten sich unter Protestgeschrei gegen Tibbys Versuche, ihnen den Hals zu waschen. Da sie unbemerkt eingetreten war, konnte Frevisse beobachten, wie Edmund mit angeekeltem Gesichtsausdruck dem Waschlappen zu entkommen versuchte, obwohl Tibby ihn an einem Ohr festhielt. Er wand sich, als liefe ihm heißes Öl über den Rücken, bis Tibby verzweifelt keifte: »Bei Eurer Jenet stellt Ihr Euch nicht so an, oder? Ich wette, bei ihr steht Ihr still, oder sie schlägt Euch!«

Edmund rief empört aus: »Wir werden nie geschlagen!«

»Und das soll ich Euch glauben?! Dumme Jungs nicht schlagen? Wer würde das nicht tun?« sagte Tibby verächtlich und schlug ihm mit der flachen Hand auf den Hinterkopf, sicherlich weniger heftig, als sie ihre Brüder geschlagen hätte, doch Edmund sprang zur Seite und fuhr sie ärgerlich an: »Hör' bloß auf, mich zu schlagen! Niemand behandelt mich so! Wir sind …«

»… sehr laut an einem sehr stillen Ort«, sagte Frevisse. Und als alle drei sie ansahen, fügte sie sanft hinzu: »Hat

Euch Mistress Maryon gesagt, daß Ihr Euch so benehmen sollt?«

Jasper, der weniger wütend war als sein Bruder, verstand die Warnung eher als Edmund und sah augenblicklich verunsichert drein. Edmund, der zwischen seiner Wut auf Tibby und der Empörung, unterbrochen worden zu sein, schwankte, reagierte nicht ganz so schnell, begriff dann aber den Sinn ihrer Worte rasch und machte den Mund zu, ohne das, was ihm auf der Zunge gelegen hatte, gesagt zu haben. Sein Gesicht wurde fast so dunkelrot wie sein Haar.

Frevisse gab vor, nichts von alldem zu bemerken, und sagte: »Und jetzt zieht Euch wieder an, weil ich Euch beide zu Sir Gawyn bringen werde.«

Danach ließen sie willig alles mit sich geschehen. Während Frevisse wartete, schlüpften sie eilig in ihre Westen, fischten ihre Schuhe unterm Bett hervor und ließen sich, ganz ohne zu zappeln, die Haare ordentlich kämmen, um dann stramm dazustehen, während Frevisse sie musterte und schließlich ihr Aussehen für gut befand.

»Und Lady Adela wird mit Euch kommen, sie ist ja jetzt Eure Freundin«, fügte sie hinzu.

Auch dagegen hatten sie nichts einzuwenden, sofern sie nur Sir Gawyn besuchen und recht lange aufbleiben durften.

Schwester Perpetua hatte Lady Adela zurechtgemacht, die bereits im Kloster wartete. Das Mädchen knickste anmutig vor Frevisse und dann vor Schwester Perpetua, wohlerzogen wie immer. Doch Frevisse bemerkte den raschen Seitenblick, den es Edmund und Jasper zuwarf, und wußte, daß das Mädchen genauso erwartungsvoll war wie die beiden.

Die Jungen waren seit ihrer überstürzten Ankunft nicht

mehr im Hof gewesen. Als sie ihn jetzt überquerten, machte Edmund ein paar Schritte auf den Brunnen zu. Frevisse packte ihn am Arm und brachte ihn zu den anderen zurück.

»Ich will nur hinuntersehen«, protestierte er.

»Man erwartet uns in der Halle des Gästehauses, und es wäre unhöflich, zu spät zu kommen.«

»Wenn ich kurz da hinuntergucke, werden wir nicht viel später kommen«, beharrte Edmund. »Fast gar nicht später. Nicht so viel, daß es jemand auffallen würde.«

»Die Leute bemerken oft gerade das, was ihnen nicht auffallen soll«, sagte Frevisse. »Das solltest du dir gut merken.« Sie konnte sich gerade noch zurückhalten, ein »Mylord« anzufügen. Ihr Vater konnte ja ein Niemand sein, doch es war ganz deutlich das königliche Blut ihrer Mutter, das die beiden beeinflußt hatte. »Und abgesehen davon, ist es jetzt zu spät dafür, wir sind da«, sagte sie, während sie die Kinder die Treppe zum Gästehaus hinaufschob.

Will erhob sich von seinem Hocker vor der geschlossenen Tür zu Sir Gawyns Zimmer, als sie hereinkamen. Er verbeugte sich vor Edmund und Jasper, dann vor Schwester Frevisse und Lady Adela, um dann Jasper zuzuzwinkern: »Ich hab' was für Euch. Etwas, das Ihr verloren habt, Mylord.«

Jasper sah verwirrt drein. Will griff hinter sich, zog etwas aus seinem Gürtel und reichte es ihm. »Mein Schwert!« rief Jasper aus und nahm es erfreut entgegen. »Hery hat es mir im Kampf abgenommen! Ich hatte gedacht, es wäre verlorengegangen!«

Will legte seine große Hand auf diejenige Jaspers, woraufhin der Junge ihn anblickte. »Ich habe es in Herys

Hand gefunden, als er tot war«, sagte er ruhig. »Vergeßt nie, daß er und Hamon gestorben sind, um Euch zu retten.«

Feierlich sah Jasper ihn an. »Ich werde es nicht vergessen.«

»War Blut daran?« fragte Edmund. »Hat er jemand damit verwundet?«

Frevisse runzelte die Stirn, zum einen wegen der Frage an sich, zum andern wegen der Neugier auf den Gesichtern der drei Kinder. Doch Will schien lediglich amüsiert zu sein und störte sich nicht an ihrer Blutrünstigkeit. »Jawohl, es war reichlich Blut daran. Er hat jemand damit erledigt.«

Das Schwert war natürlich längst wieder sauber, doch die Kinder starrten es mit einer Ehrfurcht an, die wohl eher heiligen Reliquien vorbehalten war, und Frevisse sagte rasch: »Vielleicht sollten wir jetzt lieber hineingehen.«

Will verstand den Hinweis, klopfte an und öffnete ihnen die Tür. Edmund und mit ihm Lady Adela traten beherzt ein, doch Jasper zögerte im letzten Augenblick. Er hatte einen seltsamen Gesichtsausdruck, als fühle er sich plötzlich unwohl und wisse nicht, weshalb. Bevor Frevisse ihn hineinschieben konnte, beugte sich Will zu ihm und sagte so leise, daß es niemand im Raum hören konnte: »Es ist nicht so schlimm, Mylord. Er ist heute nachmittag schon aufgestanden und ein bißchen herumgelaufen. Und die Wunde ist verbunden. Keine Sorge.«

Jasper sah ihn voller Dankbarkeit an und ging hinein. Frevisse, die verlegen war, weil sie Jaspers Problem nicht so schnell wie Will erkannt hatte, murmelte: »Danke« und ging hinterdrein, während Will sie mit einer Verbeugung durch die Tür geleitete.

Da man frische Luft bei jeder Krankheit oder Wunde für schädlich hielt, waren die Fensterläden selbst an einem so schönen Abend wie diesem geschlossen. Eine Kerze auf dem Tisch neben dem Bett war die einzige Lichtquelle im Raum. Sie tauchte Sir Gawyns Gesicht in warme Farben. Er saß nun aufrechter in den Kissen und sah geringfügig besser aus als am Morgen, lachte über etwas, das Edmund gesagt hatte, und sagte vorwurfsvoll: »Das solltet Ihr aber nicht sagen, Mylord. Man hat uns hier sicher und gut untergebracht.«

»Schwester Frevisse«, sagte Maryon, ehe Edmund mit seiner Beschwerde fortfahren konnte.

Frevisse gab mit einer Bewegung des Kopfes und der Hand zu verstehen, daß man sie nicht beachten müsse, und blieb im Schatten auf der anderen Seite des kleinen Raums stehen. Der Besuch war für Sir Gawyn und die Kinder, sie brauchte nicht mit einbezogen zu werden.

Edmund war bereits auf das Bett geklettert, um ganz nah bei Sir Gawyn zu sein. Der Ritter streckte die Hand aus und zog Jasper an die Bettkante heran. Die eine Hand auf Jaspers Arm, die andere auf Edmunds Knie, lächelte er Lady Adela an und fragte: »Und wer ist die reizende Dame, die mit Euch gekommen ist?«

»Lady Adela«, sagte Edmund beiläufig. »Sie ist schon seit vielen Jahren hier im Kloster.«

»Sie ist Lord Warennes jüngere Tochter«, erklärte Maryon.

Sir Gawyn nickte ihr so respektvoll zu, als wäre sie eine erwachsene Dame. »Mylady, stets zu Euren Diensten.«

Lady Adela erwiderte seine Geste und sagte mit der gleichen Höflichkeit: »Ich danke Euch, edler Ritter.«

Ganz ungeduldig ob soviel Förmlichkeit, fragte Edmund: »Tut es sehr weh? Eure Wunde? Ist es sehr schlimm? Wo tut es Euch weh?«

»Hier.« Sir Gawyn deutete auf seine linke Schulter. »Nein, es tut fast überhaupt nicht mehr weh, es sei denn, ich denke nicht daran und mache eine falsche Bewegung. Aber es ziemt sich nicht, vor Damen von Wunden zu sprechen. Es macht ihnen angst.«

Das nahm ihm Edmund nicht ab. »Mistress Maryon hat Euch gepflegt. Ihr macht es auch nichts aus.«

»Und Lady Adela hat auch nichts dagegen«, warf Jasper ein. »Sie mag so was. Wir haben ihr alles über die Schlacht erzählt.«

»Für eine Schlacht waren es ein paar Kämpfer zuwenig«, sagte Sir Gawyn.

»Ein blutiges Gefecht!« ereiferte sich Edmund. »Und die anderen waren in der Überzahl!« Er sprang auf und drosch mit einem imaginären Schwert auf einen imaginären Feind irgendwo hinter Sir Gawyns Kopf ein.

Sir Gawyn zuckte zusammen, als die Matratze nachgab, und ließ Jasper los, um sich an die Schulter zu greifen. Edmund sank sofort bekümmert neben ihm nieder und sah ihn mit großen Augen an. Jasper, der auf einmal so blaß war wie Sir Gawyn, drückte sich näher ans Bett und legte seine kleine Hand auf das Bein des Ritters. Mistress Maryon war im Begriff, etwas Vorwurfsvolles zu sagen, doch Sir Gawyn hob die Hand, um sie daran zu hindern.

»Ist schon in Ordnung. Er hat es nicht so gemeint.« Er atmete tief durch und lächelte Edmund an. »Aber springt nicht wieder so herum, verstanden?«

Edmund schüttelte den Kopf. »Ich werde mucksmäuschenstill sein. Es tut ganz schön weh, was?«

»Es tut ganz schön weh«, stimmte Sir Gawyn zu und fügte mit gespielter Strenge hinzu: »Aber nur manchmal. Zum Beispiel, wenn Ihr auf und ab hüpft.«

Vorsichtig, als hätte er Angst, seine Worte könnten Sir Gawyn durch Mark und Bein gehen, fragte Jasper: »Wann werdet Ihr wieder gesund sein? Wann werden wir weiterreisen? Morgen?«

Etwas kurz angebunden antwortete Sir Gawyn: »Morgen noch nicht.«

Von ihrem Platz am Fußende des Bettes aus sagte Mistress Maryon: »Und übermorgen auch nicht. Erst wenn er wieder stark genug ist, um zu reiten. Ihr werdet weiterhin Geduld haben und einstweilen das tun müssen, was Euch Schwester Frevisse und die anderen Nonnen sagen.«

Die drei Kinder verzogen das Gesicht, und Lady Adela verkündete: »Ich möchte mitkommen, wenn ihr geht.«

»Das kannst du nicht«, sagte Edmund. »Das ist unser Abenteuer.«

»Es könnte auch meines werden.«

»Nein, das kann es nicht.«

»Kann es schon!«

Mistress Maryon unterbrach das Wortgefecht, indem sie Lady Adela besänftigte: »Dies ist eine Mission, die ihnen von ihrem – Herrn auferlegt worden ist, und sie müssen die Sache zu Ende bringen, wie er es wünscht, und dürfen von niemand sonst begleitet werden, außer denen, die er ihnen zu Beginn mit auf die Reise gegeben hat.«

»Eine Mission«, sagte Lady Adela ehrfürchtig. »Weshalb?«

»Das dürfen sie nicht sagen. Das wurde ihnen gleichzeitig mit dem Auftrag auferlegt.«

In Anbetracht der ehrenvollen Pflicht, die damit verbunden war, verstummten die Kinder einen Moment, bis Jasper wehmütig sagte: »Und trotzdem möchte ich lieber sofort die Mission fortsetzen, als hierzubleiben.«

»Wenn es soweit ist«, sagte Sir Gawyn, »und wenn die

Mission erfüllt ist« – er hatte Maryons Version der Reise rasch übernommen –, »werde ich Euch eine Höhle zeigen, in der einst ein Drache gehaust hat.«

»Einer von Merlins Drachen?« fragte Edmund begierig.

»Ach, nicht solch ein riesiger, fürchte ich. Nur ein gewöhnlicher, rinderfressender Drache, aber trotzdem ein Drache.«

»Ihr habt niemals einen Drachen getötet, oder?« fragte Jasper.

»Ich hatte noch keine Gelegenheit dazu, nein«, sagte Sir Gawyn.

»Aber Ihr würdet es tun, wenn sich die Gelegenheit bietet«, sagte Edmund überzeugt.

»In der Tat«, pflichtete Sir Gawyn bei.

»Ebenso, wie Ihr unsere Feinde getötet habt«, verkündete Edmund. »Weil Ihr ein echter Ritter seid.« Er blickte alle um Zustimmung heischend an. Alle nickten, Jasper und Lady Adela heftig, Mistress Maryon mit einem warmen Lächeln.

Sir Gawyns Ausdruck war schwieriger zu deuten, doch Edmund sagte plötzlich entrüstet: »Dieser Raum paßt nicht zu Euch. Ihr solltet hier nicht liegen.«

»Nein?« fragte Sir Gawyn verwirrt.

Lady Adela hatte verstanden und sagte lebhaft: »Ihr seid auf einer Mission verwundet worden. Ihr solltet in einem prächtigen Raum liegen, in dem es ein großes Bett und Gobelins gibt, mit schönen Damen, die Euch bewirten. So ist es immer in den Geschichten. In allen Geschichten.«

»Und das hier ist überhaupt nicht prächtig«, erklärte Edmund. »Und Ihr habt nur Mistress Maryon und Will, die Euch pflegen.«

Sir Gawyn schloß die Augen, das Gesicht von plötzlichem

Schmerz verzerrt. Er faßte sich wieder an die Schulter, doch Frevisse nahm an, daß dieser Schmerz tiefere Ursachen hatte, verwundbar, wie Sir Gawyn derzeit war. Aller Wahrscheinlichkeit nach war Sir Gawyn das, was so viele Männer waren – ein Ritter ohne Grundbesitz, dessen Lebensunterhalt vom Dienst an einem Hof abhing und der bestenfalls auf eine jährliche Zuwendung von seinem Dienstherrn hoffen durfte. Oder, in Sir Gawyns Fall, von Königin Katherine. Doch Maryons Worten nach zu schließen, war es unwahrscheinlich, daß Königin Katherine in der Lage war, etwas Derartiges zu gewähren, jetzt, da ihr Geheimnis entdeckt worden war. Und jeder, von dem man wußte, daß er ihr gedient hatte, würde Schwierigkeiten haben, anderswo zu dienen, selbst wenn er körperlich unversehrt war, was Sir Gawyn vermutlich nie wieder sein würde. Seine Geschichte hatte nichts mit den Erzählungen von Abenteuern und vom Rittertum gemeinsam, die offensichtlich durch die Köpfe der Knaben geisterten. Die heiteren Worte der Kinder hatten ihn den Gegensatz zwischen der grausamen Realität und dem, was er nie haben würde, spüren lassen.

Doch Maryon sagte mit einer gezwungenen Leichtigkeit, die verriet, wieviel sie begriff – vermutlich wesentlich mehr als Frevisse –: »Dann sollten wir wohl lieber so tun, als sei er im Schloß der grausamen Druidin, wo man ihm verweigert, was ihm als tapferem Ritter zusteht.«

Das leuchtete den Kindern ein. Edmund und Jasper nickten zustimmend, und Lady Adela raunte zufrieden: »Grausame Druidin. Grrrausame Druiiidin.«

»Alles, was uns noch fehlt«, sagte Maryon, »ist die Geschichte, wie er von hier fliehen kann.«

Sie ging auf das Fußende des Bettes zu und zog die Aufmerksamkeit aller auf sich. Frevisse wußte von früher, wie charmant Maryon sein konnte, wenn es nötig war. Jetzt zielte sie augenscheinlich darauf ab, nicht nur die Kinder zu bezaubern, sondern möglichst auch Sir Gawyn. Ihre Waliser Phantasie kam ihr dabei zustatten, als sie die Geschichte seiner Flucht aus St. Frideswide und seine Abenteuer danach ausspann. Das Ganze wurde besonders fesselnd dadurch, daß sie die Kinder manchmal fragte: »Und was, glaubt Ihr, geschah dann?« und ihre immer wilderen Ideen in ihre Erzählung verwob.

Ihre Augen leuchteten vor Erzählfreude im Kerzenlicht, und sie sah jünger aus, als die Zahl ihrer Jahre vermuten ließ. Frevisse, die zu sehr mit den Problemen und möglichen Verstrickungen Maryons beschäftigt gewesen war, mußte heimlich zugeben, daß sie darüber vergessen hatte, daß Maryon ja auch eine Persönlichkeit war. Jetzt stellte sie fest, daß diese schlanke, dunkelhaarige Waliserin reizend war. Reizend genug, um bereits verheiratet zu sein, wenn sie gewollt hätte – obwohl sie nur eine bescheidene Mitgift aufbringen konnte. Wie alt war sie wohl genau? Was erhoffte sie sich von ihrer Zukunft? Wie sehr liebte sie Sir Gawyn? Und liebte er sie? Frevisse vermochte es nicht zu sagen, doch wie er so auf die Kissen gebettet lag, beobachtete er Maryon ständig, während sie erzählte. Die Strenge – oder war es nur Traurigkeit? –, von der sein Mund noch immer gekennzeichnet war, wich ab und zu einem Lächeln und einmal, bei einer besonders phantastischen Wendung seiner vorgeblichen Abenteuer, sogar einem Lachen.

Will, dessen sorgenvolle Gesichtszüge sich vor Belustigung glätteten, hatte seinen Wachposten verlassen und lehnte mit verschränkten Armen im Türrahmen. Eine seiner hellen Haarsträhnen schimmerte im Kerzenlicht. Die Kinder, die jetzt alle nebeneinander auf der Bettkante saßen, hörten begeistert zu, während von einer Burg droben in den Waliser Bergen die Rede war, die in Trümmern lag. Außer bei Vollmond, denn dann – und nur dann – war sie ganz und wunderschön, voller Herren und Edelfräulein und voller Schätze. »Doch wenn Ihr über jene Stunde hinaus dort weilt«, sagte Maryon mit tiefer, hohler Stimme, »oder versucht, mehr Gold und Juwelen fortzutragen, als in Eure Kappe passen – Ihr hattet doch Eure Kappen auf, als Ihr hierherkamt, nicht wahr?« Drei Kinderhände faßten bestürzt an drei unbedeckte Köpfe. »Wenn Ihr also das tut oder zu lange dort bleibt und der Mond wieder abnimmt, zerfällt die Burg für immer zur Ruine, und Ihr werdet für immer von der Erde verschwinden.«

»Nicht bloß bis zum nächsten Vollmond?« fragte Lady Adela.

»Für immer«, wiederholte Maryon unheilvoll.

»Und Sir Gawyn? Er verschwindet doch nicht für immer, oder?« fragte Edmund.

»Dann wäre unsere Geschichte zu Ende, wie? Nein, Sir Gawyn ...«

Die Geschichte ging weiter, doch Frevisse wurde wieder abgelenkt. Sie war müde. Die Nonnen gingen gleich nach der Komplet zu Bett, im Sommer also noch vor Sonnenuntergang. Das war als Novizin schwierig für sie gewesen, doch sie hatte sich seit langem daran gewöhnt. Verstohlen gähnte sie. Der Docht war beinahe heruntergebrannt und trieb in dem geschmolzenen Wachs im Kerzenhalter. Sobald er nur noch schwach flackerte, würde sie den Kindern das Zeichen zum Aufbruch geben.

Sie gähnte nochmals verstohlen. Mit ihren Gedanken blieb sie nicht mehr bei der Geschichte, sondern beobachtete, wie ein aufrecht stehendes dünnes Stück Wachs, das noch nicht geschmolzen war, sich der Flamme zuneigte. Es war seinem Schicksal lange genug entronnen. Ganz langsam bog es sich nun und schmolz dahin …

»Doch im nächsten Tal fand er endlich sein Zuhause, wo all seine Leute auf ihn warteten, und nun ist die Geschichte aus«, sagte Maryon plötzlich. »Und jetzt runter von Sir Gawyns Bett und ab in Euer eigenes. Schwester Frevisse wird Euch begleiten.«

Selbst für Frevisse, die nur mit halbem Ohr hingehört hatte, kam das Ende überraschend. Die Kinder ließen ein entrüstetes Protestgeschrei ertönen. »Von Tälern habt Ihr überhaupt nichts erzählt! Was für ein Zuhause? Was für Leute?«

»Aber der Schatz! Er hat ja den Schatz noch gar nicht gefunden!«

»Ihr habt den Teil mit –«

Doch Maryon unterbrach sie rigoros: »Vielleicht werdet Ihr ein andermal mehr hören, aber für heute ist es genug. Los! Es ist schon spät! Raus mit Euch!«

Will und Sir Gawyn waren ebenso überrascht wie Frevisse, aber Will fing sich, trat zur Seite und drängte die Kinder durch die Tür. »Sie hat recht«, sagte er dabei. »Sir Gawyn ist müde und wir andern auch.«

»Aber *wir* sind nicht müde!« verkündete Edmund.

»Das werdet Ihr aber sein, sobald Ihr im Bett liegt«, sagte Frevisse. »Bitte, Will, bring sie über den Hof. Ich muß noch kurz mit Mistress Maryon sprechen.«

Dies verwirrte Maryon, doch sie ging mit Frevisse aus dem Zimmer. Während Will die Kinder durch die Halle begleitete, traten sie einen Schritt von der Tür zu Sir Gawyns Zimmer weg, und Frevisse fragte leise: »Was ist los? Ihr seid plötzlich so blaß. Seid Ihr krank?« Daß Mistress Maryon krank wurde, hätte gerade noch gefehlt!

Im selben Flüsterton antwortete Maryon: »Nein, mir geht es gut. Es war die Kerze.« Sie zitterte und schlang die Arme um den Leib, obwohl der Abend gar nicht kühl war.

»Die Kerze?« fragte Frevisse völlig verstört.

»Ihr habt es gesehen. Sie sah aus wie ein Leichentuch. Habt Ihr es nicht gesehen? Das Stückchen Wachs, das nicht geschmolzen war? Ein ›Leichentuch‹.«

Frevisse hatte sie noch nie so durcheinander gesehen. »Ich verstehe nicht –«

»Vielleicht sagt man das nur bei uns in Wales. Vielleicht habt Ihr noch nie davon gehört. Wenn ein ›Leichentuch‹ an einer Kerzenflamme anfängt, sich zu verformen, ist die Person, auf die es zeigt, dem Tod geweiht.«

Ohne es zu wollen, fühlte Frevisse, wie ihr ein kleiner Schauer über den Rücken lief. Das »Leichentuch« hatte auf das Bett gezeigt. Auf Sir Gawyn. Und auf die Kinder.

Am nächsten Morgen kam Frevisse ihre Reaktion auf Maryons Furcht lächerlich vor. Freilich, Maryon glaubte an das »Leichentuch« aus Kerzenwachs, doch es gab unzählige Arten solchen Aberglaubens, und nur wenige erwiesen sich als wahr.

Der letzte Gedanke daran war im Kapitel fortgewischt worden, als Schwester Claire sie alle bat, ganz besonders für Priorin Edith zu beten. Schwester Thomasine, die Krankenschwester, hatte zuvor mit ihrer sanften Stimme erläutert: »Es ist nicht so, daß es Priorin Edith wesentlich schlechter geht, sondern daß sie einfach … immer weniger hier ist. Sie wird uns bald verlassen. Es kann jetzt jederzeit passieren.«

Frevisse konnte in ihrem Schmerz zum Glück Trost in der Kirche finden. Sie verbrachte dort noch mehr Zeit als ohnehin, tat Dinge, die schon getan waren, fegte auch die entferntesten Ecken, wischte das Chorgestühl ab, polierte die Altarstufen auf Hochglanz, rieb die Altarreliquien blitzblank, glättete wieder und wieder das Altartuch. Und während der ganzen Zeit betete sie für die ewige Ruhe von Priorin Ediths Körper und für die Errettung ihrer Seele.

Sie war dabei jedoch selten allein. Niemand vernachlässigte seine Pflichten im Kloster, das wäre einer Mißachtung all dessen gleichgekommen, was Priorin Edith von ihnen stets erwartet hatte. Doch sooft es ging, kamen die Nonnen, zu zweit oder zu dritt, um vor dem Altar zu knien und so lange zu beten, wie es ihnen ihre Pflichten gestatteten; auch die Bediensteten des Klosters knieten dort – weiter vom Altar entfernt –, sobald sie Zeit fanden, und wenn es nur für einen kurzen Moment war. Ja, selbst die Jungen und Lady Adela kamen nach dem Unterricht, von Schwester Perpetua begleitet.

Ein anderes Schweigen als sonst erfüllte das Kloster. Nicht das friedliche Schweigen wie bei der Arbeit, sondern ein beunruhigtes Schweigen. Und die Stille schien mehr als gewöhnlich gestört, wenn die Knaben in Gelächter ausbrachen oder plötzlich durch den Kreuzgang zu ihrem Nachmittagsunterricht rannten. Jenet befahl ihnen zwar sofort, still zu sein, und maßregelte sie, doch Frevisse zuckte trotzdem zusammen und sah, wie Schwester Emma und Schwester Juliana, die gerade die Kirche betraten, über die Schulter hinweg vorwurfsvolle Blicke zum Kreuzgang warfen. Sie überlegte einen Moment und machte sich dann auf die Suche nach Schwester Claire. Als die Kinder aus dem Unterrichtsraum kamen, wartete sie mit Schwester Amicia auf sie.

Edmund blieb abrupt stehen, als er sie sah. Jasper hinter

ihm blieb auch stehen, doch Lady Adela stieß mit Jasper zusammen, der daraufhin über seinen Bruder purzelte. Sie mußten sich mit einem unnötig vehementen Einsatz der Ellbogen wieder aufrappeln, bis Edmund sich losmachte und ernsthaft verkündete: »Wir wollten doch gar nichts tun!«

»Sicher nicht«, stimmte Frevisse zu und fragte sich, was sie wohl vorgehabt hatten, ehe sie durch ihr Erscheinen aufgehalten wurden. »Aber Schwester Claire hat die Erlaubnis erteilt« – sie betonte ihre Worte, damit klar wurde, daß dies keine leichtfertig gewährte Gunst war –, »daß Ihr mit Schwester Amicia und mir das Kloster verlassen dürft, um die übrigen Klosteranlagen anzuschauen.« Die Gesichter der Jungen nahmen einen begeisterten Ausdruck an, und als Frevisse über Jaspers Schulter hinweg Lady Adelas kummervolle Miene sah, fügte sie hinzu: »Und Lady Adela natürlich auch.«

Lady Adela drehte sich rasch zu Schwester Perpetua um, ergriff ihre Hand und bettelte: »Bitte, Schwester, dürfen wir? Bitte?«

Schwester Perpetua war überrascht, soviel Begeisterung bei dem sonst so sittsamen Kind zu sehen, doch sie sagte nach kurzem Zögern: »Es spricht nichts dagegen, solange Ihr bei Schwester Frevisse und Schwester Amicia bleibt und tut, was man Euch sagt.«

»Bestimmt! Das verspreche ich!«

»Dann geht und seid ein braves Mädchen. Und Ihr, seid brave Jungen.«

Edmund und Jasper nickten eifrig. Frevisse vermutete, daß sie mit allem einverstanden gewesen wären, wenn sie nur hinausdurften. Sie erinnerte sich nur zu gut daran, wie sie als Kind gewesen war. Sie hatte allerdings auch zuviel

Erfahrung mit Kindern, um die naive Überzeugung zu teilen, daß Kinder im Grunde unschuldig waren. Was sie von Kindern mitbekommen hatte, schien eigentlich eher das Dogma von der Ursünde zu unterstützen.

Schwester Amicia dagegen war der Ansicht, daß Kinder Gottes unschuldige Lämmer waren, und als sie das Kloster verließen, um den Hof in Richtung auf das Tor zum äußeren Hof zu überqueren, sagte sie: »Es wird herrlich werden, nicht wahr? Und Ihr werdet Euch gut benehmen, wie Ihr Schwester Perpetua versprochen habt, denn die braven kleinen Knaben und Mädchen kommen in den Himmel, wißt Ihr.«

Schwester Amicia fand immer das richtige Wort. Doch obwohl Frevisse sie nach wie vor langweilig fand, hatte sie sich für Schwester Amicia gerade deshalb als Begleiterin entschieden, weil es unwahrscheinlich war, daß sie bemerkte, wenn die Jungen etwas ausplauderten oder sich durch ihr Verhalten verrieten. Deshalb wollte sie Schwester Amicia geduldig ertragen. Doch dies war leichter gesagt als getan, und so hielt sie einen Seufzer zurück, als Schwester Amicia auf die Tauben deutete, die um den Brunnen herumstolzierten, und freudig ausrief: »Seht doch, all die hübschen Täubchen! Sehen sie nicht reizend aus im Sonnenschein? Diese wunderschönen Farben in ihrem Gefieder! Sind sie nicht hübsch?!«

Die Kinder warfen sich einen Blick zu, und in stummem Einverständnis und ohne einen Augenblick zu zögern, rannten Edmund und Jasper plötzlich auf den Brunnen zu. Die Tauben flatterten vor Schreck wild durcheinander. Ohne sie zu beachten, sprangen die Jungen die Stufen zum Brunnen hoch und warfen sich bäuchlings auf die Brüstung, um in die Tiefe zu schauen.

Schwester Amicia lief ihnen laut jammernd nach und packte sie beim Gürtel, als drohten sie sogleich kopfüber hinunterzufallen. Frevisse, die ihnen mehr Vernunft zutraute, blieb, wo sie war, und sah Lady Adela an. Das Mädchen war den Jungen ein paar Meter nachgehumpelt, dann aber stehengeblieben, als die Tauben wegflogen. Jetzt legte sie den Kopf in den Nacken, um zu beobachten, wie sie hoch oben über den Hof flogen und über die Mauer hinweg immer weiter in den Himmel stiegen, bis sie außer Sicht waren. Sie blickte ihnen nach und sah derart sehnsüchtig in den blanken Himmel, daß Frevisse daraus mehr ablesen konnte als aus irgend etwas anderem, seit Lady Adela nach St. Frideswide gekommen war. Lady Adela würde niemals in St. Frideswide bleiben, sollte sich ihr je die Gelegenheit bieten zu gehen.

Schwester Amicia hielt die Jungen nach wie vor am Gürtel und versuchte, sie zurückzuziehen, was aber nur dazu führte, daß sie sich noch mehr gegen ihre Umklammerung wehrten. »Kommt da weg, sonst fallt Ihr hinein! Ihr werdet hineinfallen und ertrinken!« lamentierte sie.

Lady Adela blinzelte und besann sich. Dann lief sie los, um sich neben Jasper auf die Brüstung zu werfen.

In noch größerer Angst schrie Schwester Amicia: »Schwester Frevisse, ich habe nur zwei Hände!«

Ohne die Stimme anzuheben, sagte Frevisse: »Wir können hierbleiben, bis die Zeit um ist, oder noch weitergehen. Ihr habt die Wahl.«

Die Kinder sahen einander an und ließen sich wieder auf ihre Füße fallen, wobei Edmund und Jasper sich behende aus Schwester Amicias Griff befreiten.

»Die Ställe«, meinte Edmund. »Wir wollen zu den Ställen gehen und nach unseren Pferden sehen.«

Das klang schon vernünftiger. Frevisse ging voran, die Kinder folgten ihr, und als letzte ging Schwester Amicia, die die Kinder ermahnte, vorsichtiger zu sein und solche dummen Scherze seinzulassen. Sie hätte von einem Jungen gehört, der ein schreckliches Ende auf dem Grunde eines Brunnens genommen hatte. Die einzige Antwort der Kinder darauf kam von Lady Adela, die sich beschwerte: »Ich habe keine Sterne gesehen. Man sagt, daß man Sterne sehen kann, wenn man in einen Brunnen schaut, aber ich habe keine gesehen.«

»Es muß ein ganz, ganz tiefer Brunnen sein, nicht so wie der hier«, sagte Edmund.

»Es muß kein ganz, ganz tiefer Brunnen sein«, widersprach Lady Adela. »Nur ein tiefer.«

Bevor dies in einen Streit ausarten konnte darüber, was tief war und was ganz tief war, sagte Frevisse: »Ist das nicht Euer Mann Colwin am Stalltor?«

Der äußere Hof von St. Frideswide erstreckte sich bis zum Außentor, das auf die Straße führte. Rund um diesen Hof lagen, umschlossen von den Außenmauern der Klosteranlagen, die verschiedenen Ställe, Schuppen und ein paar Werkstätten, die für das tägliche Leben im Kloster unabdingbar waren. Gleich links neben dem inneren Tor befanden sich die langgestreckten Pferdeställe, und es war in der Tat der stämmige Colwin, der unter dem Tor stand und mit Master Naylor sprach.

Edmund begrüßte ihn von weitem und winkte. »Unsere Pferde! Wir wollen unsere Pferde sehen!«

Jasper drehte sich zu Lady Adela um. »Es sind richtige Pferde. Keine Ponys. Wir sind darauf den ganzen Weg von zu Hause bis hierher geritten.«

Edmund hatte Colwins oder sonstjemandes Antwort nicht

abgewartet. Er rannte schon auf die Ställe zu. Jasper und Lady Adela blieben diesmal lange genug stehen, um Frevisse einen fragenden Blick zuzuwerfen, ob es in Ordnung sei, wenn sie dorthin gingen. Sie hatte sich sowieso in den Ställen umsehen wollen und begrüßte die Gelegenheit, unauffällig ein paar Worte mit Master Naylor wechseln zu können, daher nickte sie bereitwillig. Jasper nahm diesmal auf Lady Adela Rücksicht, und gemeinsam liefen sie erwartungsvoll weiter.

Frevisse und Schwester Amicia gingen gemächlich hinterher. Obwohl die Kinder schnurstracks in den Stall rannten, warteten Master Naylor und Colwin auf die Nonnen, um sich vor ihnen zu verbeugen, dann folgte Colwin den Kindern. Frevisse kannte ihn zwar kaum, doch schien er vernünftig genug zu sein, um auf die Kinder aufzupassen. Trotzdem sagte sie zu Schwester Amicia: »Am besten geht Ihr auch mit hinein, um sicherzugehen, daß sie nicht in den Mist fallen. Ich muß kurz mit Master Naylor reden.«

»Ich war schon ewig nicht mehr in einem Stall. Ich liebe den Geruch von frischem Heu!« rief Schwester Amicia aus und verschwand glücklich im Schatten des Gebäudes.

Master Naylor sagte zu niemand Bestimmtem: »Das neue Heu ist noch nicht eingebracht worden, wir haben erst angefangen, das Gras zu mähen. Hier ist nur der Rest vom letzten Jahr drin, das bereits muffig ist.«

»Sie wird den Unterschied vermutlich gar nicht bemerken«, sagte Frevisse.

Man konnte Master Naylor selten ansehen, was er dachte. Er schüttelte nur einmal den Kopf und wandte sich dann Frevisse zu. »Womit kann ich dienen, Mylady?«

»Ich wollte nur wissen, was Ihr dem Sheriff und dem Coroner gesagt habt.«

»Nicht mehr als nötig.«

»Wegen der Jungen ...«

Master Naylor zog die Augenbrauen ein wenig zusammen. »Schwester Claire hat mich angewiesen, sie nicht zu erwähnen, falls es sich vermeiden ließe. Ich habe sie nicht erwähnt.«

Er warf ihr einen Blick zu, der zu bedeuten schien, daß er gern den Grund dafür gewußt hätte, doch Frevisse wich ihm aus. »Waren in letzter Zeit irgendwelche ... ungewöhnliche ... Reisende in einem unserer Gästehäuser?«

»Das dürftet Ihr doch von Schwester Alys erfahren.«

»Je weniger Schwester Alys und ich miteinander sprechen, um so besser«, sagte Frevisse ironisch.

Ohne eine Spur von Ironie entgegnete Master Naylor: »Das verstehe ich nur zu gut.« Sein notwendiger Umgang mit Schwester Alys hatte ihm schon kein Vergnügen bereitet, als sie Kellermeisterin war, und jetzt, da sie Hospitalaria war, hatte sich die Situation nicht gebessert. »Es gab nur ganz gewöhnliche Reisende. Keiner, der länger als eine Nacht geblieben ist.« Er sah sie mit einem durchdringenden Blick an. »Und keiner hat ungewöhnliche Fragen gestellt, so wie Ihr. Worauf hätte ich achten sollen?«

»Auf jemanden, der an den Knaben Interesse hat.«

»Warum sollte sich jemand für die Knaben interessieren?«

Seine direkte, scharfe Frage und ihre Besorgnis hätten sie fast dazu verleitet, die Wahrheit zu sagen. Doch obwohl es ihm vielleicht geholfen hätte zu verstehen, war es auch im Hinblick auf *seine* Sicherheit besser für ihn, nichts zu wissen. Man konnte ihn nicht zur Rechenschaft ziehen, wenn er wirklich nicht wußte, wer die Jungen waren. Daher widerstand sie also der Versuchung, schüttelte nur den Kopf und sagte: »Das kann ich Euch nicht sagen. Aber es gibt vielleicht Leute, die glauben, die Kinder wären in ihrer Obhut ... sicherer.«

»Weiß Schwester Claire das? Weiß sie Bescheid über das, was Ihr tut?«

»Sie und Priorin Edith.« Die viel mehr als Schwester Claire wußte und dieser wahrscheinlich aufgetragen hatte, Master Naylor zum Stillschweigen zu verpflichten. Oder hatte sie Schwester Claire mehr als das anvertraut? fragte sich Frevisse mit einem Mal.

In der Ferne läutete die Glocke über Tor und Hof hinweg zur Sext.

»O nein!« rief Frevisse. »Ich wußte nicht, daß es schon so spät ist. Die Kinder haben ja kaum etwas gesehen. Sie werden nicht sonderlich erfreut sein, daß man sie schon so bald zurückbringt.«

»Laßt sie bei mir, wenn Ihr wollt. Colwin und ich werden ihnen alles zeigen. Wir werden wohl in der Lage sein, sie ins Kloster zurückzubringen.«

Das war ein verlockendes Angebot. Frevisse wußte, daß Master Naylor selbst Kinder hatte, und Colwin gehörte zu ihren eigenen Leuten. Doch es war die Erinnerung an Lady Adelas Gesichtsausdruck, als sie die Tauben wegfliegen sah, die den Ausschlag gab. »Ja, das wäre sehr freundlich von Euch.«

Schwester Amicia stürmte, fast in Tränen aufgelöst, zum Stalltor heraus. »Sie wollen nicht auf mich hören! Sie sind auf den Heuboden geklettert, wo es ganz schmutzig ist! Voller Staub sind sie und wollen nicht herunterkommen – und dann kommen wir zu spät!«

»Ist schon in Ordnung«, sagte Frevisse. »Master Naylor und Colwin werden auf sie aufpassen. Wir können gehen und werden nicht zu spät kommen.«

»Oh, Master Naylor, wie lieb von Euch! Wie reizend! Habt Dank, habt vielen Dank. Ich habe ihnen versprochen, daß sie die Ferkel sehen dürfen. Hier gibt es doch ein paar Ferkel, nicht? Vielleicht kommen sie herunter, wenn man sie mit den Ferkeln lockt? Und Lämmer?«

Schwester Amicias Wortschwall ließ Master Naylor zurückweichen. Frevisse, die das Ende nicht abwarten wollte, machte sich einfach auf den Weg und zwang sie so, ihr zu folgen.

»Da ist Pater Henry«, rief Schwester Amicia aus. Sie war etwas atemlos in Frevisses Kielwasser, als sie wieder in den inneren Hof eintraten. Sie winkte dem Priester des Klosters freudig zu, der sich mit Will am Fuß der Treppe zum Gästehaus unterhielt, und er winkte zurück, verwirrt, zwei Nonnen von außen in den Hof kommen zu sehen. Er war ein stämmiger junger Mann, dessen Tonsur beinahe von üppigen blonden Locken verdeckt wurde und den man sich eher mit einer Sense auf einem Feld als mit Kelch und Patene vorstellen konnte. Frevisse fand auch, daß er nicht gerade zu den hellsten Menschen zählte. Seine Einfalt ärgerte sie manchmal, wenngleich er gerade deshalb dem Glauben und seinen Pflichten zutiefst ergeben war und Frevisse fürchten ließ, daß der wirkliche Makel eher in ihrem Stolz als in seiner Einfalt lag.

Einer plötzlichen Eingebung folgend, sagte Frevisse zu Schwester Amicia: »Geht nur weiter. Ich komme gleich nach.«

Schwester Amicia, von der noch immer im Kloster läutenden Glocke angezogen, eilte, ohne zu fragen, weiter. Frevisse wandte sich zu den beiden Männern um. Diese verbeugten sich vor ihr. Sie knickste rasch vor Pater Henry und nickte Will zu, bevor sie sagte: »Will, die Kinder – die

Jungen und Lady Adela – sind bei Colwin und Master Naylor im Stall. Sie machen einen Ausflug. Könntet Ihr wohl zu ihnen gehen und auf sie aufpassen, bis es Zeit ist, daß sie zurückkommen?«

»Sehr gern, Mylady«, sagte Will.

»Wenn Ihr möchtet, könnte ich auch gehen«, sagte Pater Henry. »Je mehr Leute auf die Kinder aufpassen, desto besser.«

»Es wäre sehr schön, wenn Ihr so gut sein wolltet und Zeit habt.« Da sie wußte, daß Pater Henry ein Herz für Kinder und Tiere hatte, was im Einklang mit der Schlichtheit seines Gemüts stand, nahm Frevisse seinen Vorschlag an, knickste zum Dank und eilte Schwester Amicia nach. Diesmal würde sie wohl kaum zu spät kommen.

Der Gottesdienst nahm seinen friedlichen Lauf, bis Schwester Claire schließlich mit ihrer tiefen Stimme sagte: *»Fidelium animae per misericordiam Dei requiescant in pace.«* Mögen die Seelen der Gläubigen durch Gottes Gnade in Frieden ruhen. Die Nonnen antworteten mit einem einzigen, tiefen, langgezogenen »Amen«, das in Schweigen überging.

Da sie seit der Prim im Morgengrauen zum ersten Mal nicht von diesem oder jenem Problem abgelenkt wurde, wäre Frevisse gerne geblieben, wo sie war. Doch es war üblich, gemeinsam aufzustehen und die Kirche unter Führung von Schwester Claire zu verlassen. Daher trat sie in schweigendem Gehorsam in den Kreuzgang, der im warmen Nachmittagsschatten lag, und sah, daß Ela gerade mit Pater Henry vom Gästehaus her kam, die Kinder im Schlepptau.

Frevisse rümpfte die Nase, was nicht auffiel, da die anderen Nonnen das gleiche taten, als sie bemerkten, was sie da vor sich hatten. Lady Adela an Elas Hand weinte laut. Tränen rannen über ihre Wangen – doch das war das wenigste. Hinter ihr führte Pater Henry Edmund und Jasper an den Händen, wobei er die Arme weit von sich gestreckt hielt, denn die Jungen waren bis zur Hüfte mit Schmutz bedeckt. Und sie stanken. Obwohl sie noch nicht ganz herangekommen waren, merkte man nur zu deutlich, daß sie stanken und sich dessen bewußt waren, denn sie hatten die Lippen aufeinandergepreßt und atmeten sowenig wie möglich.

Es war ganz eindeutig Schweinemist, wonach sie stanken, weshalb Schwester Alys denn auch unter Außerachtlassung jeglicher Anstandsregeln keifte: »Was fällt Euch ein, uns diese dreckigen Bälger hierherzubringen! Die stinken!«

»Schwester Alys«, sagte Schwester Claire mit mildem Tadel.

»Doch! Man hätte sie am Brunnen abspritzen sollen, bevor man sie hier hereinbringt! Bringt sie wieder nach draußen, und holt das nach!«

»Schwester Alys«, sagte Schwester Claire entschiedener.

Schwester Alys klappte ihren Mund hörbar zu, doch nichts konnte die Verachtung in ihrem Blick mildern, mit der sie von Pater Henry und den Jungen zu Schwester Claire hinübersah. Schwester Claire nahm keine Notiz davon und streckte Pater Henry abwehrend die Hand entgegen. »Euch ist ein Mißgeschick widerfahren, das sieht man«, sagte sie. »Wir wollen sie so nicht bei uns haben. Bringt sie in die Wäscherei und laßt sie von den Wäscherinnen – die ich um Entschuldigung bitte – saubermachen. Schwester Perpetua, bringt Lady Adela weg. Sie ist nicht verletzt, sonst würde sie nicht so ein Gezeter veranstalten. Ela, such Jenet und sag ihr, sie soll den Jungen frische Kleider bringen. Schwester Frevisse, Ihr geht mit Pater Henry und helft ihm.«

Frevisse unterdrückte ihren Protest, da sie sich daran erinnerte, daß sie die Verantwortung für die Kinder während ihres Ausflugs übernommen hatte, und folgte Pater Henry, der bereits davoneilte.

Die Wäscherei lag mit anderen Schuppen und Werkstätten, die der unmittelbaren Versorgung des Klosters dienten, hinter einer Mauer auf der anderen Seite des inneren Hofes und konnte entweder über einen Zugang von der Küche her oder durch eine schmale Pforte vom Hof aus erreicht werden. Pater Henry wählte letzteren Weg, um schneller außerhalb des Klosters zu sein. Frevisse überholte ihn und die Jungen, als sie gerade den Hof überquerten. Edmund sträubte sich und protestierte: »Ich will nicht in die Wäscherei! Ich will ein anständiges Bad! Die schrubben mich zu fest ab!«

»Ein anständiges Bad gibt's, wenn man schmutzig ist«, fauchte Frevisse. »Ihr seid aber viel, viel schmutziger. Und werdet so sehr abgeschrubbt, wie es erforderlich ist, egal, wo es geschieht. Hört auf zu maulen. Wir sind diejenigen, die den Gestank ertragen müssen.« Edmund erschrak über ihren scharfen Tonfall und verstummte. »Was um Himmels willen ist im Schweinestall passiert?« fragte sie Pater Henry. Dies war schließlich der einzige Ort, an dem es soviel Schweinemist gab.

»Sie sind hineingefallen«, antwortete Pater Henry, dem das Ganze so peinlich war, als wäre er selbst hineingefallen.

»Hineingefallen oder gesprungen?« Frevisse ging – auf Abstand bedacht – um sie herum und öffnete das Tor.

»Hineingefallen. Zu der Sau und ihren Ferkeln«, sagte Pater Henry mit zitternder Stimme. Es waren nicht nur der Dreck und der Geruch, die ihm zusetzten. Er war ganz blaß – und das mit gutem Grund. Eine Sau mit Ferkeln war bösartiger als jegliches andere Haustier. Wäre diese hier auf einen der Jungen losgegangen, hätte er mehr als nur einer gründlichen Reinigung bedurft.

»Master Naylor und ich haben sie gerade noch rechtzeitig herausgezerrt«, beeilte sich Pater Henry zu versichern, als könnte sie nicht selbst sehen, daß sie lediglich dreckig waren. »Doch es war knapp.«

»Sie hat nach meinem Fuß geschnappt«, erklärte Edmund. »Jasper wollte sie nicht. Er schmeckt nicht gut.«

»Seid still.« Frevisse schloß das Tor hinter ihnen und führte sie zum Wäschereischuppen. »Wie sind sie da hineingefallen?«

»Sie saßen auf der obersten Stange des Gatters, was uns nicht weiter beunruhigte, sie können ja klettern wie die Affen – so dachte ich jedenfalls. Aber einer von ihnen verlor das Gleichgewicht, hielt sich an dem anderen fest, und so fielen sie beide hinein.«

»So war es überhaupt nicht«, protestierte Edmund. »Es war nicht unsere Schuld!«

»Die Stange drehte sich«, sagte Jasper. »Wir kamen ins Rutschen!«

»Die Stange drehte sich?« fragte Frevisse verdutzt.

»In den Pfosten sind Löcher angebracht.« Pater Henry ließ die Jungen los, um es mit den Händen zu zeigen. »Die Stangen stecken in diesen Löchern, wißt Ihr. Vier Stangen zwischen zwei Pfosten, und die nächsten Stangen stecken auf der anderen Seite in den gleichen Löchern.«

Wie die meisten Erklärungen von Pater Henry war auch diese ziemlich verworren, doch Frevisse wußte, was für eine Art von Zaun er meinte. Die Stangen lagen locker in den Löchern der Pfosten. Man konnte sie bewegen, was aber nicht so leicht ging. Die Jungen mußten daran herumgerüttelt haben, und man hätte sie daran hindern sollen.

»Wir haben nicht daran herumgedreht«, beharrte Edmund. »Es war nicht unsere Schuld. Es hat sich von selbst gedreht.«

»Es ist egal, ob Ihr es absichtlich getan habt oder nicht«, sagte Frevisse unbarmherzig. Sie wußte nicht, über wen sie sich mehr ärgern sollte: über die Jungen, weil sie so unachtsam gewesen und hineingefallen waren, oder über die Männer, weil sie ihnen erlaubt hatten, dort hinaufzuklettern. Das Ergebnis war jedenfalls, daß sie ihnen den Dreck und den Gestank abwaschen mußte, während sie viel lieber für Priorin Edith gebetet hätte. Oder lieber auf alles andere aufgepaßt hätte als auf diese Jungen in ihrem derzeitigen Zustand. Ohne zu versuchen, ihren Ärger zu zügeln, sagte sie: »Entscheidend ist, daß Ihr dreckig seid und gewaschen werden müßt. Und Ihr habt recht. Ihr werdet abgeschrubbt – und zwar ausgiebig!«

Edmund, Jasper und Lady Adela saßen auf der niedrigen grasbewachsenen Mauer um den Klostergarten, ließen die Beine über die Kante baumeln und stierten auf das von der Morgensonne beschienene Beet mit Levkojen. Abgesehen von dem gelegentlichen Aufschlagen ihrer Fersen an der Mauer war nur das Summen der Bienen zwischen den Blumen zu hören – und ab und zu raschelte das Gewand einer vorbeigehenden Nonne.

Sie langweilten sich. Wieder einmal.

Der Unterricht war langweilig gewesen, Jenet war langweilig, und St. Frideswide war langweilig. »Ich habe immer noch rauhe Stellen, wo sie mich gestern geschrubbt haben«, brummelte Edmund. Er streckte sich etwas und stieß mit dem Fuß eine blaßrosa Levkoje um, wobei er sicherheitshalber hinzufügte: »Ich hasse Blumen.«

Alle drei dachten eine Weile darüber nach, dann sagte Jasper: »Mutter liebt Blumen.« Nach einer Weile fügte er wehmütig hinzu: »Ich wünschte, Vater würde uns abholen kommen.«

Edmund hieb ihm mit der Faust auf die Schulter und sagte so aufbrausend, daß Jasper fast in Tränen ausbrach: »Halt den Mund!«

»Ich will aber nicht den Mund halten!« Jaspers Stimme nahm Edmunds gereizten Tonfall an, und er wurde auch wütend. Es war besser, wütend zu sein, als zu weinen.

»Wenn ihr euch schlagt«, warnte Lady Adela, »werden sie uns auf unsere Zimmer schicken!«

Diese Drohung ließ die Jungen zögern. Nach einer kleinen Rauferei hätten sie sich beide besser gefühlt, doch auf ihr Zimmer zu gehen bedeutete, zu Jenet zurückzugehen, die zwar endlich zu heulen aufgehört hatte, jetzt aber nur herumsaß, seufzte und den Kopf hängen ließ, was noch langweiliger war, als auf der Mauer herumzusitzen. Sie gaben nach und starrten wieder lustlos auf den Garten und traten mit den Füßen gegen die Mauer.

»Ich will nach *draußen*«, murmelte Edmund nach einer Weile. »Hier kann man nichts machen.«

»Die nehmen uns nie wieder mit nach draußen«, erwiderte Jasper betrübt. »Dabei war es gar nicht unsere Schuld.« Er grämte sich immer noch deswegen.

»Wir könnten doch in den Obstgarten gehen«, schlug Edmund vor. »Niemand wäre uns böse, wenn wir nicht zu lange bleiben. Und man würde uns sowieso nicht vermissen.« Er machte eine halbe Drehung, um von der Mauer zu springen, hielt aber inne, um zu sehen, ob die anderen mitkämen.

»Sie haben den Schlüssel woanders versteckt«, sagte Lady Adela betrübt. »Ich kann die Tür nicht mehr öffnen.«

»Und wir haben Schwester Frevisse versprochen, es nicht mehr zu tun«, sagte Jasper.

Edmund schwang sich wieder zurück, und das leise Aufschlagen ihrer Fersen und das Summen der Bienen waren eine Weile lang die einzigen Geräusche. Dann sagte Lady Adela: »Ein erzwungener Eid ist nicht bindend.«

Edmund und Jasper sahen sie an.

»Was?« fragte Edmund.

Behutsam und ein wenig selbstgefällig erklärte Adela: »Wenn einen jemand zu einem Versprechen zwingt, zählt das Versprechen nicht, weil es einem abgerungen worden ist. Ein Eid unter ... unter Zwang ... ist nicht bindend.«

Edmund und Jasper dachten darüber nach. Es ergab einen Sinn. Jasper sah, daß sein Bruder grinste, und fühlte sich verpflichtet einzuwenden: »Aber die Tür ist immer noch verschlossen.«

»Aber die hier nicht.« Edmund deutete auf die Tür, die vom Kloster auf den Hof führte.

»Sie werden uns sehen.«

»Vielleicht nicht. Los!«

»Wenn man uns sieht, werden sie uns für immer auf unsere Zimmer schicken.«

»Und wenn man uns nicht sieht, sind wir draußen und auf und davon! Wir können den Weg nehmen, über den sie uns gestern zur Wäscherei geführt haben. Es gibt dort viele Plätze, um sich zu verstecken, und es muß irgendwo eine Hintertür geben. Adela wird es mit mir ausprobieren, nicht wahr, Adela?«

Lady Adela hatte sich bereits über die Mauer geschwungen und ließ sich auf ihre Füße fallen. »Los, Jasper! Das ist besser, als hier herumzusitzen«, drängte sie.

Das war nicht zu leugnen. Und es war besser, einen Versuch zu unternehmen und zu scheitern, als ein Feigling zu sein, der zu ängstlich ist, um es überhaupt zu versuchen. Ein echter Ritter ließ sich immer auf ein Wagnis ein, egal, wie aussichtslos das Unterfangen schien.

Jasper neigte dazu, sich Dinge länger zu überlegen als sein Bruder, doch wenn er sich einmal entschlossen hatte, war er ebenso mutig, wenn nicht sogar mutiger. Er bildete die Nachhut und beobachtete, ob ihnen jemand folgte, als Edmund und Lady Adela die Tür einen klitzekleinen Spalt öffneten, um hinauszusehen und den Hof zu inspizieren.

»Da draußen ist niemand«, sagte Edmund.

»Hier ist auch alles in Ordnung«, wisperte Jasper.

»Dann los!« sagte Lady Adela und schubste Edmund ungeduldig. »*Renn*, bevor jemand kommt!«

Edmund rannte los, Lady Adela lief dicht hinter ihm, und Jasper folgte mit einigem Abstand als letzter. Er hatte länger gebraucht, weil er die Tür geschlossen hatte, um ihre Flucht zu verheimlichen. Edmund führte sie zu der seitlichen Tür, durch die sie Pater Henry und Schwester Frevisse gestern gebracht hatten. Dahinter lagen einige kleinere Gebäude, von denen sie nur die Wäscherei kannten. In Erinnerung an die gestrige Erniedrigung machten sie einen weiten Bogen darum, fanden aber, ohne von irgend jemand bemerkt worden zu sein, den Weg zur Hintertür des Klosters.

Sie stand offen. Dies war der übliche Zugang für die Bediensteten zum Gemüsegarten oder noch weiter nach draußen ins Dorf. Niemand war zu sehen. Unbehelligt liefen sie weiter, blieben eine Weile stehen, um zu entscheiden, welche Richtung sie einschlagen sollten, und einigten sich schließlich auf den Weg, der an der Außenmauer des Klosters entlangführte. Sie schlichen an den Gemüsebeeten vorbei und verschwanden zwischen den Bäumen, die den Bach am Fuße des Abhangs flankierten.

Dort im Schatten war es plötzlich kühl. Das Rauschen des Wassers zog sie an, und sie gelangten an das flache Ufer, an dem das klare Naß über Schlamm und Steine dahinströmte, mit goldenen Tupfen aus Sonnenlicht durchsetzt, das durch die Blätter darüber fiel.

Da sie sich an den Unmut erinnerten, den ihre nassen Kleider das letzte Mal hervorgerufen hatten, begnügten sie sich zunächst damit, Zweige und Blätter ins Wasser zu werfen und darum zu wetten, welches Blatt oder welcher Zweig als erstes hinter der Biegung des Baches verschwinden würde. Dann hatte Edmund jedoch einen besonders schönen Zweig, und als dieser drohte auf Nimmerwiedersehen abzudriften, zog er rasch Schuhe und Strumpfhose aus und watete ihm nach.

»Mein Blatt!« protestierte Jasper, als Edmund unachtsam an seinem neuesten Gefährt vorbeistapfte. Doch Edmund ignorierte ihn, was er immer tat, wenn er mit etwas beschäftigt war. Und dann stellte Jasper fest, daß das, was Edmund tat, besser war als das, was er tat, und so zog auch er Schuhe und Strümpfe aus, vergaß sein Blatt und folgte Edmund ins Wasser.

»Das ist ungerecht!« beschwerte sich Lady Adela vom Ufer aus. »Ich kann nicht! Mein Kleid wird naß!«

»Das ist Pech«, sagte Edmund ziemlich ungerührt. »Du bist eben ein Mädchen, da kann man nichts machen.«

Jasper drehte sich um und sah, wie Lady Adela die Augen ärgerlich zusammenkniff. »Du kannst am Ufer entlanggehen. Komm schon!« rief er ihr zu.

Sie streckte ihm die Zunge heraus, folgte dann aber dem schmalen, ausgetretenen Uferpfad, der bewies, daß andere Leute diesen Weg oft benutzten.

Hinter der nächsten Biegung weitete sich der Bach zu einem Teich, der von einem steilen Ufer umgeben war. Edmunds Zweig war schon in die Mitte getrieben, und er wäre ihm wohl gefolgt, hätte Lady Adela nicht gerufen: »Versuch erst mal, ob es nicht zu tief ist!«

Edmund schien sagen zu wollen, daß dies nur kleine Mädchen täten, als Jasper einen langen Zweig aus ein wenig Treibgut am Ufer herauszog und ihn dicht vor sich ins Wasser steckte. Der Stock verschwand tief im Wasser, berührte aber den Grund nicht. Edmund und er warfen sich einen Blick zu. Edmund zuckte mit den Schultern. »Vielleicht können wir Schwimmen lernen. Will hat mir erzählt, er habe es gelernt, indem man ihn einfach in tiefes Wasser geworfen hat. Das könnten wir auch tun.«

»Lieber nicht«, warnte Lady Adela.

»Wir sind keine Mädchen. Unsere Kleider werden nicht naß«, spottete Edmund. Aber er ging nicht weiter. Statt dessen nahm er Jasper den Stock aus der Hand und schleuderte ihn in den Teich. Das Aufspritzen des Wassers bereitete ihm Genugtuung.

Adela, die wütend war, weil er sie verspottet hatte, griff nach einem kurzen, schweren Ast, der neben ihr am Boden lag, und warf ihn direkt vor Edmund ins Wasser.

»He! Das ist gemein!« heulte er auf und stakste zurück, wurde aber trotzdem naß.

»Gut!« schrie Lady Adela. »Du bist ein Junge, und du bist

blöd!« Sie warf noch einen Stock ins Wasser, der zu ihrer Zufriedenheit noch mehr aufspritzte.

»Du machst mich ganz naß!«

»Recht so!«

»Hör auf!«

Das tat sie nicht. Der dritte Ast flog zwischen Edmund und Jasper ins Wasser.

»Los«, sagte Edmund. »Wir werfen sie ins Wasser.«

Er watete zum Ufer, Jasper hinterdrein, und krabbelte heraus.

»Wagt es bloß nicht!« schrie Lady Adela und wich zurück.

»O doch!«

Sie zögerte, überlegte, ob sie es ernst meinten, dann drehte sie sich um und rannte los, vom Pfad weg ins Unterholz, in dem sie fast unmittelbar darauf verschwand.

Edmund, der noch immer aufgebracht war, hätte ihr am liebsten nachgesetzt, doch Jasper blieb stehen und rief ihm nach: »Wir haben keine Schuhe!«

Edmund blieb stehen, dachte nach, zuckte mit den Schultern, als wolle er die ganze Sache als Zeitverschwendung abtun, und verkündete dann laut in Richtung des Gebüschs: »Jetzt sind wir sie wenigstens los! Und wehe, wenn sie jemandem erzählt, wo wir sind!« Dann fügte er zu Jasper gewandt hinzu: »Los! Ich wette, ich kann weiter werfen als du.«

Es machte mehr Spaß, Stöcke vom Ufer aus ins Wasser hinunterzuwerfen und die gekräuselten Muster zu beobachten, die sich aneinander brachen und auf der Wasseroberfläche im Sonnenlicht reflektierten. Natürlich blieb ein kleines Gerangel nicht aus, woraufhin sie sich gegenseitig dazu herausforderten, vom Ufer ins Wasser hinabzuspringen, doch sie wußten beide, daß es keiner von ihnen wagen würde, Wills Geschichte zum Trotz. Ihr übermütiger Wortwechsel war in ein »Ich tu's, wenn du's auch tust« und »Du zuerst« übergegangen, bis Jasper, der wußte, daß es sowieso nicht soweit kommen würde, sich schließlich auf die Suche nach einen weiteren Ast machte. »Nicht, wenn du nicht auch springst«, sagte er gerade, als ihn Edmunds Schrekkensschrei herumfahren ließ.

Er konnte eben noch sehen, wie sein Bruder mit ausgestreckten Gliedern im Wasser landete. Während er gebannt hinschaute, versank Edmund unter großem Gespritze, kam wieder nach oben, schlug verzweifelt um sich, konnte vor lauter ersticktem Keuchen nicht mehr schreien – und Jasper wurde bewußt, daß er etwas tun mußte. Doch bevor es dazu kam, spürte er den Stoß von zwei Händen in seinem Rücken, die auch ihn über den Uferrand ins Wasser beförderten.

Nachdem sie festgestellt hatte, daß die Kinder nirgendwo im Kloster zu finden waren, und sie sich davon überzeugt hatte, daß die Tür zum Obstgarten verschlossen war und der Schlüssel noch immer an seinem Versteck lag, nachdem sie Jenet zurechtgewiesen hatte, wie nutzlos sie sei, und sie das ganze Kloster noch einmal hatte absuchen lassen, schritt Frevisse über den Hof zum Gästehaus, erfuhr auf ihr stummes Fragen hin, daß die Kinder nicht bei Sir Gawyn oder Maryon waren, blieb ärgerlich oben an der Treppe des Gästehauses stehen und überlegte, was nun am besten zu tun sei.

Sie waren nicht im Kloster, da war sie sicher, und hatten es auch nicht durch den Obstgarten verlassen. Es war unwahrscheinlich, daß sie alle drei in den Brunnen gefallen waren, ohne dabei durch ein Geräusch auf sich aufmerksam gemacht zu haben. Man hätte sie gesehen, wenn sie durch die Küche entwischt oder bis in den äußeren Hof gelangt wären. Damit blieben nur der seitliche Hof und die Hintertür. Es war gut möglich, daß die drei eigensinnigen Kleinen auf diesem Weg unbemerkt hinausgeschlichen waren.

Sie hätte eigentlich zu Schwester Claire zurückgehen und um Erlaubnis bitten sollen, nach draußen gehen zu dürfen, doch das würde Zeit kosten, und je früher und unauffälliger die Kinder zurückgebracht werden konnten, desto besser. Wenn sie nicht bald gefunden wurden, mußte man Master Naylor bitten, Männer auf die Suche nach ihnen zu schicken, doch es war noch zu früh, um Alarm zu schlagen. Sie bezweifelte, daß sie weit gekommen waren.

An der Hintertür hielt sie Ausschau über die Klostergärten und die sonnenhellen Felder. Sie hatte die Hand schützend vor die Augen gehoben und versuchte zu erraten, welchen Weg die Kinder wohl eingeschlagen hatten. Als ihr Blick auf die Bäume am Bach fiel, wußte sie, wohin sie als Kind an solch einem warmen Nachmittag gegangen wäre.

Die beiden Dienerinnen, die im Gemüsegarten jäteten, richteten sich auf, als sie vorbeiging, gaben aber zur Antwort, daß sie gerade eben erst herausgekommen waren und die Kinder nicht hatten vorbeilaufen sehen. Frevisse ging weiter, in der festen Überzeugung, zu wissen, wo sie sich aufhielten. Und tatsächlich, am Rand des Gehölzes stieß sie auf Lady Adela, die in dem hohen Gras saß und versuchte, aus welken Schwalbenwurzblüten einen Kranz zu flechten.

Erleichtert, sie zu sehen, und in der Überzeugung, daß auch Edmund und Jasper in der Nähe sein mußten, sagte Frevisse: »Diese Stengel sind zu hart. Sie lassen sich nicht flechten.«

Adela, die sie bis dahin nicht bemerkt hatte, ließ ihr Werk fallen und sprang auf die Füße, um zu knicksen. »Ich habe Euch gar nicht kommen hören, Schwester«, sagte sie atemlos.

»Das sehe ich«, sagte Frevisse, die sie streng von oben herab musterte.

Lady Adela schluckte, hob hastig den armseligen Kranz vom Boden auf und reichte ihn Frevisse. »Für Euch, Schwester«, sagte sie, nicht allzu überzeugend.

»Das glaube ich kaum. Wo sind Edmund und Jasper?«

Lady Adela ließ den Kranz wieder sinken und zeigte auf die Bäume. »Dort. Am Bach. Die waren gemein zu mir«, fügte sie hinzu.

»Zeigt mir, wo genau.«

Lady Adela zögerte. »Bekommen wir Ärger?«

»Das wißt Ihr sehr gut. Und es wird noch schlimmer, je länger man sich Sorgen um Euch macht. Zeigt mir also schnell, wo sie sind.«

Lady Adela fügte sich seufzend in das Unvermeidliche, drehte sich um und führte Frevisse in das Gehölz.

Irgendwo in der Nähe ertönte plötzlich ein Schrei und ein Aufprall im Wasser, dem unmittelbar darauf ein zweiter folgte.

»Sie sind hineingefallen!« rief Lady Adela aus. »In den Teich, da ist es tief!«

Frevisse stieß sie beiseite und rannte los. Vom Unterholz und ihrem Gewand und ihrem Schleier behindert, bahnte sie sich ihren Weg. Sie folgte den Geräuschen, bis sie schließlich an den Pfad über dem weiten Halbkreis des Teiches kam. Ziemlich weit draußen im Wasser waren Edmund und Jasper. Sie schlugen wie wild um sich, versanken und kamen, um Luft ringend, wieder nach oben. Es bestand keine Hoffnung, daß sie allein wieder ans Ufer gelangen würden. Frevisse sah sich verzweifelt nach einem Stock um, der lang genug war, um sie damit herauszuziehen. Da sie nichts Geeignetes fand, blieb ihr keine andere Wahl, als zu einer Stelle zu laufen, an der die Böschung weniger steil war. Dort bückte sie sich, um den Saum ihres Gewandes anzuheben, ihn zwischen die Beine zu klemmen und ihre Röcke bis zu den Knien zu raffen. Sie konnte nicht den ganzen Stoff unter ihren Gürtel stopfen, daher war sie gezwungen, das Ganze mit einer Hand hochzuhalten und die andere Hand zum Balancieren zu benutzen, als sie ins Wasser watete.

Der Grund fiel steil ab, und das Wasser reichte ihr schon bis zur Brust, als sie Jasper erreichte. Sie beugte sich vor und ergriff seine ausgestreckte Hand, um ihn zu sich zu ziehen. »Hört auf, um Euch zu schlagen, und wehrt Euch nicht, sonst gehen wir beide unter!«

Sie fürchtete, daß er sie in seinem Schrecken gar nicht verstand. Doch er ließ sich fallen und zu Frevisse hinziehen. Sie legte seine Arme um ihre Hüften und befahl: »Haltet Euch an mir fest!« Dann watete sie zu Edmund, der gerade unter Wasser sank. Sie schaffte es mit knapper Not, ihn an den Haaren zu packen, bevor er wieder unterging. Mit einer groben Bewegung riß sie seinen Kopf nach oben. Er war bei Bewußtsein, schnappte jedoch nach Luft. Er hatte zuviel Wasser geschluckt und brauchte Hilfe, doch hier konnte sie nichts für ihn tun. Sie verlagerte ihren Griff unter sein Kinn und zog ihn zum Ufer, wobei Jasper, der sich von hinten an ihr Gewand klammerte, sie behinderte. Nur mit Mühe kam sie von der Stelle.

Auf der Hälfte des Weges zweifelte sie, ob sie es schaffen würde. Ihre nassen Kleider und die Kinder waren zu schwer. Sie zogen sie nach unten. Ihre Beine gaben nach. Am Ufer weinte Lady Adela so sehr, daß es ihr fast das Herz brach. Jasper sagte außer Atem alle Gebete auf, die er je gelernt hatte, auf englisch, französisch und lateinisch. Und Edmund schließlich war so sehr auf ihre Hilfe angewiesen, daß sie ihre Schwäche überwand und sich die wenigen Meter bis zum flacheren Wasser durchkämpfte, bis Jaspers Beine wieder festen Halt fanden. Er stellte sich hin und erleichterte sie um sein Gewicht, so daß sie Edmund und ihre Röcke durchs Wasser schleifen konnte, während Jasper neben ihr herwatete.

Sie ignorierte Lady Adelas Schluchzen, überließ Jasper sich selbst, zog Edmund aus dem Wasser, drehte ihn auf den Bauch und klopfte ihm auf den Rücken. Er keuchte und würgte, spuckte Wasser aus und fing an zu weinen. Beruhigt, daß er wieder richtig atmen konnte, ließ sich Frevisse auf ihr pitschnasses Gewand sinken. Sie sah Jasper an, der zwar bleich war, aber nicht jammerte. »Wie konntet Ihr nur so ungeschickt sein und in diesen Teich fallen?« fragte sie ihn.

Er begann zu zittern, sank auf den Boden, zog die Knie an die Brust und umschlang sie ganz fest mit den Armen. »Wir sind nicht hineingefallen«, flüsterte er. »Jemand hat uns hineingestoßen.«

Die beiden Frauen, die im Gemüsegarten arbeiteten, starrten zu ihnen herüber, als sie aus dem Gehölz stolperten und laut rufend auf sie zuliefen. Ohne auf ihre Fragen zu antworten, befahl Frevisse: »Bringt die Jungen zu Jenet. Ich kümmere mich um Lady Adela.«

Sie hatte Jasper und Edmund, der sich wieder etwas erholt hatte, eingeschärft, niemandem etwas zu erzählen, daß sie ins Wasser gestoßen worden waren. »Und Ihr auch nicht, Mylady«, hatte sie aus Furcht und aus Ärger auch Adela angeherrscht. »Und wenn man Euch künftig bittet, dort zu bleiben, wo man Euch hingebracht hat, wäre es nett, wenn Ihr gehorchtet!«

Edmund und Jasper hatten unglücklich genickt und dabei Wassertropfen verspritzt. Jetzt klammerten sie sich an Frevisses Hände, einer auf jeder Seite, und sträubten sich dagegen, den Frauen übergeben zu werden. Doch Frevisse schob sie entschlossen von sich. »Ihr müßt abgetrocknet werden und so bald wie möglich ins Bett.« Und innerhalb der Klostermauern in Sicherheit gebracht werden. »Ich kann mit diesen durchnäßten Röcken nicht schnell genug laufen. Geht weiter. Ich komme nach.«

Sie ließen sich von den Frauen hochheben, Edmunds Kopf fiel auf Joans Schulter.

Erst jetzt kam Frevisse auf den Gedanken, die Frauen zu fragen: »Habt ihr sonstjemand gesehen, seit ihr hier draußen seid? Ist irgend jemand vorbeigekommen?«

»Nein, Mylady. Hier war niemand außer Euch. Die meisten sind bei der Heuernte«, antwortete Joan bereitwillig. Die andere Frau nickte zustimmend.

Frevisse schickte sie mit einer Geste fort. Edmund hatte die Augen geschlossen, doch Jasper blickte zu Frevisse zurück, bis sie außer Sicht war.

Frevisse tat so, als merkte sie es nicht. Sie fühlte aber einen leichten Stich im Herzen. Sie nahm Lady Adela bei der Hand, zog ihre triefenden Röcke von den Beinen fort – selbst ausgewrungen waren sie noch schwer und lästig – und folgte den Frauen. Sie wünschte, jemand würde *sie* tragen, so erschöpft war sie. Doch da war niemand, also betete sie um Kraft und ging auf ihren bloßen Füßen weiter, einen Schritt um den anderen. Ihre Schuhe lagen irgendwo auf dem Grund des Teiches. Jeweils einer als Pfand für das Leben der Jungen, ermahnte sie sich, doch die Nächstenliebe bei diesem Gedanken war nicht aufrichtig. Viel lieber würde sie ihnen und Lady Adela wegen ihrer Dummheit die Hintern versohlen. Sie bemühte sich, nur *daran* zu denken, denn solange sie nicht alle zurück im Kloster waren, wollte sie lieber nicht daran denken, daß derjenige, der sie ins

Wasser gestoßen hatte, mit ziemlicher Wahrscheinlichkeit noch zwischen den Bäumen verborgen gelauert und sie beobachtet hatte, als sie die Jungen herauszog.

Jetzt aber war er vermutlich verschwunden, im Bewußtsein, daß man Alarm schlagen würde. Er würde bereits über alle Berge sein, bevor sie Master Naylor bitten konnte, Späher auszusenden. Dennoch, man mußte eine Suche in die Wege leiten, und zwar schnell. Sie mußte so bald wie möglich mit Master Naylor sprechen. Nein, zuerst mußte sie mit Schwester Claire sprechen. Um zu erklären, was geschehen war, und sie um Rat zu fragen, was getan werden sollte, um einerseits die Jungen besser schützen und andererseits ihren Angreifer ausfindig zu machen.

Nein, berichtigte sie sich und zerrte abermals das Gewand von den Beinen, zuerst mußte sie sich trockene Kleider anziehen.

Der Ordensregel des heiligen Benedikt zufolge hätte der Schlafsaal ein großer Raum sein sollen, in dem alle Nonnen gemeinsam schliefen. Doch Jahrhunderte nachdem der heilige Benedikt dies vorgeschrieben hatte, wurde die Regel nicht mehr so streng ausgelegt. Der geräumige Schlafsaal war in einzelne Zellen mit hölzernen Trennwänden unterteilt worden, in denen je eine Nonne schlief und ihre persönliche Habe aufbewahrte.

Frevisse zog den Vorhang am offenen Ende ihrer Zelle zu, streifte ihr nasses, schmutziges Gewand und ihr Untergewand ab und entnahm der Truhe neben dem Bett die einzigen Kleider, die sie zum Wechseln hatte: ein Gewand und ein Untergewand, identisch mit denen, die sie gerade abgelegt hatte, die im Unterschied zu diesen aber sauber und trocken waren. Eigentlich hatte sie sie erst nach ihrem wöchentlichen Bad anziehen wollen, doch jetzt blieb ihr keine andere Wahl.

Sie war damit beschäftigt, sich abzutrocknen und wieder anzuziehen, doch ihre Gedanken wandten sich anderen Problemen zu. Während sie an der Knopfleiste am Ärmel ihres Untergewands nestelte, dachte sie darüber nach, daß jemand die Jungen hatte umbringen wollen.

Ein zufälliger Überfall von irgendeinem Mörder, der sich dort gerade aufhielt? Zu unwahrscheinlich, um es überhaupt in Betracht zu ziehen. Es mußte einen besonderen Grund geben, daß sie jemand töten wollte. Aber wer? Und weshalb?

Sie konnte sich nur schwer vorstellen, daß es jemand aus dem Kloster oder aus dem Dorf war. Schließlich wußte man von ihnen nur, daß ihnen auf der Reise ein Unglück zugestoßen war. Also jemand von ihren eigenen Leuten? Aber warum? Oder jemand von außerhalb, der wußte, wer sie waren, und sie irgendwie ausfindig gemacht hatte? Aber warum hatte er es dann auf ihr Leben abgesehen?

Ihre Mutter war in Gefahr. Man wollte sie zwar sicher nicht umbringen, aber vermutlich unter Hausarrest stellen, um sie für ihre unbesonnene Heirat zu bestrafen. Die Stiefmutter des verstorbenen Königs war jahrelang gefangengehalten worden, aus dem einfachen Grund, weil der König sie nicht leiden konnte. Doch warum stellte die Unbedachtsamkeit ihrer Mutter eine Gefahr für Edmund und Jasper dar?

Wollte sich jemand an Königin Katherine rächen und war bereit, deshalb ihre Söhne umzubringen? Das wäre immerhin möglich, dachte Frevisse. Oder es könnte sogar ein Racheakt an ihrem Vater sein. Eine Waliser Fehde, die gar nichts mit dem Königshaus zu tun hatte?

Nein. Wenn es so einfach wäre, hätte Maryon das gesagt.

Frevisse zupfte ungeduldig an ihrem Ärmel, um den letzten Knopf zuzumachen.

Und wenn es nun nicht in Wahrheit um jemand anders ging, sondern unmittelbar darum, die Knaben zu töten? Weil sie mütterlicherseits mit dem König verwandt waren? Aber doch nicht blutsverwandt! Sie waren Halbbrüder des jungen Königs Heinrich, und ihr königliches Blut war französisch, nicht englisch. Sie stellten keine Bedrohung für seinen Thron dar.

Frevisse zog das weite Übergewand aus schwarzem Stoff mit den breiten Ärmelausschnitten über den Kopf, strich es glatt und langte gerade nach ihrem Gürtel, als ihr ein anderer Gedanke kam.

Der junge König Heinrich, der fast fünfzehnjährige Halbbruder der Knaben, war sowohl König von Frankreich als auch König von England. Er regierte England als Thronfolger seines Vaters. Frankreich regierte er aufgrund des Vertrags, den der Vater seiner Mutter, der französische König, mit England geschlossen hatte und mit dem er sein letztes legitimes Kind, ihren Gatten und ihre Kinder zu Erben des französischen Throns gemacht hatte.

Bedeutete dies etwa, daß Edmund und Jasper als Schachfiguren gegen ihren Bruder mißbraucht werden konnten, daß sie dem französischen Anspruch auf die Herrschaft über Frankreich in irgendeiner Form dienlich sein konnten?

Frevisse wußte zwar nicht, wie, doch das bedeutete nicht notwendigerweise, daß es unmöglich war. St. Frideswide war zu abgelegen, sowohl in geographischer als auch in politischer Hinsicht, als daß sie in der Lage gewesen wäre, mit Sicherheit zu entscheiden, was in diesem Zusammenhang wahrscheinlich war und was nicht. Auf keinen Fall durfte sie hoffen, die komplizierten Winkelzüge der höfischen Politik zu verstehen. Und mit ihrer Theorie konnte sie sich sehr irren. Aber irgend jemand war, aus welchem Grund auch immer, hinter den Jungen her. Deshalb wurden sie auf die Reise nach Wales geschickt: um sie von jemand fernzuhalten. Und nun war klar, daß ihnen jemand nach dem Leben trachtete. Dieselbe Person? Oder jemand anders?

Sie band den Gürtel um ihre Hüfte und nahm Haube und Schleier zur Hand. Sie waren zum Glück einigermaßen trocken geblieben. Abwesend setzte sie sie wieder auf, wobei sie darauf achtete, daß ihr Haar vollständig von der weißen Haube bedeckt war. Während sie den schwarzen Schleier daran befestigte, gingen ihr weitere Fragen durch den Kopf.

Jemand wollte die Jungen haben, entweder lebendig, um sie in seine Gewalt zu bringen, oder tot, damit sie keinem mehr nutzen konnten. Wenigstens dies war sicher. Und was diese Person anging ... Frevisse verharrte unbeweglich und stierte zu Boden, ohne es zu merken. Ein Gedanke ließ sie erstarren. Man sagte, König Heinrich werde dieses Jahr mündig und die Macht übernehmen. Die Männer, die sich all die Jahre, in denen er noch minderjährig war, zu verschiedenen Fraktionen zusammengeschlossen hatten, würden nun nicht nur gegeneinander, sondern auch um die Gunst des Königs kämpfen müssen, wenn sie an der Macht bleiben wollten. Und die wichtigsten dieser Männer waren Henry Beaufort, der Bischof von Winchester, und Humphrey Plantagenet, der Herzog von Gloucester. Der Großonkel und der Onkel des Königs also, beides ehrgeizige Männer, die ihre Macht in der Regierung während der Jugendjahre des Königs immer mehr auszubauen versuchten. Wer konnte wissen, wie die beiden mit einem unerwünschten Hindernis umgingen, wie es die Halbbrüder des Königs darstellten? Mit Sicherheit war jeder von ihnen in der Lage, etwas dagegen zu unternehmen. Sie hatten die erforderliche Macht.

Frevisse hatte – sehr gegen ihren Willen – schon einmal kurz mit dem Bischof von Winchester zu tun gehabt. Er war ihr nicht wie ein Mensch vorgekommen, der Kinder umbringen läßt. Ohne Zweifel würde er versuchen, Macht über sie zu erlangen. Das wohl, aber sie töten? Das konnte sie nicht glauben.

Dem Herzog von Gloucester hingegen sagte man nach, über alle Maßen ehrgeizig zu sein und noch stolzer, als es seine herausragende Position erforderte. Und wenn König Heinrich kinderlos starb, würde er die Thronfolge antreten.

Ihre Beine gaben nach, und Frevisse ließ sich auf der Bettkante nieder. Inwiefern konnte ein Mann wie er seine Macht gegen St. Frideswide einsetzen, wenn er sich dazu entschloß? Sie sank unterhalb des Kruzifixes an der Wand auf die Knie. *Kyrie, eleison. Christe, eleison.*

Sie wünschte plötzlich, ihr Onkel Thomas Chaucer wäre noch am Leben. Er hätte sowohl gewußt, wie man Macht einsetzen, als auch, wie man sich davor schützen konnte. Aber er war tot, und sie hatte bereits seiner Tochter Alice geschrieben, was jetzt ebenso töricht zu sein schien, wie es ihr vorher vernünftig vorgekommen war: Sie war mit einem der einflußreichen Männer verheiratet, die sich im Dunstkreis des jungen Königs bewegten. Der Männer also, unter denen sich mit Sicherheit jemand befand, der Edmund und Jasper nach dem Leben trachtete.

Agnus dei, eleison. Lamm Gottes, erbarme dich …

Frevisse hielt den Atem an. Sie waren ja alle Lämmer hier in St. Frideswide. Nicht nur die Jungen, sondern sie alle. Unschuldige Lämmer, die nicht gegen diese Art von Macht ankamen, die sich vielleicht gegen sie wenden würde.

Aber keine Lämmer für den Schlachter. Nicht, wenn sie völlig unschuldig waren. Solange niemand im Priorat wußte, wer die Knaben waren. Solange jeder hier behaupten konnte, nicht gewußt zu haben, daß die Jungen von mächtigen Männern gesucht wurden. Selbst wenn sie entdeckt wurden und man Vergeltung dafür fordern würde, daß man sie beschützt hatte, konnte Schwester Claire behaupten, daß es in aller Unschuld geschehen war und man lediglich dem Gebot, Bedürftigen Schutz und Unterkunft zu gewähren, Folge geleistet hatte. Solange dies stimmte, standen die Chancen sehr gut, daß St. Frideswide ungestraft davonkam.

Nur Frevisse nicht, wenn bekannt wurde, welche Rolle sie bei der Sache gespielt hatte.

Doch lieber sollte *sie* bestraft werden als alle zusammen. Worauf es ankam, war, die Jungen und das Priorat zu schützen. Sie mußte also das Geheimnis der Jungen für sich behalten, damit nur sie allein dafür zur Rechenschaft gezogen werden konnte.

Sie sah von ihren gefalteten Händen auf, atmete tief durch und erhob sich, um Schwester Claire aufzusuchen.

Als dieser klar wurde, daß es sich bei Frevisses Angelegenheit um etwas ungewöhnlich Dringendes handelte, brachte sie sie ins Krankenzimmer, wo sie ungestörter waren. Und obwohl dies nicht mehr ihre Domäne war, ging sie auf die Regale mit den Kräutern zu und schob mit vertrauten Bewegungen die Schachteln hin und her, bis sie fand, was sie suchte. Sie entnahm einer Schachtel ein paar getrocknete Lavendelblüten und gab sie Frevisse. »Riecht daran«, sagte sie dabei, »das wird Eure Nerven beruhigen.«

Frevisse hatte gehofft, ihre Unruhe wäre nicht aufgefallen. Jetzt beugte sie sich gehorsam darüber und atmete den Duft tief ein.

So ruhig, als sprächen sie über eine ganz normale Küchenangelegenheit, sagte Schwester Claire: »Es gibt also ein dunkles Geheimnis um diese Kinder, das Ihr und Priorin Edith mir lieber nicht anvertrauen wollt.«

»Es ist das beste, wenn niemand davon weiß«, sagte Frevisse mit ruhiger, fester Stimme. »Oder zumindest nur so wenige wie möglich.«

»Aber Ihr seid in Gefahr, glaube ich.«

»Ja.«

»Dann seid Ihr also sicher, daß sie nicht einfach nur behauptet haben, gestoßen worden zu sein, um nicht zugeben zu müssen, daß sie aus Unachtsamkeit hineingefallen sind?«

»Ihr Entsetzen war nicht gespielt. Vor allem bei Jasper.« Dann kam ihr ein Gedanke. »Und gestern haben sie doch gesagt, daß es nicht ihre Schuld war, als sie in den Schweinekoben fielen. Keiner hat ihnen geglaubt, doch vielleicht hatten sie recht. Ich muß mit Master Naylor sprechen. Jemand sollte das Gehölz um den Teich nach etwaigen Spuren durchsuchen.«

»Man sollte auch Maryon benachrichtigen. Sie ist offensichtlich *nicht* ihre Mutter ...« Es klang wie eine Vermutung, doch Schwester Claire sah Frevisse durchdringend an, als erwarte sie eine Bestätigung. Frevisse nickte mit einem feinen Lächeln. Schwester Claire hatte mehr erraten, als Frevisse lieb war. »... aber sie sind in ihrer Obhut, daher sollte sie es wissen«, fuhr Schwester Claire fort. »Hilft der Lavendel?«

Während des Gesprächs hatte Frevisse gedankenlos den leicht abgestandenen süßlichen Duft eingeatmet. Als Schwester Claire sie darauf ansprach, wurde ihr bewußt, daß sich ihre Anspannung gelöst hatte und ihr Geist bereit war, die Dinge, die getan werden mußten, in Angriff zu nehmen.

»Ja«, sagte sie überrascht.

»Dann ist es gut.« Schwester Claire wandte sich von den Regalen ab und sah sie an. »Selbst wenn ich niemandem auf der Welt vertraute, so vertraute ich doch Priorin Edith, und sie hat Euch in ähnlichen Angelegenheiten unterstützt. Ich gebe mich also damit zufrieden, daß ich nicht erfahren soll, warum die Jungen in Gefahr sind, und gebe Euch die Erlaubnis, zu tun, was Ihr für nötig haltet, und Euch frei zu bewegen, bis diese Geschichte bereinigt ist. Genügt das?«

»Absolut«, sagte Frevisse. Die Angelegenheit lag nun voll und ganz in ihren Händen. Was auch immer geschehen mochte, sie trug die Verantwortung. »Dann werde ich mich auf den Weg machen.«

Die Glocke läutete zur Non.

»Zuerst der Gottesdienst«, sagte Schwester Claire. »Der steht immer an erster Stelle.«

Frevisse öffnete den Mund, um einzuwenden, daß die Umgebung des Teiches so rasch wie möglich abgesucht werden mußte, doch dann schloß sie ihn wieder. Wer auch immer dort gewesen war, hatte sich längst davongemacht, und wenn er etwas zurückgelassen hatte, würde dies auch nach dem Gottesdienst noch zu finden sein. Gehorsam senkte sie den Kopf und steckte die Hände in die Ärmel, bereit, Schwester Claire in die Kirche zu folgen.

»Und laßt Euch danach von Schwester Juliana ein neues Paar Schuhe geben, bevor Ihr wieder nach draußen geht«, fügte Schwester Claire hinzu.

Später, im Schatten des Tores zum äußeren Hof, blickte Master Naylor Schwester Frevisse äußerst ungnädig an. »Und Ihr seid dessen sicher? Lügen sie Euch nicht an, um einer Tracht Prügel zu entgehen?«

Frevisse fragte sich, ob Edmund und Jasper wohl je eine Tracht Prügel bezogen hatten, was sie bezweifelte, obwohl sie sagte: »Die haben sie sowieso verdient, weil sie das Kloster verlassen haben. Nein, ich glaube nicht, daß sie lügen. Ihr wißt, daß ein Kind, das nur so tut, als hätte es sich erschrocken, anders aussieht als eines, das wirklich erschrocken ist.«

Master Naylor hob einen Mundwinkel an, als versuche er zu lächeln. »Mein Junge hat mich damit ein- oder zweimal zum Narren gehalten, das stimmt. Also gut.« Der belustigte Ausdruck war wieder aus Master Naylors Gesicht verschwunden. »Ich werde selbst nachsehen, ob ich etwas in der Nähe des Teichs finden kann.«

»Könntet Ihr vielleicht auch herausfinden, ob heute ein Unbekannter irgendwo hier gesehen worden ist? Oder jemand, der nicht dort war, wo er hätte sein sollen?«

»Jetzt, wo die Heuernte begonnen hat, ist fast jeder, den wir erübrigen können, auf den Feldern. Man wird wissen, ob jemand gefehlt hat, und das gleiche gilt für die wenigen Leute, die die anderen Aufgaben erledigt haben. Aber andererseits – jetzt, wo nahezu jeder auf den Feldern ist, könnte jemand im Priorat aus und ein gehen, ohne bemerkt zu werden, solange er sich von den Heufeldern fernhält.«

»Ich weiß. Aber fragt trotzdem, vielleicht hat man ja jemanden gesehen oder etwas bemerkt.«

»Jawohl, Schwester. Aber Ihr erzählt den Leuten, die zu den Jungen gehören, am besten selbst, was los ist.«

»Das werde ich als nächstes tun.« Obwohl ihr der Gedanke, Maryon von dem Geschehen zu berichten, wenig behagte.

Master Naylor, der sich nach seiner Verbeugung wieder aufrichtete, sah sie durchdringend an und fragte: »Warum sollte überhaupt irgend jemand versuchen, diese Jungen umzubringen?«

Von seiner Direktheit überrumpelt, antwortete Frevisse nach einer Weile: »Ich weiß es nicht.«

»Aber Ihr habt Eure Vermutungen.«

»Ja.« Sie kam seiner nächsten Frage zuvor, indem sie sagte: »Ich darf jedoch nicht mit Euch darüber sprechen.«

Er starrte sie noch einen unangenehmen Moment lang an, bis er mit einem ausdruckslosen Nicken seiner Einwilligung Ausdruck verlieh, sich dann nochmals verbeugte und ging.

Frevisse war überzeugt, daß er alles tun würde, worum sie ihn gebeten hatte. Sie seufzte wegen der ihr bevorstehenden Aufgabe und wandte sich zum Gästehaus.

Während sie ein weiteres Mal erzählte, was geschehen war, erhob sich Maryon von ihrem Platz am Fußende von Sir Gawyns Bett, rang die Hände und schritt in dem schmalen Raum auf und ab, bis Frevisse schließlich endete: »Sie sind jetzt in Sicherheit. Sie liegen im Bett und werden von Tibby und Jenet beaufsichtigt.«

»Jenet taugt zu gar nichts!« fauchte Maryon.

Frevisse gab ihr im stillen recht, sagte aber nur: »Sie werden nicht mehr ihrer alleinigen Obhut überlassen.«

»Man sollte sie hierherbringen«, sagte Sir Gawyn vom Bett aus. Er hatte aufrecht neben dem Bett gestanden, als Frevisse hereingekommen war. Obwohl er sich dann wieder hingelegt hatte, ging es ihm wesentlich besser als am Tag zuvor. Er war zwar noch blaß, aber nicht mehr so fahl. Er schien auch kräftiger zu sein, doch Frevisse fragte sich, ob diese Kraft nicht eher seinem Willen zuzuschreiben war als der Tatsache, daß sein Körper gesundete.

»Nein, das halte ich nicht für gut«, entgegnete sie auf seinen Vorschlag. »Hier sind sie wesentlich ungeschützter als im Kloster.«

»Aber sie bleiben ja nicht im Kloster!« wandte Maryon ein. »Sie sind nun schon zum zweiten Mal entwischt!«

»Wir werden in Zukunft noch besser auf sie aufpassen.«

»Aber nicht so gut wie wir.« Sir Gawyn richtete sich höher im Bett auf. Er kam nun schon besser mit nur einem Arm zurecht. »Mistress Maryon und ich kennen sie, und sie sind an uns gewöhnt. Und auch an Will und Colwin. Wir vier wissen, was auf dem Spiel steht. Niemand könnte sie während der kurzen Zeit, die wir noch hiersein werden, besser beaufsichtigen.«

»Es wird noch eine Weile dauern, bevor Ihr weiterreisen könnt«, widersprach Frevisse.

»Nicht mehr sehr lange.« Er ignorierte Maryons protestierende Geste. »Jetzt, da man uns gefunden hat, müssen wir so bald wie möglich weiterreisen. Am besten schon morgen.«

»Das geht nicht!« sagte Maryon. »Morgen noch nicht, wegen Eurer Schulter …«

»Nein«, stimmte Sir Gawyn bitter zu. »Morgen noch nicht. Aber bald. In zwei oder drei Tagen.«

Maryon unterdrückte einen weiteren Protest. Ihr Gesicht nahm den sanften Ausdruck einer Katze an, die jemand davon überzeugen will, daß sie es nicht auf die bereitgestellte Milch abgesehen hat. Sie sagte in einem vernünftigem Tonfall: »Aber was auch immer wir entscheiden, jetzt sind sie zumindest im Bett und schlafen, und wir werden sie nicht stören. Vor morgen können wir sowieso nichts unternehmen.«

»Nein«, sagte Sir Gawyn dumpf. »Nicht vor morgen.«

Will war während des Gesprächs eingetreten und an der Tür stehengeblieben. Jetzt sagte er ganz ruhig: »Vor Ablauf einer Woche könnt Ihr nicht reiten, Sir. Nicht ohne Gefahr zu laufen, daß sich die Wunde öffnet.«

»Wir werden noch mehr riskieren, wenn ich nicht reite!« sagte Sir Gawyn ungehalten.

Will wollte etwas entgegnen, doch Maryon unterbrach ihn. »Habt Ihr jemand gefunden, der Euer Hemd flicken kann?«

»Ja, eine der Frauen hier wird das tun.« Will wollte nicht weiter auf ihre Frage eingehen.

Maryon, die ihn von Sir Gawyns Schulter hatte ablenken wollen, schnitt ihm jedes weitere Wort ab und sagte: »Und habt Ihr ausgerichtet, daß Sir Gawyn heute abend ein kräftigeres Mahl zu sich nehmen kann als bisher?«

»Ja, ich habe es der Köchin gesagt«, antwortete Will.

»Und –«

Er fiel ihr ungeduldig ins Wort. »Ich habe mich um alles gekümmert. Sir –«

Sir Gawyn unterbrach die beiden mit leicht verärgertem Unterton. »Genug damit. Hört auf, Euch um mich Sorgen zu machen.« Und fügte, mehr zu Will als zu Maryon gewandt, hinzu: »Ich bin doch kein Kind.«

Will nahm augenblicklich den leeren, gehorsamen Gesichtsausdruck eines Dieners an. Er verneigte sich stumm und blickte auf die gegenüberliegende Wand. Sir Gawyn wandte sich Frevisse zu. »Belaßt für heute alles so, wie es ist. Aber morgen werden wir vermutlich einiges ändern müssen. Habt Dank für das, was Ihr getan habt. Wir werden es nicht vergessen.«

Frevisse erkannte, daß dies eine Aufforderung war zu gehen und knickste. »Ihre Sicherheit ist mir Dank genug. Es bedarf keiner weiteren Wiedergutmachung«, entgegnete sie ebenso förmlich und war froh, ihn wieder Maryon und Will überlassen zu können. Sie wünschte ihm alles Gute, nicht nur um seiner selbst willen, sondern weil es das beste war, wenn er so bald wie möglich reisen konnte. Die Jungen würden mit ihm gehen und aufhören, eine direkte Bedrohung für St. Frideswide darzustellen, aufhören, ihr Sorgen zu bereiten.

Doch einstweilen waren sie noch hier, und sie mußte herausfinden, was man sonst noch zu ihrer Sicherheit tun konnte.

Frevisse kehrte ins Kloster zurück und ging in die Kirche. Schwester Claires Erlaubnis, die Angelegenheit mit den Jungen zu regeln, entband sie nicht von ihren Pflichten als Küsterin. In der Sakristei nahm sie die weniger guten silbernen Kerzenständer zur Hand und machte sich daran, sie zu polieren. Selbst wenn sie nur geringe Mühe darauf verwandte, würde es ihr gelingen, sich bis zur Vesper durch diese sinnvolle und notwendige Tätigkeit abzulenken. Und wenn sie mit dem Polieren fertig war, konnte sie immer noch die Altartücher auf durchgescheuerte Stellen oder Risse hin untersuchen, es sei denn, Master Naylor benachrichtigte sie, daß man etwas herausgefunden habe.

Was das sein könnte, darüber konnte sie wohl endlos spekulieren. Derjenige, der Edmund und Jasper in den Teich gestoßen hatte, war sichergegangen, daß sie ihn nicht erkannten, obwohl es ihm egal gewesen sein dürfte, da er sie ja hatte umbringen wollen. Aber er war vermutlich vorsichtig genug gewesen, keine auffälligen Fußspuren zu hinterlassen – es sei denn, der Angreifer war dermaßen unachtsam, daß er durch Morast gelaufen war, und selbst dann hätten weiche Sohlen nur einen unbestimmten Abdruck hinterlassen, aus dem man allenfalls auf seine Körpergröße würde schließen können.

Es wäre sehr hilfreich, wenn irgendwo noch ein Stoffetzen seiner Kleidung an einem abgesplitterten Ast hinge. Darauf konnte sie wenigstens hoffen. Und es bestand ja auch die Möglichkeit, daß er auf dem Weg zum oder vom Gehölz gesehen worden war, obwohl es ausreichend Hekken und Mauern gab und fast alle bei der Heuernte waren. So mußte er beinahe entweder ein Dummkopf oder ein Pechvogel sein, um überhaupt gesehen zu werden.

Wenn er aber ein Fremder war, würde man ihn leichter bemerken, selbst wenn er weit entfernt vom Bach war und sich nicht mehr darum scherte, sich zu verbergen.

Aber warum war er überhaupt am Teich und im Gehölz gewesen? Sicher nicht in der Hoffnung, dort auf die Jungen zu treffen. Sie waren nur durch einen puren Zufall dorthin gekommen, oder etwa nicht? Gab es etwas, das ihr die Kinder verheimlicht hatten? Das war in der Tat gut möglich, sie hatten ihnen schließlich kaum Gelegenheit gegeben, irgend etwas zu erzählen. Sie mußte noch heute abend mit Lady Adela sprechen und morgen mit den Jungen.

Aber damit war die Frage, wer im Wald auf der Lauer gelegen hatte, noch nicht beantwortet. Oder hatte doch niemand auf der Lauer gelegen? Angenommen, es war nur jemand gewesen, der willkürlich andern Menschen Böses zufügen wollte – und zufällig waren das Edmund und Jasper gewesen? Solch ein mörderischer Wahnsinn war nicht auszuschließen. Und so scheußlich der Gedanke war, er vereinfachte die Dinge mehr als die anderen Möglichkeiten, die sie in Betracht gezogen hatte.

Sie wünschte, man würde ihr berichten, daß heute ein Fremder in der Nähe gesichtet worden war. Am besten ein zwielichtiger Landstreicher, der aussah wie jemand, der nur Böses und Gemeines im Sinn hatte.

Sie bemerkte, daß sie ständig dieselbe Stelle des Kerzenständers poliert hatte, und drehte ihn, um eine andere Seite blank zu reiben. Dann stellte sie den Kerzenständer in den Schrank zurück, faltete ihren Lappen zusammen und beschloß, lieber bis zur Vesper im Chorgestühl zu beten. Doch als sie die Sakristei verließ, kam Schwester Juliana auf sie zu und bedeutete ihr, daß man sie an der Klosterpforte erwarte. Frevisse dankte ihr stumm und ging.

Als sie aus dem kühlen Schatten des Kreuzgangs in den sonnenerwärmten Hof trat, stand Master Naylor vom Brunnenrand auf und ging mit einem selbst für seine Verhältnisse finsteren Gesicht die Stufen hinunter auf sie zu.

»Habt Ihr etwas gefunden?« fragte sie.

»Mehr, als Euch lieb sein wird. Einen toten Mann, der mit dem Gesicht nach unten im Teich trieb.«

Frevisse rang nach Atem und mußte erneut Luft holen, bevor sie hervorpreßte: »Wen?«

»Diesen Colwin. Ertrunken, wie es scheint.«

»Colwin?« Der Colwin, der die Jungen freundlicherweise gestern in den Stall mitgenommen hatte? »Im Teich? Ertrunken?« wiederholte sie verwirrt.

»Es sei denn, er ist woanders ertrunken und dann nach

dorthin gelaufen. Den Bach ist er jedenfalls nicht hinabgetrieben, soviel steht fest.«

»Aber der Teich ist nicht so tief. Im Stehen reicht einem das Wasser nicht über den Kopf.«

»Dann hat er offensichtlich nicht gestanden«, knurrte Master Naylor.

Frevisse setzte sich auf eine der Stufen, die zum Brunnen führten. »*Das* habe ich nicht erwartet.«

»Er vermutlich auch nicht«, sagte Master Naylor scharf. Aber mit den schroffen Worten wollte er nur seine Betroffenheit vertuschen, und er lenkte ein, indem er etwas besonnener sagte: »Laßt uns die ganze Sache nicht zu sehr aufbauschen. Seine Kleider lagen am Ufer. Vielleicht war er nur schwimmen, hat einen Krampf bekommen und ist ertrunken.«

Frevisse, die langsam wieder klar denken konnte, sagte: »Woher wußte er von dem Teich? Hat ihm jemand davon erzählt, oder hat er ihn selbst ausfindig gemacht?« Und war am selben Nachmittag dort ertrunken, an dem dies auch den Jungen beinahe widerfahren wäre? Das schien ihr doch höchst ungewöhnlich.

»Der Mann, der ihn gefunden hat, meinte, er sei erstaunt, daß Colwin dorthin gegangen ist«, sagte Master Naylor. »Es sah ihm wohl nicht ähnlich herumzuspazieren.«

»Hat man Pater Henry benachrichtigt? Wo ist die Leiche jetzt?«

»Man hat ihn benachrichtigt. Er begleitet die Männer, die ich geschickt habe, um die Leiche zu holen.«

Frevisse stand auf. »Ich will sie sehen.«

Master Naylor zögerte. »Das dürfte kein schöner Anblick sein.«

»Er kann nicht so lange im Wasser gelegen haben, daß

sein Körper schon sehr aufgedunsen ist«, sagte Frevisse nur. »Es ist erst ein paar Stunden her, seit ich dort war.«

Angesichts ihrer beherrschten Reaktion biß sich Master Naylor – der Frevisse eigentlich hätte kennen sollen – auf die schmalen Lippen. Er machte auf dem Absatz kehrt und ging durch das Tor zum Seitenhof. Frevisse erhob sich in der Annahme, daß dies einer Zustimmung gleichkam, und folgte ihm.

Die vier Männer, die Colwin brachten, waren gerade an der Hintertür angelangt, als Master Naylor und Frevisse dort ankamen. Sie trugen die Leiche auf einem Stück Bretterzaun, und Pater Henry lief neben ihnen her, während er laut Gebete aus seinem Brevier zitierte. Mit dem Latein stand er auf nicht so gutem Fuß, wie man es hätte erwarten können. Doch er machte seine Ungenauigkeit durch Intensität wett, denn eine Seele, die ganz plötzlich abberufen wurde, befand sich in noch größerer Gefahr, als sie es ohnehin im Angesicht des Todes war. Es bedurfte also in ganz kurzer Zeit so vieler Gebete wie möglich, um sie zu retten und – hoffentlich – ihr Dahinscheiden zu erleichtern. Pater Henry ließ sich nicht unterbrechen. Er sah auch nicht auf, als Master Naylor »Tragt ihn hier herein« befahl und die Männer ihre Richtung änderten, um ihm zu dem offenen Färbereischuppen zu folgen, in dem sonst eingefärbte Wollstränge zum Trocknen aufgehängt wurden. Niemand war heute hier, und es hing auch keine Wolle auf den Leinen. Die Männer luden erleichtert die Zaunbahre auf einem einfachen Arbeitstisch ab. Colwin war kein Fliegengewicht gewesen.

Frevisse war dankbar, daß fast alle bei der Heuernte draußen auf den Feldern waren. An Neugierigen waren neben ihr und Master Naylor nur die vier Männer – die jedoch nichts sagten, als Master Naylor ihnen befahl, zur Seite zu treten – und Pater Henry anwesend, der noch immer mit seinen Gebeten beschäftigt war. Frevisse trat näher, um sich die Leiche genauer anzusehen.

Colwins Kleider lagen gefaltet an seiner Seite, er trug nur noch eine Unterhose, die Männer oft beim Schwimmen anbehielten und die seine Lenden bedeckte. Mit einem Blick erkannte Frevisse, daß er vorne nicht verwundet war.

»Dreht ihn bitte um«, sagte sie.

Die Männer sahen Master Naylor mit kurzen, fragenden Blicken an. Mit einer raschen Handbewegung hieß er einen von ihnen, ihr zu gehorchen, was der Bursche zögernd tat. Er wuchtete Colwins schlaffen Körper zuerst auf die Seite, dann auf den Bauch. Wasser floß aus seinem Mund. Ein Arm rutschte über die Tischkante. Frevisse legte ihn an den Körper zurück. Das Fleisch war unnatürlich kühl, aber noch nicht steif. Er schien erst vor kurzem gestorben zu sein.

Auch am Rücken fand sich keine Wunde.

»Kam schon Wasser aus seinem Mund, als ihr ihn aufgehoben habt?« fragte sie.

»Viel mehr, Mylady«, sagte der Mann.

»Dann war er also noch am Leben, als er ins Wasser ging«, stellte Master Naylor fest.

»Lange genug, um noch eine Weile zu atmen«, stimmte Frevisse zu.

Sie berührte seinen Kopf, um zu fühlen, ob sein Schädel unversehrt war. Das war er; kein Knochen gab unter ihren Bewegungen nach. Doch … Sie zögerte, befühlte den Hinterkopf nochmals und fragte dann Master Naylor: »Spürt Ihr hier auch etwas?«

Master Naylor faßte an den Schädel, befühlte ihn ebenfalls und antwortete: »Eine große Beule, noch ziemlich frisch, würde ich sagen, aber die Haut ist unverletzt. Es hat nicht geblutet.«

»Groß genug, daß er dadurch das Bewußtsein verloren haben könnte?« fragte Frevisse.

»Wäre möglich«, stimmte Master Naylor zu. »Wahrscheinlich ist er gestürzt.«

Aber wo könnte er im oder am Teich so schwer gestürzt sein, daß er das Bewußtsein verloren hatte? Soweit Frevisse sich erinnern konnte, gab es dort keine Felsen. Ein großer Ast? Es gab dort keinen überhängenden Ast, über den er gestolpert sein könnte. Und abgesehen davon ... Sie befühlte nochmals die Beule. Eine rundliche, genau begrenzte Beule, nicht rechteckig, wie sie hätte sein müssen, wenn er auf einen Ast oder einen größeren Gegenstand als einen kleinen, runden Stein gefallen wäre.

»Wann wurde er zuletzt gesehen?« fragte sie.

Die Männer sahen einander an. Derjenige, der den Körper zur Seite gerollt hatte, meinte: »Beim Essen? Heute mittag?« Die anderen nickten unbestimmt. »Dann ist er weggegangen. Ihr wißt nicht, wohin, wie?« fragte er, worauf die anderen den Kopf schüttelten.

»Würdet Ihr Euch erkundigen, ob ihn noch jemand danach gesehen hat?« bat sie Master Naylor.

»Im Moment ist kaum jemand hier. Aber ich frage trotzdem.«

Frevisse nickte. In den Gästehäusern und im Kloster war es dasselbe. Nur die absolut unentbehrlichen Bediensteten waren zurückgeblieben. Zu dieser Jahreszeit hatte die Heuernte den Vorrang vor fast allem.

»Dreht ihn wieder um«, sagte sie. Nachdem dies geschehen war, sah sie dem Toten ins Gesicht. Jemand hatte seine

Augen geschlossen, wobei allerdings die Kinnlade heruntergeklappt war. Sein Haar hatte auf dem Weg hierher bereits zu trocknen begonnen und lag nun flach und formlos am Kopf an. Er war schon zu Lebzeiten nicht besonders anziehend gewesen und nun noch weniger. Aber jemand hatte ihm das Leben genommen, ohne ihm Gelegenheit zur Beichte oder zur Absolution zu geben, hatte ihm mehr als nur das Leben genommen, da auch sein Seelenheil in Gefahr war. Wozu?

Sie tastete seine Kleidung ab und zog den Gürtel heraus, an dem noch immer Schwert und Beutel hingen. Das Schwert war nicht besonders wertvoll, hätte einen Diebstahl aber allemal gelohnt. Sie schaute in den Beutel. Ein Silberpenny, ein verbogener Halfpenny und ein ganz abgenutztes Paar Würfel. Auf sein Geld, so schien es, hatte man es auch nicht abgesehen.

Sie steckte das Geld und die Würfel wieder zurück in den Beutel und raffte ihn mit dem Gürtel und dem Schwert zusammen. »Das werde ich seinem Ritter bringen«, sagte sie.

»Sonst noch etwas?« fragte Master Naylor.

»Nein.«

Er befahl den Männern, die Leiche fortzutragen. Pater Henry lief nebenher, abermals laut betend. Frevisse blieb zurück. Sie wollte Master Naylor noch einige Fragen stellen, doch er kam ihr zuvor: »Und? Ist er wirklich ertrunken?«

»Ja«, stimmte Frevisse zu. »Aber ich würde sagen, man hat ihm zuerst einen Schlag auf den Hinterkopf versetzt und ihn dann ins Wasser geworfen.«

»Es sei denn, er war bereits im Wasser, um zu schwimmen, als er getroffen wurde.«

»Das Ergebnis wäre das gleiche«, sagte Frevisse. »War er ein Einzelgänger?«

»Nein. Er hat sich, seit er hier ist, gut eingefügt und war überall gern gesehen. Allgemein beliebt, soweit ich das beurteilen kann. Er ist nur deshalb nicht mit den anderen zur Heuernte gegangen, weil man ihm befohlen hatte, sich für alle Fälle hier bereitzuhalten.«

»Bereitzuhalten? Wofür?«

»Ihr seid doch diejenige, die weiß, was hier gespielt wird«, sagte Master Naylor. »Das wollte ich eigentlich von Euch wissen.«

»Es scheint so, daß ich immer noch nicht genug weiß von dem, was hier gespielt wird«, entgegnete Frevisse. »Ich vermag noch nicht einmal zu sagen, ob er zufällig oder absichtlich getötet wurde, von einem Fremden oder von jemandem, der ihn kannte. Hatte er mit irgend jemandem Streit, seit er hier ist?«

»Soweit ich weiß, war er ein umgänglicher und gutmütiger Mensch. Das heißt, nein: Heute morgen sind heftige Worte zwischen ihm und dem anderen Burschen gefallen, der mit ihm hierhergekommen ist. Dem Knappen.«

»Will? Sir Gawyns Knappe? Sie haben sich gestritten?« Das könnte die Sache vereinfachen, obwohl sie Will nicht für einen streitsüchtigen Menschen hielt, der einen anderen, ohne mit der Wimper zu zucken, umbrachte.

Aber Master Naylor schüttelte den Kopf. »Kein richtiger Streit, würde ich sagen. Vielleicht eher eine Meinungsverschiedenheit. Will – so heißt er? – hat die Stirn gerunzelt und versucht, seinen Standpunkt klarzumachen, worauf Colwin gegrinst und den Kopf geschüttelt hat.«

»Aber Ihr wißt nicht, worum es ging?«

»Das ging mich nichts an. Ich habe nicht gefragt. Vielleicht weiß es jemand anders.«

»War Colwin hinter irgendeiner Frau her?«

»Nicht daß ich wüßte.«

»Könntet Ihr Euch umhören, was man sich über ihn erzählt? Und ob irgend jemand weiß, worüber er und Will am Morgen gesprochen haben?«

»Das werde ich tun. Ich will auch nochmals einen Mann zu Master Montfort schicken, obwohl ich zu dieser Jahreszeit eigentlich niemanden entbehren kann. Und werde den Leuten sagen, nach Fremden Ausschau zu halten. In der Hoffnung, daß die Sache dadurch geklärt wird. Ist sonst noch irgend etwas zu tun?«

»Nein. Ich werde selbst zu Sir Gawyn und Mistress Maryon gehen, um ihnen alles zu berichten.« Die Glocke auf der anderen Seite der Mauer begann zu läuten. »Nach der Vesper«, fügte sie mit einem Seufzer hinzu.

»Wenn's Euch recht ist, werde ich für Euch gehen. Sie sollten es so schnell wie möglich erfahren.«

»Ich wäre Euch dankbar, wenn Ihr das tun könntet«, sagte sie spontan, doch dann änderte sie ihre Meinung. »Halt, ich mache es doch lieber selbst.« Um zu sehen, wie sie auf die Nachricht reagierten. »Und ich gehe jetzt sofort.«

Als Frevisse eintrat, stand Sir Gawyn an der dem Bett gegenüberliegenden Wand und machte, gestützt von Will, einige Schritte. Auch Maryon hielt sich dicht neben ihm, um ihm gegebenenfalls zu Hilfe zu kommen. Er konnte sich zwar nur schlecht bewegen und war offensichtlich schwach, bemühte sich aber, allein zu gehen.

Durch das Fenster, das bislang fest verschlossen gewesen war, jetzt aber offenstand, drang die frische Luft des milden Tages herein. Die nachmittäglichen Sonnenstrahlen fielen auf die Wand oberhalb des Bettes.

Alle sahen auf, als Frevisse in der Tür erschien. Die Freude auf ihren Gesichtern über Sir Gawyns Fortschritte wich der Überraschung. Maryon wandte den Kopf dem Glockengeläut zu, als könne sie es sehen. »Solltet Ihr nicht –«, fing sie an. Dann hielt sie inne, und ihr Gesicht verdüsterte sich. »Die Jungen. Was ist geschehen?«

»Ihnen ist nichts geschehen. Sie sind im Bett und schlafen wahrscheinlich. Es geht um Colwin. Er ist tot.«

Sie war vor allem auf Wills Reaktion gespannt, doch bei ihren Worten ließ er den Kopf sinken, und das helle Haar fiel ihm wie ein Vorhang vor das Gesicht, so daß sie es nicht sehen konnte. Er nahm seine Hand von Sir Gawyns Arm und bekreuzigte sich. Maryon und Sir Gawyn taten es ihm nach, und Sir Gawyn fragte bestürzt: »Wie das?«

»Er ist ertrunken. Unterhalb des Klosters fließt ein Bach, der in einem kleinen Wald in einem Teich mündet. Er wurde im Wasser gefunden.«

»Ertrunken?« wiederholte Sir Gawyn. »Wie denn? Warum kam ihm niemand zu Hilfe?«

»Offensichtlich war er alleine zum Schwimmen gegangen. Ist das ungewöhnlich für ihn?«

»Ja«, sagte Sir Gawyn spontan, »Colwin hatte gern Gesellschaft, bei allem, was er tat.«

Will nickte zustimmend.

»Vielleicht wollte er auch gar nicht schwimmen«, sagte Frevisse. »Es spricht einiges dafür, daß er einen Schlag auf den Hinterkopf bekommen hat. Vielleicht war er bewußtlos und ist ins Wasser gefallen.«

Sir Gawyn machte eine Handbewegung, die einen tieferen Schmerz verriet, als Frevisse je bei ihm beobachtet hatte, und die sowohl Kummer angesichts seiner Hilflosigkeit als auch Wut erkennen ließ.

Maryon jedoch faßte die Furcht, die alle beschlichen hatte, in Worte. »Sie haben uns gefunden, und sie werden keine Ruhe geben, bis sie uns alle erledigt haben! Bis sich ihnen keiner mehr in den Weg stellt!«

Will hob den Kopf. Seine Wangen waren gerötet. »Niemand darf den Kindern etwas antun«, sagte er. »Wir haben es der Herrin, ihrer Mutter, geschworen.«

Er sah Sir Gawyn an, der seinen Blick erwiderte. Ihre Gesichter drückten grimmige Entschlossenheit aus.

»Wir können unseren Eid nicht halten, wenn wir tot sind!« sagte Maryon, wütend und ängstlich zugleich.

»Dann müssen wir eben am Leben bleiben«, entgegnete Sir Gawyn. Unter seiner Blässe brach ihm der Schweiß aus. Er stützte sich schwer auf den Arm seines Knappen. »Ich muß mich wieder hinlegen.«

Maryon umfaßte seine Taille und achtete auf seine verletzte Schulter. Aber Sir Gawyn stützte sich vor allem auf den gedrungenen Will, während er zurück zum Bett schlich. Dort legte sich Sir Gawyn mit geschlossenen Augen zurück und atmete schwer. Als sein Atem sich wieder beruhigt hatte, sagte er: »Wir müssen die Kinder hierherholen, wo wir auf sie aufpassen können.«

»Sie sind im Kloster besser untergebracht«, widersprach Will. »Dort kommt man schwerer an sie heran.«

Sir Gawyn gab einen mißbilligenden Laut von sich. »Einfache Mauern, unbewachte Türen, keine Männer –«, fing er an, doch Maryon unterbrach ihn. Mit einem scharfen Blick, der beide Männer zum Schweigen bringen sollte, sagte sie: »Darüber können wir uns später unterhalten. Schwester Frevisse muß zur Vesper.«

Dies war eine Anordnung, die sich sowohl auf Frevisse als auch auf die Männer bezog. Doch die Glocke hatte schon vor langem aufgehört zu läuten. Frevisse hatte sich also ohnehin verspätet, und sie wollte ihre Fragen jetzt stellen, bevor sie ihre Antworten in Ruhe überdenken konnten. »Wann habt Ihr Colwin zum letzten Mal gesehen?«

Die drei sahen sich an, schließlich antwortete Maryon: »Irgendwann heute nachmittag. Nach der Sext?« fragte sie Sir Gawyn und Will.

»Ja, ich glaube schon«, sagte Sir Gawyn. Will nickte zustimmend.

»Wo?«

»Hier. Er kam herein, um zu fragen, ob er wohl heute nachmittag die Pferde auf die Weide führen könne. Er meinte, sie bräuchten mal wieder Auslauf.«

»Ich wünschte, man könnte sie ausreiten«, sagte Sir Gawyn, der die Augen wieder geschlossen hatte. »Aber sie müssen in der Nähe bereitstehen, falls wir ... plötzlich abreisen müssen.«

»Daher habt Ihr ihm geantwortet, es sei nicht möglich«, sagte Frevisse. »Und da habt Ihr ihn zum letzten Mal gesehen?«

»Ja.«

Obwohl ihre Stimme gefaßt klang, war Maryon unruhig und rang die Hände. »Wo ist er? Was hat man mit ihm gemacht?«

»Master Naylor hat einige Männer geschickt, um ihn zu holen. Ich weiß nicht, wo er jetzt ist oder was man mit ihm gemacht hat.«

Will war an einem Bettpfosten zusammengesunken und richtete sich nun wieder auf. »Ich werde mich um ihn kümmern. Es sollte sich ... einer von uns ... um ihn kümmern.«

Sir Gawyn hob die Hand und gab ihm die Erlaubnis, sich zu entfernen.

»Wart Ihr den ganzen Nachmittag über hier?« wandte sich Frevisse an Maryon.

»Die meiste Zeit. Ich habe mich kurze Zeit hingelegt. Ungefähr zur Non, glaube ich.«

»Und Will? War er die ganze Zeit hier?«

»Er kam und ging, wie üblich.« Maryon wurde hellhörig. »Warum fragt Ihr?« wollte sie mißtrauisch wissen.

»Der Coroner muß wegen dieser Sache nochmals hergebeten werden. Wir sollten uns am besten überlegen, was für Fragen er stellen wird und was wir antworten werden.«

»Gerechter Himmel!« rief Sir Gawyn vom Bett aus. Sein gesunder Arm bedeckte seine Augen, und sein Körper lag erschlafft, doch seine Stimme klang entschlossen. »Wir müssen von hier weg sein, bevor er kommt.«

»Gawyn, das geht nicht!« protestierte Maryon.

»Es muß gehen. Wir dürfen nicht erwarten, noch mal soviel Glück zu haben wie letztes Mal, als er hier war. Er ist ein Narr, aber selbst ein Narr begreift irgendwann einmal. Ich kann reiten, wenn's sein muß. Morgen werden wir reiten.«

Mit einem angedeuteten Knicks, dem niemand Beachtung schenkte, zog sich Frevisse zurück, damit sie dies allein ausmachen konnten. Sie nahm sich vor, Schwester Claire zu berichten, was Sir Gawyn plante. Schwester Claire würde bestimmt etwas dagegen einzuwenden haben, wobei allerdings nicht sicher war, ob man ihren Rat auch beherzigte.

Draußen war es ruhig. Nur Ela humpelte auf Frevisse zu, als diese auf die Hoftür zutrat. »Er ist da hinten«, sagte sie und deutete auf die Tür. »Ich dachte mir, ich sollte Euch lieber Bescheid sagen.«

»Mir Bescheid sagen? Wer ist da?«

»Will. Der Knappe. Er wollte irgendwohin. Wir sind uns in der Tür begegnet, und als ich mich umdrehte, weil ich ein seltsames Geräusch gehört hatte, sah ich, daß er sich auf die Stufen da draußen gesetzt hatte, den Kopf in die Hände legte und zu heulen anfing. Er weint immer noch, glaube ich. Ich dachte mir, ich sag' Euch lieber Bescheid. Weshalb weint er denn?«

»Einer der Männer, mit denen er hierherkam, ist tot. Ertrunken. Er hieß Colwin.«

Ela schnalzte erschrocken und mitfühlend zugleich mit der Zunge. »Armer Mensch. Armer, armer Mensch. Und ein guter dazu. Hat nie Ärger gemacht. Ertrunken. Jammerschade, was?«

»War er heute überhaupt hier drinnen?«

»Um die Sext habe ich ihn noch gesehen.«

»Und Mistress Maryon und Will, sind sie am Nachmittag nach draußen gegangen?«

»Doch, Will schon. Ich hab' ihn mindestens einmal, vielleicht auch zweimal rausgehen sehen. Die Lady hab' ich gar nicht gesehen. Aber ich war auch nicht die ganze Zeit da und könnte es von niemandem mit Sicherheit sagen, außer von dem Ritter. Er ist dringeblieben. Hat nicht die Kraft, irgendwo hinzugehen, der Arme.«

»Dank' dir«, sagte Frevisse und ging weiter. Wie Ela gesagt hatte, saß Will auf halber Höhe auf den Stufen, die vom Gästehaus in den Hof hinunterführten. Seine Ellbogen lagen auf den Knien, und er hielt den Kopf in die Hände gestützt. Dem Zittern seiner Schultern nach zu urteilen, weinte er wirklich.

Ohne sich heranschleichen zu wollen, ging Frevisse behutsam nach unten und blieb ein paar Stufen unter ihm stehen. »Will«, sagte sie, und ihre eigene Sanftheit überraschte sie.

Er hob den Kopf. Seine Wangen waren naß, Tränen

schimmerten in seinen Augen, was er gar nicht zu verbergen versuchte. Selbst der stärkste Mann weinte, wenn er Grund dazu hatte, und brauchte sich dessen nicht zu schämen. Als er sie sah, sagte er: »Mylady?« und wollte sich erheben, doch Frevisse bedeutete ihm, sitzen zu bleiben.

»Ich wußte nicht, daß du und Colwin so enge Freunde wart«, sagte sie.

»Waren wir gar nicht. Also, wir waren nicht gerade befreundet, aber …« Ihm fehlten die Worte, um das, was er sagen wollte, auszudrücken, daher zuckte er nur mit den breiten Schultern.

»Aber Ihr wart an ihn gewöhnt. Er war Euch vertraut«, half Frevisse voller Mitgefühl nach.

»Genau«, sagte Will. »Man gewöhnt sich an die Menschen um einen herum, und er war kein schlechter Kerl. Man konnte sich auf ihn verlassen. Er war ein fröhlicher Mensch. Und …« – Will kämpfte gegen seinen Schmerz an –, »und er hatte Pläne. Er hatte einiges vor. Es ist ungerecht, daß er tot ist.«

Frevisse mußte ihm im stillen von ganzem Herzen recht geben. Es war nicht gerecht, die ganze Sache war nicht in Ordnung, und Colwins Tod war nur ein Teil davon.

Während er sich mit dem Ärmel seines Hemdes die Tränen abwischte, sagte Will: »Es ist zuviel auf einmal. Hery und die anderen und jetzt er. Und nun, da Sir Gawyn verwundet ist, bleibe nur noch ich übrig.«

»Was ist mit Eurem anderen Hemd geschehen?« fragte Frevisse.

Will schaute auf seinen Ärmel, als wäre er überrascht, ihn an seinem Arm zu sehen. »Was? Oh, mein anderes Hemd. Ich hab's zerrissen, als ich heute nachmittag die Pferde auf die Weide geführt hab'. Eine von den Frauen im

Gästehaus meinte, sie würde es flicken. Ich hab' nicht das Talent dazu, und Mistress Maryon macht das sicher nicht für mich.«

Frevisse folgte einer früheren Eingebung, da sie eine leichte Bitterkeit in seiner Stimme zu erkennen glaubte, und sagte: »Für Sir Gawyn würde sie es aber tun?«

»Oh, ja doch, das wohl!« pflichtete ihr Will bei. »Sie hat es auf ihn abgesehen und hätte ihn gerne ganz für sich.«

»Und dieser Gedanke mißfällt Euch.«

Frevisses Mitgefühl schmeichelte ihm. »Sie ist immer ganz honigsüß, wenn sie spricht, und ich muß zugeben, daß sie reizend aussieht, obwohl sie älter ist, als sie zu sein scheint. Aber ihr Verstand ist wie eine Peitsche, und wenn ihr etwas gegen den Strich geht, findet sie harte Worte.«

»Ihr könnt sie nicht leiden.«

»Das spielt keine Rolle. Sie tut ihre Pflicht ebensogut wie jeder andere auch. Das muß man ihr zugestehen. Aber sie hat sich Sir Gawyn in den Kopf gesetzt, und sie ist nichts für ihn.«

»Warum nicht? Sie scheinen sich doch zu mögen?«

»Davon wird er auch nicht satt. Er braucht eine reiche Frau, vor allem jetzt, wo er ...« Will schreckte davor zurück, es auszusprechen. »Und sie eigentlich auch, da sie ja auch kein Geld hat. Daher weiß ich nicht, was sie ihm da im Moment vormacht.«

»Vielleicht lieben sie sich ...«

»Das ist etwas für Narren«, sagte Will. »Liebe nützt einem gar nichts, wenn das nötige Kleingeld fehlt, um sich warm anzuziehen. Und wenn die Sache mit Ihrer Königlichen Hoheit sich noch ungünstiger entwickelt –« Er unterbrach sich, da er gemerkt hatte, daß er beinahe ein Geheimnis verraten hätte, blickte dann um sich, um sicherzugehen, daß niemand in der Nähe war, und sah Frevisse durchdringend an. »Ihr wißt doch Bescheid. Mistress Maryon meinte, Ihr wüßtet Bescheid.«

»Ich weiß Bescheid.« Sie sah ihn ermunternd an. »Wenn die Sache mit Ihrer Königlichen Hoheit sich noch ungünstiger entwickelt ...«

»Dann kann keiner von ihnen mehr seinen Lebensunterhalt bestreiten, und sie sollten sich lieber nach etwas anderem umsehen.«

»Aber erst nachdem sie Edmund und Jasper heil nach Wales gebracht haben. Warum bleibt Ihr bei ihnen, wenn die Sache so schlecht steht? Solltet Ihr Euch nicht auch nach einem anderen Dienstherrn umsehen?«

»Ich bin Sir Gawyns Knappe«, sagte Will, »und bin froh darüber. Ich würde keinem lieber dienen und war die meiste Zeit meines Lebens in seinen Diensten. Es steht mir nicht zu, ihn im Stich zu lassen, was auch immer geschehen mag. Und ich unterstehe auch der Königin.« Sein Tonfall wurde mitfühlend. »Sie ist die edelmütigste Frau, die ich kenne. Sie liebt ihre Jungen. Ich habe sie zusammen gesehen. Wenn die letzte Aufgabe, die mir in ihrem Dienst bleibt, der Schutz der Knaben auf ihrer Reise ist, dann werde ich sie erfüllen. Um meiner Herrin willen.«

Seine mitfühlenden Worte zeigten, daß er trotz seiner Betrübnis stolz war, aus dem Gefühl höchster ritterlicher Liebe heraus zu handeln – der Liebe zu einer unerreichbaren Frau, die man allenfalls aus der Ferne begehren und bewundern durfte. Für einen kurzen Moment spiegelte sich dies auch in seinem Gesichtsausdruck wider.

Frevisse fragte sich, wie alt er wohl sein mochte. Wohl zwischen dreißig und vierzig Jahren, schätzte sie, ungefähr so alt wie sie selbst. Doch mit diesem freudig-stolzen Gesichtsausdruck sah er jünger aus, vermutlich so wie damals, als er noch jung und voller Hoffnungen war.

Doch sie war nicht um solcher Überlegungen willen hier und fragte: »Was habt Ihr den ganzen Nachmittag über gemacht?«

Die Freude schwand aus seinem Gesicht, und es nahm wieder einen sorgenvollen Ausdruck an. Als wären die momentanen Nöte eine zu schwere Last für ihn, sagte Will stumpf: »Ich war mal hier und mal da. Drinnen und draußen, wie's gerade erforderlich war. Meistens drinnen.«

»Abgesehen davon, daß Ihr die Pferde auf die Weide geführt habt.«

»Genau«, pflichtete er bei. Dann stand er auf. »Ich muß mich um Colwin kümmern.«

Frevisse trat nicht zur Seite. »Ihr habt heute morgen mit Colwin eine Auseinandersetzung gehabt. Worum ging es?«

Will senkte den Blick zu Boden und blieb einen Augenblick still. Dann sagte er, das Gesicht hinter den Haarsträhnen verborgen: »Es ging um die Pferde. Meiner Meinung nach waren sie nicht genügend ausgeritten worden. Sollten wir gezwungen sein zu fliehen, müssen sie Ausdauer haben. Colwin meinte, sie wären in Ordnung, ich meinte, sie wären nicht in Ordnung.« Will zuckte mit den Schultern. »Das war alles.«

»Er war nicht besorgt um jemanden oder hatte vor irgend etwas Angst?«

»Nicht mehr als wir anderen auch und wahrscheinlich nicht einmal so sehr. Solange es Colwin gutging und er was im Magen hatte, war er mit allem zufrieden, was seinen Weg kreuzte.«

Seine Worte erinnerten sie daran, daß es der Tod war, der Colwins Weg gekreuzt hatte. Lange Zeit sahen sich Frevisse und Will an. Beide waren ganz still und nachdenklich. Dann trat Frevisse zur Seite, um ihn vorbeizulassen. Er verneigte sich vor ihr und ging seiner Wege.

Die Vesper war zu Ende, und die Nonnen kamen gerade aus der Kirche, als Frevisse zum Kloster zurückkehrte. Als sie sie sahen, blieben sie alle wie zum Zeichen ihrer gemeinsamen Mißbilligung stehen. Unter ihren verächtlichen Blicken und im Bewußtsein, daß ihr Vergehen, den Gottesdienst versäumt zu haben, um so schwerer wog, als sie genau das mißachtet hatte, was Schwester Claire gesagt hatte, blieb Frevisse ebenfalls stehen, in geringer Entfernung von ihnen, direkt vor Schwester Claire, und fiel auf die Knie. Sie faltete die Hände, senkte den Kopf und sagte: »Ich habe gesündigt und weiß es, bekenne es und bitte Euch alle um Vergebung.«

Die Nonnen schwiegen, und Frevisses Worte verhallten wie in einem tiefen Brunnen, bis Schwester Claire schließlich sagte: »Wir erkennen Euer Schuldbekenntnis an. Geht jetzt in die Kirche, und bleibt dort bis zur Komplet auf den Knien. Ihr verzichtet auf Abendessen und Erbauungsstunde. Wir werden morgen beim Kapitel darüber sprechen.«

Frevisse ließ den Kopf noch tiefer sinken. »Danke, Schwester Claire«, sagte sie. Und obwohl der kürzere Weg zum Refektorium, in dem das Abendessen eingenommen wurde, von ihr weg durch den Kreuzgang führte, ließ Schwester Claire die Nonnen, die alle anklagend schwiegen, rechts und links an Frevisse vorbeiziehen. Ihre Gewänder raschelten. Es war den Nonnen erlaubt, jemandem, der in Ungnade gefallen war, einen Fußtritt zu verpassen. Obwohl es gut möglich war, daß eine Schwester, die ihrer Mißbilligung auf diese Weise Ausdruck verlieh, nur allzubald in eine ähnliche Lage kam – und der Fußtritt vergolten wurde. Nur Schwester Thomasine, für die es eine Pflichterfüllung war, die ihrer Seele zustatten kam, und nicht etwa eine willkommene Gelegenheit, jemanden zu bestrafen, streifte Frevisses Knöchel im Vorübergehen ganz leicht mit dem Fuß.

Da sie wußte, daß sich die anderen an dem Anblick ihrer Erniedrigung weideten, verharrte Frevisse in ihrer Stellung, bis sie sicher war, daß alle das Refektorium erreicht hatten. Erst dann erhob sie sich wieder, schwankte ein wenig – sie hatte sich zu heftig auf die Steinfliesen fallen lassen – und ging den Kreuzgang entlang. Kein Essen bis zum Frühstück … Ihr Magen fing schon jetzt an, sie zu tadeln, und zwar weniger sanft als Schwester Claire.

Aber dagegen konnte man nichts tun. Sie durfte unter keinen Umständen ihre Buße und Erniedrigung zunichte machen, indem sie diese zurückwies oder bedauerte. Fasten war ihr vertraut. Der Geist mußte es akzeptieren, damit es der Körper ebenfalls tat.

Ohne auch nur ein einziges Mal zu seufzen, betrat sie die Kirche, ging am Chorgestühl vorbei und kniete dann vor dem Altar. Sie streckte ihren Rücken und senkte dabei den Kopf. Vor zwei Jahren hatte sie jede freie Minute hier verbracht, um für sich und für jemand anders um Frieden zu bitten. Beide waren sie damals an Entschlüsse gebunden, die zu Lügen geführt hatten, die wiederum nur das Totenbett aufheben konnte. Zumindest Frevisse hatte damals Frieden und Vergebung im Gebet gefunden. Jetzt, in erneuter, wenn auch geringerer Not, stürmten die Gebete auf sie ein, gaben ihr Halt und Trost.

Miserere mei, Deus, secundum misericordiam tuam; secundum multitudinem miserationum tuarum dele iniquitatem meam. Penitus lava me a culpa mea, et a peccato meo munda me. Nam iniquitatem meam ego agnosco, et peccatum meum coram me est semper.

Gott, sei mir gnädig nach deiner Güte, und tilge meine Sünden nach deinem reichen Erbarmen. Wasche meine Schuld von mir ab, und mache mich rein von meiner Sünde. Denn ich erkenne meine bösen Taten, meine Sünde steht mir immer vor Augen.

Der Psalm war aus der Totenmesse. Damals, als sie den Tod in ihrer Seele fühlte, hatte sie bei diesem Psalm Zuflucht gesucht, und er hatte ihr geholfen, wieder ins Leben zurückzukehren. Nun galt ihr Gebet weniger ihr selbst als dem Toten, der für sie eine Last darstellte – diesmal jedoch wenigstens nicht durch ihre Schuld.

Wie war Colwin ums Leben gekommen?

Wieso war er überhaupt an den Teich gegangen? Zufällig, weil er Lust hatte, dort spazierenzugehen? Oder weil er ein Ziel hatte – vielleicht jemanden treffen wollte? Hatte er statt dessen denjenigen getroffen, der die Jungen töten wollte, und war von diesem umgebracht worden, damit er es beim nächsten Angriff mit einem Beschützer weniger aufzunehmen hatte?

Man hatte sie vermutlich geschont, als sie den Jungen zu Hilfe kam, denn eine Nonne brachte man nicht so leichtfertig um. Colwin hingegen schon.

Trotzdem, warum war Colwin überhaupt dorthin gegangen? Um auf die Jungen aufzupassen? Nein, er hätte sie gerettet, wenn er aus diesem Grund dort gewesen wäre.

Oder hatte etwa Colwin die Jungen ins Wasser gestoßen?

Frevisse dachte intensiver über diese scheußliche Vorstellung nach. Und wenn er es getan hatte, wer hatte dann ihn umgebracht? Wenn man davon ausging, daß er die Jungen ins Wasser gestoßen hatte und er dann von jemand umgebracht worden war, bedeutete dies, daß zwei Mörder mit unterschiedlichen Motiven am Teich gelauert hatten. Das schien ihr unwahrscheinlich.

Welches Detail war ihr entgangen? Sie wußte doch alles über Colwin. Und über die anderen …

Oder beging sie den Fehler, hinter der Sache zuviel zu vermuten? Vielleicht handelte es sich bei Colwins Tod tatsächlich um einen Unfall. Vielleicht war er ja nur zufällig kurz nach den Jungen dort angekommen, um schwimmen zu gehen, war gestürzt, hatte dabei das Bewußtsein verloren und war ertrunken.

Aber davon konnte sie sich einfach nicht überzeugen. Jemand hatte versucht, Edmund und Jasper zu ertränken. Jemand hatte es geschafft, Colwin zu ertränken.

Wohin hatte Will heute nachmittag die Pferde gebracht? Master Naylor mußte es wissen oder konnte es herausfinden. Und sie wollte Wills zerrissenes Hemd sehen. Wieso war es zerrissen? War es vielleicht auch naß geworden? Das konnte man nun nicht mehr feststellen. Bei diesem Wetter wäre es schon längst getrocknet, bevor er es jemandem zum Flicken gab. Wenn es überhaupt zerrissen war. Das mußte sie auch herausfinden.

Aber eigentlich sollte sie im Moment etwas ganz anderes tun. Sie sollte Gott um Vergebung für ihren Ungehorsam bitten, und wenn sie schon nicht in der Lage war, für sich selbst zu beten, konnte sie zumindest für Colwin beten. *A porta inferi erue, Domine, animam eius*. Errette seine Seele, o Herr, von der Pforte zur Hölle.

Sie konnte auch darum beten, daß Priorin Ediths Tod ebenso friedlich wie ihr Leben sein möge, obgleich sie sicherlich nichts von der Hölle zu befürchten hatte. Und wer konnte schon entscheiden, welche Gebete am dringendsten waren? Jeder von ihnen bedurfte Gottes ganzer Gnade. Durch diese Gedanken wieder zur Ordnung gerufen, begann Frevisse, nicht nur für die anderen zu beten, sondern auch für sich selbst, damit sie ihren sträflichen Hochmut überwinde. Immer mehr gab sie sich den Gebeten hin, bis sie nach und nach alles andere um sich vergaß.

Das Geläut zur Komplet ließ sie wieder zu sich kommen. Etwas benommen von der Intensität ihres vorherigen Zustands, stand sie ungelenk auf. Die Knie taten ihr weh, doch der Schmerz ließ nach, als sie die Kirche verließ, um sich den anderen anzuschließen, die zur Komplet – dem letzten, stillen Gottesdienst des Tages – in den Kapitelsaal gingen.

Nunc dimittis servum tuum, Domine, secundum verbum tuum in pace … Herr, nun lässest Du Deinen Diener im Frieden fahren, wie Du gesagt hast.

Die bedeutsamen, vertrauten Worte erfüllten die warme Abendluft, die nach trocknendem Gras, nach Sonne und den verschiedenen Düften der Blumen im Klostergarten roch. Eine letzte träge Fliege summte zur Tür des Kapitelsaals herein und wieder hinaus. Sie kam und ging, wie Sorgen es tun, dachte Frevisse. Das gleichmäßige Auf und Ab der Gebete stellte einen Trost und eine Sicherheit dar, die die Schmerzen und Veränderungen eines jeden Tages nebensächlich erscheinen ließ.

Divinum auxilium maneat semper nobiscum. Die Hilfe des Herrn bleibe allzeit bei uns.

Amen, amen und nochmals amen, dachte Frevisse.

Doch heute abend sagte Schwester Claire, anstatt sie nach einem Moment der Stille zur Nachtruhe zu entlassen: »Wir sollten heute ganz besonders für Priorin Edith beten. Jede von Euch, die die Nacht oder einen Teil davon im Gebet für sie verbringen möchte, kann dies gerne in der Kirche tun.«

Schwester Amicia schluchzte erschreckt auf. Schwester Perpetua fragte mit tränenerstickter Stimme: »Können wir nicht lieber an ihrem Bett beten?«

»Sie hat darum gebeten, daß wir das nicht tun. Nur Schwester Lucy und Schwester Thomasine sollen sich um sie kümmern.«

Frevisse, die von ihren eigenen Sorgen abgelenkt gewesen war, fiel zum ersten Mal auf, daß Schwester Thomasine nicht da war, wohl aber Schwester Lucy, die bleich und erschöpft aussah. Lediglich die rötlichen Ringe um die Augen, die vom Weinen herrührten, gaben ihrem Gesicht etwas Farbe.

»Warum nur sie?« wollte Schwester Alys wissen.

»Weil Schwester Lucy sie am längsten kennt und weil Schwester Thomasine Krankenschwester ist.«

»Und wenn wir nun auch bei ihr sein wollten?« beharrte Schwester Alys.

»Was wir wollen, ist hier nicht von Belang. Einstweilen ist Priorin Ediths Wort noch immer oberstes Gebot.«

»Aber wenn sie ihre Nachfolgerin verkündet …«

Schwester Claire schnitt ihr das Wort ab. »Wenn sie etwas sagt, das uns alle angeht, so werden wir dies von Schwester Lucy und Schwester Thomasine erfahren.«

Schwester Alys warf Schwester Lucy einen grimmigen Blick zu und biß sich auf die Lippen.

In die trostlose Stille hinein fragte Schwester Emma mit zitternder Stimme, wobei sie schluckte und schniefte: »Es wird wohl nicht mehr lange dauern …?« Sie konnte nicht weitersprechen.

»Vielleicht morgen früh«, antwortete Schwester Claire. »Vielleicht noch einen ganzen Tag. Wohl kaum länger.« Sie schloß mit sanfter, fester Stimme: »Gottes Segen für uns alle, jetzt und immerdar. Gehet hin in Frieden.« Sie entließ sie zur Nachtruhe oder um in die Kirche zu gehen oder – in Schwester Lucys Fall – in Priorin Ediths Schlafkammer. Sie machte Frevisse jedoch mit der Hand ein Zeichen, hinter den anderen zurückzubleiben. Als sie alleine im Saal waren, sagte sie: »Ich habe angeordnet, daß man ein wenig Brot im Refektorium für Euch aufhebt. Und danach solltet Ihr zu Bett gehen.«

»Ich wollte eigentlich in der Kirche beten.«

»Ich weiß, aber Ihr hattet einen anstrengenden Tag. Ihr seid müde, und man sieht es. Eßt und geht bis zur Mette ins Bett. Man wird jetzt sehr viel beten, doch die Bereitschaft des Fleisches, noch länger zu wachen, wird mit den Stunden dahinschwinden. Ihr werdet in der Zeit zwischen

Mette und Morgengrauen gebraucht. Geht jetzt und eßt, und betet nach der Mette für sie.«

Frevisse knickste zum Zeichen des Gehorsams und verzichtete darauf, Schwester Claire zu fragen, was *sie* während der Nacht tun wollte. Schwester Claires Bereitschaft zu beten würde nicht mit den Stunden dahinschwinden. Aber sie konnte nicht umhin zu fragen: »War Priorin Edith ... Ist sie noch bei Bewußtsein?«

Schwester Claire schüttelte den Kopf. »Kurz vor der Komplet ist sie in einen Schlaf gesunken, aus dem sie vermutlich nicht mehr erwachen wird.«

Im Refektorium lagen auf einem der langen Tische Brot und ein Stück Käse, daneben stand ein Krug mit Bier. Es war seltsam, ganz allein in diesem Raum zu sitzen und zu essen. Sie dankte für das Essen und aß, weil man es ihr befohlen hatte – Hunger hatte sie jedoch keinen mehr. Was auch immer in St. Frideswide geschehen war, die Anwesenheit Priorin Ediths hatte ihr Sicherheit gegeben. Jetzt nahm man ihr auch noch diese Sicherheit. Selbst wenn Schwester Claire Priorin wurde – und davon konnte man ausgehen, denn sicherlich würde Priorin Ediths Wunsch bei der Wahl berücksichtigt werden –, würde sich einiges ändern, und die jahrelange Beständigkeit war immer sehr tröstlich gewesen.

Der Schmerz über den Verlust eines Menschen, den sie sehr liebte, und die Beklemmung in Anbetracht der neuen Situation hielt sie davon ab, an andere Dinge zu denken. Sie legte ihr Übergewand sowie Haube und Schleier ab, wusch Hände und Gesicht und ließ sich mit einem Seufzer der Dankbarkeit in ihr Bett im Schlafsaal fallen. Sie stellte fest, wie sehr ihr Körper nach Ruhe verlangt hatte, ohne daß sie sich dessen bewußt gewesen war.

Das Dämmerlicht drang noch immer durch die Fenster, deren Läden offenstanden. An dem fernen, fröhlichen Stimmengewirr erkannte sie, daß die Mäher erst jetzt von den Feldern zurückkehrten. Erntet das Heu, solang die Sonne scheint, wie Schwester Emma bis zum Überdruß zu sagen pflegte. Doch der Schlafsaal lag schon in bläulichem Dunkel, und soweit sie das beurteilen konnte, war Frevisse allein hier, wie schon im Refektorium. Die anderen waren in der Kirche, um für Priorin Edith zu beten, nur sie stellte wieder einmal die Ausnahme von der Regel dar. Und Regelmäßigkeit machte doch das Leben einer Nonne aus. Dadurch, daß ein Tag dem andern glich, wurde der Geist befreit und konnte sich ganz aufs Gebet konzentrieren.

Dabei stand das Gebet sicher nicht bei allen Nonnen im Mittelpunkt. Frevisse nahm an, daß zusätzliche, freiwillige Gebete zum Beispiel bei Schwester Alys eher zu kurz kamen. Oder bei Schwester Amicia, dem armen Ding, das gerade einmal ahnte, wozu die Stundengebete dienten, und als klatschsüchtige Hausfrau in einem Marktflecken viel glücklicher gewesen wäre als hier im Kloster. Und Schwester Emma …

Frevisse unterbrach sich. Es stand ihr nicht zu, über ihre Mitschwestern zu richten, noch dazu auf solch eine lieblose Art und Weise. Außerdem war sie schon fast eingeschlafen. Sie spürte, wie ihre Gedanken sanft dahintrieben, und ließ sich fallen, gerade, als sie dachte: Wer war im Schweinestall, als die Knaben in den Koben fielen?

Durch das östliche Kirchenfenster fiel das goldene Licht der Morgendämmerung, warf seine Strahlen zunächst an die Decke und erfüllte schließlich den gesamten Kirchenraum. Frevisse, die ganz benommen von den Gebeten seit der Mette im Chorgestühl saß, dachte, daß nun der richtige Augenblick für Priorin Ediths Seele gekommen sei, sie zu verlassen, sich in dem goldenen Licht zum Himmel zu erheben, begleitet von den zuversichtlichen Gebeten der Prim, mit denen der Tag begrüßt wurde.

Doch als die Nonnen aus der Kirche kamen, trafen sie auf Ela, die im Kreuzgang wartete, von einem Bein aufs andere trat und wegen etwas anderem als Priorin Edith beunruhigt zu sein schien. Schwester Claire blickte sie fragend an, worauf sie auf Frevisse deutete. »Master Naylor möchte, daß sie so bald wie möglich zu ihm kommt. Am besten sofort«, sagte Ela.

Schwester Claire sah Frevisse an und fragte sie mit einer Geste, ob sie zuerst essen wolle. Angesteckt von Elas Unruhe, schüttelte Frevisse jedoch den Kopf, und Schwester Claire erteilte ihr die Erlaubnis zu gehen.

Ohne länger zu warten, humpelte Ela so schnell wie möglich fort, denn draußen konnte sie ungestörter reden. Der Hof lag noch im Schatten, noch nicht einmal die Tauben waren gekommen, und doch liefen schon eine Menge Leute aufgeregt durch das Tor vom äußeren Hof herein, obwohl man sie hier gar nicht brauchte. Als Frevisse die Klosterpforte hinter sich schloß, stieß Ela hervor: »Es ist dieser Will, Mylady. Sir Gawyns Knappe. Sie sagen, man hat ihn erstochen.«

Frevisse sah ganz ausdruckslos drein. Sie hatte Will noch vor Augen, wie er gestern auf den Stufen zum Gästehaus vor ihr gesessen hatte und über Colwins Tod betrübt war. Er hätte ebensogut um sich selbst trauern können.

»Tot?« hörte sie sich einfältig fragen. »Ermordet?«

»Und Master Naylor will Euch so bald wie möglich sprechen. Kommt, bitte!«

Frevisse faßte sich wieder und lief so schnell weiter, daß Ela zurückblieb. »Aus dem Weg!« fauchte sie die Männer an, die vor ihr die Treppe zum Gästehaus blockierten.

Sie drängten einander zur Seite und forderten die anderen am Ende der Treppe auf, den Weg frei zu machen, so daß sie schließlich ungehindert in die Halle eintreten konnte. Eine Dienerin, die mit den Händen ihre Schürze zerknüllte, stand in der Mitte des Raumes und antwortete auf die Fragen, mit denen man sie bedrängte, verschüchtert:

»Ich weiß nicht. Sie sagen nur, daß er tot ist. Er ist erstochen worden. Ich weiß nicht, von wem.«

Sie unterbrach ihren Redeschwall, um vor Frevisse zu knicksen, die sie fragte: »Wo ist er?«

Die Frau ließ ihre Schürze los und zeigte in Richtung eines Flurs. »Dort hinten, wo der Gang eine Biegung zum Necessarium zu macht.«

Frevisse überließ sie wieder der unnützen Neugier der Menge. Der hintere Gang führte an den kleineren Gästezimmern vorbei, in denen auch Sir Gawyn und Maryon untergebracht waren, und dann zum Necessarium. Einer von Master Naylors stämmigeren Stallknechten versperrte den Durchgang, trat aber sofort beiseite, um Frevisse mit einer Verbeugung vorbeizulassen.

Hinter ihm bog der Gang nach ein paar Metern nach rechts ab. Als sie um die Ecke bog, sah Frevisse Master Naylor, der mit verschränkten Armen dastand und den Blick auf etwas gerichtet hielt, das noch ein Stück weiter hinten am Boden lag. Als er sie kommen hörte, trat er wortlos beiseite, damit sie es auch sehen konnte.

Der Gang führte noch ein paar Meter weiter zur Tür des Necessariums. In dem schmalen Durchgang lag Will, ganz krumm, als wäre er an der Wand zusammengesackt. Sein Kopf, der die Wand berührte, ruhte locker auf seiner Schulter, ein Arm war in seinen Schoß, der andere zur Seite gefallen. Frevisse konnte zum Glück sein Gesicht nicht erkennen. Aber der Schwertgriff, der zwischen seinen Rippen steckte, war nicht zu übersehen.

»Gott im Himmel!« Sie bekreuzigte sich. »Gott sei seiner Seele gnädig. Und ich hatte gedacht, er könnte unser Mörder sein.«

»Was?« Master Naylor riß sich von Wills Anblick los und sah zu Frevisse hinüber. »Das habt Ihr gedacht?«

»Ich hatte es für möglich gehalten. Ich wollte ihm heute ein paar entsprechende Fragen stellen.«

Schweigend sahen sie eine Weile auf den toten Körper. Dann sagte Frevisse: »Wer hat ihn gefunden? Und wann?«

»Einer der Bediensteten des Gästehauses, kurz vorm Morgengrauen, als langsam alle wach wurden. Der erste, der einem natürlichen Bedürfnis nachgegangen ist.«

»Und in der Nacht ist niemand hier vorbeigekommen?«

»Nicht daß ich wüßte, und sicherlich hätten wir davon erfahren.«

»Dann kann er also die ganze Nacht hier gelegen haben«, sagte Frevisse. »Er sieht nicht so aus, als wäre er im Bett gewesen, obwohl er sich vielleicht gerade dazu anschicken wollte, schlafen zu gehen.« Bis auf seine Stiefel war er vollständig bekleidet. Die Füße wurden nur von seiner Strumpfhose bedeckt. Sie schob sich so nahe heran, daß sie seine Hand berühren und leicht anheben konnte. »Er ist schon länger tot, er wird bereits kalt und steif.«

Sie kniete nieder und zwang sich, Will ins Gesicht zu sehen. Es war vollkommen ausdruckslos. Seine Züge waren nicht mehr zu erkennen. Sie wandte ihre Aufmerksamkeit dem Schwert zu. »Man hat es bis zum Heft hineingestoßen«, sagte sie.

»Seht Euch das an!« Master Naylor zeigte auf die Mauer oberhalb der Leiche, an der sich ein langer Riß im Verputz ungefähr in Brusthöhe bis hinter Wills Körper zog. »Das Schwert hat ihn völlig durchbohrt. Das kann man sehen.«

»Und es war sein eigenes Schwert, würde ich sagen.« Sie deutete auf die leere Scheide an seiner Seite.

»Dann war es also jemand, den er kannte.«

»Und dem er so viel Vertrauen entgegenbrachte, daß dieser ihm das Schwert entwenden und ihn erstechen konnte, bevor Will aufschreien oder sich wehren konnte«, sagte Frevisse zustimmend. »Beim geringsten Lärm wäre jemand in der Halle wach geworden.« Die meisten Diener des Gästehauses schliefen auf Strohsäcken in der Halle.

»Oder es war jemand, den er zwar nicht kannte, der ihm aber nicht verdächtig vorkam«, gab Master Naylor zu bedenken.

»Das wäre auch möglich«, stimmte Frevisse zu. Sie stand auf. »Sind Sir Gawyn und Mistress Maryon benachrichtigt worden?«

»Mistress Maryon weiß Bescheid. Sie ist zu Sir Gawyn gegangen.«

»Hat sie die Leiche gesehen?«

»Das wollte sie nicht.«

»Aber ich will es«, sagte Sir Gawyn vom bewachten Ende des Ganges her. Er hatte nachlässig ein Wams über Hemd und Hose gezogen. Er sah angestrengt und finster drein und hatte sich auf Maryon gestützt, die ebenso bleich wie er war und das Gesicht abgewandt hielt.

»Laßt sie vorbei«, sagte Master Naylor.

Maryon blieb stehen, wo sie war. Sir Gawyn ging allein weiter. Er stützte sich mit der Hand an der Wand ab. Master Naylor trat zur Seite, um ihn an Wills Leiche treten zu lassen. Frevisse machte noch einen Schritt nach vorn, um sich in der Enge nicht an beiden vorbeidrängen zu müssen, und konnte so Sir Gawyns Gesichtsausdruck sehen, als er auf seinen Knappen herabblickte. Falls er etwas dabei empfand, so zeigte er es nicht. Seine Augen lagen dunkel und unbeweglich in seinem Gesicht, das zu Stein erstarrt zu sein schien. Er blickte Will für die Dauer von etwa zwanzig langsamen Herzschlägen an, trat dann, den Blick immer noch auf Will gewandt, zurück, wobei er sich an der Wand abstützte, drehte sich schließlich um, streckte den Arm nach Maryon aus und schleppte sich mit ihrer Hilfe den Gang entlang.

Als sie fort waren, kniete Frevisse nieder und streckte Wills Körper vorsichtig, bis er flach auf dem Boden lag. Sie legte seinen anderen Arm quer über die Brust und sah zu Master Naylor auf.

»Die Fragen, die ich stellen wollte, sind immer noch dieselben, aber es sind ein paar neue hinzugekommen. Und ich habe auch einige Fragen an Euch.«

Master Naylor starrte sie ungebührlich lange an und fragte dann mürrisch: »Und zwar welche?«

»Ich möchte wissen – bitte fragt jeden außerhalb des Klosters, vielmehr jeden in der Umgebung der gesamten Klosteranlagen –, wer Colwin gestern nachmittag gesehen hat und wann genau und ob er zu irgend jemandem etwas darüber gesagt hat, wohin er ging oder ob er jemand treffen wolle.«

»Das kann ich tun, am späten Nachmittag werde ich Euch Bescheid geben.«

»Das wäre schön. Und das gleiche gilt für Will. Wer hat ihn gesehen, wo und mit wem? Waren letzte Nacht Gäste hier?«

»In keinem der beiden Gästehäuser.«

»Dann muß es jemand von hier gewesen sein.«

»Oder jemand, der über die Mauer gekommen ist«, wandte Master Naylor ein. »Das ist kein großes Kunststück.«

»Aber Will zu finden, ihn zu töten und unerkannt und unbemerkt zu fliehen – das wäre schwierig.«

»Zugegeben. Und wir können sicher sein, daß es Will

war, den er umbringen wollte. Erst Colwin, dann er: das kann kein Zufall sein. Aber warum? Was hat es mit diesen Leuten auf sich, daß man ihnen so gnadenlos nach dem Leben trachtet? Es war wohl doch kein willkürlicher Überfall von Geächteten, der sie hierhergebracht hat, oder?«

Frevisse machte anstelle einer Antwort nur eine zweideutige Kopfbewegung und fragte ihn: »Habt Ihr Euch erkundigt, ob hier in der Umgebung in letzter Zeit Fremde gesehen worden sind?«

»Es ist niemand gesehen worden. Ich habe mich umgehört und die Augen offengehalten.«

»Aber abgesehen von letzter Nacht gab es doch Reisende, die im Gästehaus übernachtet haben, seit Sir Gawyn und die anderen hier angekommen sind?«

»Ja.«

»Und einer von ihnen könnte einen unserer Leute zum Mord – zum zweifachen Mord – angestiftet haben.«

»Wen von unseren Leuten wollt Ihr für einen gedungenen Mörder halten?« fragte Master Naylor verächtlich. »Diejenigen, die Ihr nicht gut kennt, ich weiß. Für wie wahrscheinlich haltet Ihr es, daß einer von ihnen so etwas getan hätte, ohne sich selbst zu verraten?«

»Für ziemlich unwahrscheinlich. Aber ist irgend etwas an der ganzen Geschichte wahrscheinlich?«

»Nicht viel, aber ich weiß auch nicht soviel darüber wie Ihr.« Er sah sie herausfordernd an. Sie hielt seinem Blick stand, worauf er schließlich brummte: »Was wollt Ihr sonst noch wissen?«

»Will sagte, er hätte die Pferde gestern nachmittag auf die Weide geführt. Wißt Ihr, ob das stimmt?«

»Das stimmt nicht«, sagte Master Naylor kurz. »Er war

den ganzen Nachmittag nicht im Stall, soweit ich weiß, und ich könnte schwören, daß er die Pferde nicht ausgeführt hat. Das war auch gar nicht nötig, Colwin hat das jeden Tag getan.«

»Will meinte aber, daß Colwin das nicht getan habe und sie deshalb gestern früh gestritten hätten.«

»Dann hatte Will unrecht. Oder er hat nicht die Wahrheit gesagt, und sie haben über etwas anderes gestritten.«

»Letzteres halte ich für wahrscheinlicher, aber es dürfte jetzt schwierig sein zu erfahren, worüber sie gestritten haben, es sei denn, jemand hat sie gehört.«

»Ich habe sie gesehen. Es war niemand sonst in der Nähe.«

Eine ernüchternde Stille kam auf, bis Master Naylor sich einen Ruck gab. »Wie auch immer«, sagte er, wobei er auf Wills Leiche deutete, »ich muß mich jetzt darum kümmern und unsere Leute auf die Felder treiben, bevor der Vogt zu jammern anfängt, daß wir mit der Heuernte nie und nimmer rechtzeitig fertig werden. Kann ich sonst noch irgend etwas für Euch auskundschaften?«

»Im Augenblick nicht. Habt Ihr schon nach dem Coroner schicken lassen?«

»Einer unserer Männer ist gestern losgeritten.«

Dann würde man es also – vermutlich schon bald – wieder einmal mit Master Montfort zu tun haben. Doch Frevisse war noch etwas anderes eingefallen. »Fragt Eure Stallknechte über Colwin aus, vor allem, was sie über ihn und Will wissen. Und sagt mir, was Ihr von ihren Antworten haltet«, sagte sie. Dann kam ihr ein anderer Gedanke. »Was für ein Gatter ist am Schweinekoben angebracht?«

»Am Schweinekoben?« wiederholte Master Naylor erstaunt, doch dann erriet er ihre Gedanken. »Ihr meint, es war kein Zufall, daß sie dort hineingefallen sind?«

»Sie behaupten, es sei kein Zufall gewesen. Und es war gefährlich. Sie hätten getötet werden können, wenn Ihr und Pater Henry sie nicht sofort herausgeholt hättet.«

»Glaubt Ihr, jemand hat an den Stangen gedreht, damit sie hineinrutschen?«

»Ja, das wäre möglich. Ihr wart da. Und Pater Henry. Wer sonst noch? War Colwin auch dabei?«

»Ja, und Will. Und der Schweineknecht und ein paar Stallburschen, die glaubten, nichts Besseres zu tun zu haben. Adam und Watkin.«

»Könnt Ihr Euch daran erinnern, wer in der Nähe stand, als die Jungen hineinfielen?«

»Ich habe mit Pater Henry gesprochen. Wir hatten uns abgewandt. Soweit ich mich erinnern kann, stand niemand sonst dabei.«

»Nun, Ihr und Pater Henry kommt ja wohl nicht in Betracht …«

»Danke.«

»… aber dann bleiben immer noch Will, Colwin, der Schweineknecht und die zwei Stallburschen.«

»Dann muß ich also noch mehr Fragen stellen«, sagte Master Naylor.

»Und ich spreche jetzt am besten mit Sir Gawyn.«

Master Naylor trat zurück, um sie vorbeizulassen, und fragte dann: »Wie geht es Priorin Edith?«

Frevisse blieb abrupt stehen. Der schmerzliche Gedanke an Priorin Edith holte sie nach der kurzen Ablenkung wieder ein. Sie atmete tief durch und sagte: »Schwester Claire glaubt nicht, daß sie noch einmal aufwacht. Es kann jetzt jederzeit soweit sein.«

Master Naylor bekreuzigte sich. »Sie ist eine herzensgute Frau. Gott segne sie.«

»Das wird er bestimmt«, sagte Frevisse. »Würdet Ihr alle bitten, für sie zu beten?«

»Das tun sie bereits.«

Wie Frevisse erwartet hatte, war Maryon bei Sir Gawyn. Er saß mit gesenktem Kopf vornübergebeugt auf der Bettkante, hielt die Hände zwischen seinen Knien und schlang die Finger krampfhaft ineinander, als müsse er sich davon abhalten, etwas zu zerstören.

Maryon stand neben ihm und hatte die Hand beinahe zärtlich auf seine Schulter gelegt, was seinem angespannten Körper allerdings zu widerstreben schien. Als Frevisse eintrat, zog Maryon die Hand zurück, blieb aber dicht neben ihm. Er begrüßte Frevisse, indem er andeutungsweise nickte.

»Schwester Frevisse«, sagte Maryon, und selbst ihre sonst so gefaßt und angenehm klingende Stimme hatte einen schmerzlich-rauhen Unterton, »hat man irgendeine Vermutung, wer ihn getötet haben könnte?«

»Nein, noch nicht. Man wird den Leuten ein paar Fragen stellen, was hoffentlich zur Aufklärung beiträgt. Ich muß Euch auch etwas fragen, Sir Gawyn.«

»Nur zu«, sagte er, ohne aufzublicken.

»Wir wissen, daß Will während der Nacht getötet wurde und niemand etwas davon mitbekommen hat. Wo hat er für gewöhnlich geschlafen?«

»Hier bei mir. Er hat immer hier geschlafen«, sagte Sir Gawyn.

»Sein Strohsack und seine Decken lagen immer dort.« Maryon deutete auf den Boden an der gegenüberliegenden

Wand. »Ich – ich habe sie weggebracht, nachdem wir ... nachdem wir gesehen haben ...« Sie gab es auf, den Satz zu vollenden, und sagte statt dessen: »Wir drei haben uns nach dem Essen noch eine Weile unterhalten, dann bin ich wie immer auf mein Zimmer gegangen. Will pflegte sich nachts um Sir Gawyn zu kümmern.«

»Nachdem Mistress Maryon gegangen war«, sagte Frevisse, »war da alles wie sonst auch?«

Sir Gawyns angestrengte Stimme verriet die Mühe, die ihm die Antwort bereitete. »Wie sonst auch, seit wir hierhergekommen sind. Er hat meine Wunde versorgt und mich zu Bett gebracht. Wir haben dann noch eine Zeitlang miteinander geredet, hauptsächlich über Colwin.« Sir Gawyn machte eine Pause, da seine Stimme zitterte, faßte sich wieder und fuhr fort: »Ich bin schließlich eingeschlafen und erst am Morgen wieder aufgewacht. Als er heute früh nicht hier war, dachte ich, er sei nur kurz hinausgegangen und würde gleich zurückkommen.«

»Wie lange war er in Euren Diensten?«

»Fast zwanzig Jahre«, sagte Sir Gawyn schroff. »Er war fast noch ein Junge, und ich war gerade eben zum Ritter geschlagen worden, als ich ihn in meinen Dienst nahm. Seitdem waren wir zusammen.«

»Er ist gestern nacht nicht zur gleichen Zeit wie Ihr ins Bett gegangen?«

»Ich bin eingeschlafen, während wir uns unterhielten. Er war noch angezogen und hatte sich noch nicht schlafen gelegt.«

»Und Ihr habt die ganze Nacht überhaupt nichts gehört?«

»Die ganze Nacht nicht«, wiederholte er gequält.

»Gawyn, bitte, legt Euch hin«, drängte Maryon. »Ihr überanstrengt Euch sonst!«

Ohne auf sie zu achten, sprach Sir Gawyn, noch immer über seine ineinander verschlungenen Hände gebeugt, weiter: »Und jetzt können wir nicht einmal mehr von hier weg. Sie haben uns gefunden, und ich kann niemand helfen – und Will ist tot. Niemand kann die Jungen verteidigen.«

»Die Jungen dürfen ihr Zimmer ab jetzt unter keinen Umständen mehr verlassen«, sagte Frevisse. »Ständig, Tag und Nacht, wird jemand bei ihnen sein, und nur diejenigen, die wir gut kennen, dürfen einstweilen das Kloster selbst betreten.«

»Will wurde in Eurem eigenen Gästehaus umgebracht«, sagte Sir Gawyn. »Jemand, der sich in den Klosteranlagen gut auskennt, hat es getan.« Er ergriff Maryons Handgelenk. »Ihr müßt zurück ins Kloster gehen und bei ihnen bleiben. Zu ihrer und zu Eurer eigenen Sicherheit. Das ist zwar nicht viel, aber es ist im Moment der beste Ort. Der sicherste.«

»Und Euch soll ich hier zurücklassen? Das kommt nicht in Frage.« Maryons strikte Weigerung kam ohne Zögern.

»Maryon, hört mich an. Wenn sie mich töten wollen, dann werden sie dies tun. Wenn Will sie nicht aufhalten konnte, dann wird es Euch auch nicht gelingen. Daher bleibt Ihr am besten bei den Jungen und schützt sie, so gut es geht. Ich bin hierbei ohnehin nicht so wichtig.«

»Aber mir seid Ihr wichtig!« sagte Maryon mit sanftem Nachdruck.

»Aber nicht wichtiger als die Jungen. Einmal abgesehen von unseren Gefühlen füreinander – wir haben uns verpflichtet, die Jungen zu schützen. Dagegen kann man nichts tun. Das wißt Ihr. Wir haben unser Wort gegeben.«

Eine andere Frau wäre vermutlich neben ihm auf die Knie gesunken, hätte das Gesicht in den Händen vergraben und ihn angefleht, einen Ausweg aus ihrer verzweifelten Lage zu finden. Maryon jedoch wandte sich an Frevisse und forderte: »Er muß mit mir ins Kloster gehen. Wir müssen alle zusammensein. Das ist das beste, was wir jetzt tun können.«

Frevisse wollte den Vorschlag, daß ein Mann im Kloster einziehen sollte, sofort erschrocken zurückweisen, besann sich dann aber. Maryon hatte recht. Es würde einfacher sein, sie zu bewachen, wenn sie alle zusammen wären, und das Kloster war schwerer zugänglich als das Gästehaus. Master Naylor könnte an den wenigen Zugangsmöglichkeiten Wachen aufstellen lassen. Trotz der Heuernte ließen sich dafür genügend Männer bereitstellen, vor allem jetzt, da jemand so offensichtlich bereit war, wieder und wieder zu töten, um sich der Jungen zu bemächtigen. Anstatt zu protestieren, sagte sie also: »Ich werde mit Schwester Claire sprechen. Ich denke, wir werden einen Weg finden, um dies zu bewerkstelligen.«

»Warum Schwester Claire?« fragte Maryon. »Warum fragt Ihr nicht Priorin Edith, um Zeit zu sparen?«

Frevisse starrte sie an. »Wißt Ihr nicht, daß Priorin Edith im Sterben liegt? Habt Ihr in der ganzen Zeit, seit Ihr im Kloster seid, nichts davon gehört?«

Maryon nahm einen anderen Gesichtsausdruck an. »Ach, richtig. Ich habe gehört, daß sie krank ist, die Ärmste. Ich wußte allerdings nicht, daß sie im Sterben liegt. Aber so geht es nun einmal zu, wenn man alt ist, nicht wahr? Hat Schwester Claire denn das Recht, Entscheidungen zu treffen und uns einzulassen?«

Frevisse wurde schmerzlich daran erinnert, daß das Ereignis, das St. Frideswide so sehr beschäftigte, für die Außenwelt von geringer Bedeutung war. Sie konnte jedoch verstehen, daß Maryon das Wohl der Jungen und Sir Gawyns viel mehr am Herzen lag, und sagte daher ruhig: »Ich werde sofort mit ihr darüber sprechen.«

»Habt Dank«, sagte Maryon. Sir Gawyn hatte seine Hand von ihrem Arm zurückgezogen, sah wieder ganz verschlossen aus und nickte nur. Woran auch immer Maryon glauben mochte, er hatte augenscheinlich nur wenig Hoffnung.

Frevisse wollte unverzüglich ins Kloster zurückkehren, um die Erlaubnis einzuholen, Sir Gawyn und Maryon dort Zuflucht gewähren zu dürfen, damit sie in Sicherheit waren. Doch oben an der Treppe, die vom Gästehaus in den Hof führte, blieb sie stehen. Master Naylor schien die Gaffer und Faulpelze ins Heu geschickt zu haben. Der Hof war leer bis auf eine kleine Gruppe von Dienerinnen des Gästehauses, die durch ihre Pflichten von der Ernte abgehalten wurden, doch diese Pflichten beinhalteten nicht das Lauschen mit zusammengesteckten Köpfen an der halbgeöffneten Klosterpforte. Frevisse hob die Hände, um sie durch ein Klatschen zurechtzuweisen, hielt aber inne, als sie merkte, was sie da belauschten.

Die Tür zum Kapitelsaal stand offen, um die angenehme Morgenluft hereinzulassen, dadurch aber drang zugleich

Schwester Alys' donnernde Stimme heraus. Aus der Entfernung konnte Frevisse die einzelnen Worte nicht verstehen – die Frauen an der Pforte hatten offensichtlich mehr Erfolg –, doch Ärger und Entrüstung waren deutlich zu hören. Schwester Alys war in Hochform.

Frevisse klatschte heftig in die Hände, nur einmal. Die Frauen drehten sich erschrocken um und sahen schuldbewußt zu ihr herüber. Nur eine von ihnen, die sich am weitesten in den Türspalt hineingebeugt hatte, mußte erst von den anderen angestoßen werden, bis sie alle zusammen hastig vor Frevisse knicksten und dann davonliefen, um im alten Gästehaus auf der anderen Seite des Tores zu verschwinden. Als sie fort waren, zögerte Frevisse einen Augenblick und lauschte Schwester Alys, die immer noch über irgend etwas erzürnt war und weiterhin ihre Stimme erdröhnen ließ. Sie war in voller Fahrt und vermutlich nur schwer zu bremsen, also ging Frevisse zurück ins Gästehaus. Es hatte wenig Sinn, ihren Vorschlag, Sir Gawyn ins Kloster aufzunehmen, bei der Versammlung im Kapitelsaal vorzubringen, solange Schwester Alys in einer derartigen Laune war. Bei diesen Versammlungen durfte offen über alles geredet werden, und wenn dann jede ihre Meinung zu dieser Angelegenheit kundtun wollte, konnte sich das Ganze leicht bis zur Terz hinziehen. Es war besser, das Ende der Versammlung im Kapitelsaal abzuwarten und nur mit Schwester Claire zu sprechen. Sie von der Notwendigkeit zu überzeugen würde weniger Zeit und Überredungskraft erfordern.

Frevisse mußte ehrlichkeitshalber zugeben, daß es ihr widerstrebte, die allgemeine Debatte zu umgehen, doch es war nicht zu leugnen, daß Sir Gawyn rascher in Sicherheit war, wenn Schwester Claire die anderen später vor vollendete Tatsachen stellte. In der Zwischenzeit wollte sie etwas erledigen, das sie schon lange hatte tun wollen – obwohl es jetzt nutzlos zu sein schien.

Eine kurze Nachfrage bei Ela in der Halle des Gästehauses führte sie auf der Suche nach Nell in die Küche hinunter. Aus ihrer Zeit als Hospitalaria hatte sie Nell als eine schmächtige junge Frau mit einem weichen Herzen und angenehmen Manieren in Erinnerung, die recht klug war und Anweisungen sofort begriff.

Nell saß auf einem Hocker neben dem Kamin in einer Ecke, die von einem schräg durch die hohen, schmalen Fenster einfallenden Sonnenstrahl erhellt wurde. Auf dem Boden neben ihr stand ein Nähkorb, aber sie nähte nicht, sondern saß nur da und blickte traurig auf den Fußboden. Ihre Hände lagen im Schoß auf etwas, das Frevisse für ein weißes Männerhemd hielt. Ganz in Gedanken, bemerkte sie Frevisse erst, als diese vor ihr stand und sagte: »Ist das Wills Hemd?«

Nell stand hastig auf und knickste, wobei sie das Hemd an den Busen drückte. »Ja, Schwester, verzeiht, ich habe Euch gar nicht kommen sehen. Ja, es ist seines.«

Da sie Nell einige Fragen stellen wollte, lächelte Frevisse freundlich, um sie nicht in Verlegenheit zu bringen. »Hat er es Euch gegeben, damit Ihr es für ihn flickt?«

»Ja, Schwester.« Nell hielt es ihr hin. »Ich bin gerade damit fertig geworden. Obwohl ...« Die Stimme versagte ihr. Dann flüsterte sie: »Wollen seine Leute es jetzt wiederhaben?«

»Vielleicht werden wir es brauchen, um ihn darin zu begraben«, sagte Frevisse. Nell traten Tränen in die Augen. Scheinbar hatte der stämmige Will hier eine Eroberung gemacht. Überrascht fragte Frevisse: »Hast du dich … mit ihm angefreundet?«

»O nein, Schwester! Natürlich nicht, ich wäre nicht so unklug, wo er doch nur auf der Durchreise war und so. Aber … er war freundlich zu mir. Wir haben uns ab und zu ein wenig unterhalten. Nichts weiter. War es … Ist er … War es schrecklich?«

Ihre Frage entsprang nicht makabrer Neugier, sondern schmerzlicher Betroffenheit. »Nein«, antwortete Frevisse. »Ein einziger Stich ins Herz. Wenn er etwas gespürt hat, dann nur einen Moment lang. Er war sofort tot.«

Der Mörder hatte gewußt, wo er ansetzen mußte, nachdem er ihm das Schwert abgenommen hatte, und hatte mit ganzer Kraft zugestochen. Sicherlich nicht einfach, weil der Gang schmal und Will nach dem Tod Colwins und dem Angriff auf die Jungen ohnehin auf der Hut war. Der Mörder war sehr geschickt. Oder er hatte großes Glück und nichts zu verlieren gehabt, da er so leicht hätte gehört oder gesehen werden können.

Nell seufzte. »Dann ist es also nicht so schlimm. Obwohl er gestorben ist, ohne gebeichtet zu haben, und das ist schlimm, aber vielleicht hatte er ja Gelegenheit, Gott um Vergebung zu bitten, und das hilft doch, oder?«

»Ganz bestimmt. Ich werde ganz besonders viel für ihn beten.«

»Ja, ich auch! Ich hoffe, sie finden den, der's getan hat, und zahlen's ihm heim!« Doch in ihrer Stimme schwang neben dem Zorn auch Furcht mit, und sie fügte hinzu: »Die werden ihn doch bald fangen, oder? Den Mann, der das getan hat?«

»Ja, natürlich. Du solltest aus Nächstenliebe aber auch für den anderen Toten beten. Für Colwin.«

»Das werde ich, obwohl er viel weniger nett war als Will. Ich glaube, der hätte ein Mädchen ganz schön getriezt, wenn er die Gelegenheit dazu gehabt hätte, dieser Colwin. Er war viel zu eingebildet. Oje!« Sie bekreuzigte sich. »Ich spreche schlecht von dem Toten, und er ist noch nicht einmal begraben. Es ist scheußlich, Menschen einfach so umzubringen, ganz plötzlich. Und immer mehr in unserer Nähe! Keiner will heute nacht hier schlafen, aber wohin können wir denn schon gehen, wo wir sicherer wären, frag' ich Euch?«

»Ich glaube nicht, daß jemand von euch in Gefahr ist. Es betrifft die Leute, die mit Sir Gawyn gekommen sind. Kann ich Wills Hemd einmal sehen?«

»Was? Oh, sicher, ja doch, Schwester Frevisse. Hier.«

Sie reichte es ihr bereitwillig hin. »Das hast du sehr sauber geflickt. Wo war es denn zerrissen?«

Nell freute sich über das Lob und zeigte ihr die Stelle. »Hier, an der Schulternaht. Das war ein ganz schöner Riß!«

»Ja, jetzt sehe ich es. Wie ist das passiert?«

»Das hat er nicht gesagt. Er hat mich nur gebeten, es zu flicken. Das hab' ich gern gemacht, er war so nett und ...«

»War sonst noch etwas mit dem Hemd? War es naß oder so? Oder schmutzig, als wäre er in einen Kampf geraten oder dergleichen?«

»Nur ganz normal verschmutzt. Es ist immer noch nicht gewaschen worden. Das wollte ich noch tun. Seht Ihr, hier am Halsausschnitt und an den Ärmeln ist es schmutzig. Nein, es war nicht naß.«

Frevisse gab ihr das Hemd zurück. Sie hatte nichts weiter in Erfahrung gebracht, als daß Will die Wahrheit gesagt hatte und das Hemd tatsächlich zerrissen war. Aber er hatte sie mit seiner Erzählung angelogen, wie es dazu gekommen war – und wie sollte sie jetzt, da Will tot war, noch die Wahrheit herausfinden?

Als sie aus dem Gästehaus kam, stellte sie fest, daß die Versammlung im Kapitelsaal zu Ende war und Schwester Alys quer über den Hof lief, um wie jeden Morgen die Diener des Gästehauses auszuschimpfen. Frevisse war seinerzeit als Hospitalaria zu der Überzeugung gekommen, daß sie zufriedenstellend arbeiteten, wenn man ab und zu ein Auge auf sie warf und ein offenes Ohr für ihre Nöte hatte. Schwester Alys jedoch schien sie alle für eine faule Bande von Nichtsnutzen zu halten, für – dies waren ihre eigenen Worte – lausige Dummköpfe, die ständig ermahnt werden mußten, damit sie überhaupt etwas taten. Da sich ihr Gesichtsausdruck zunehmend verdüsterte, schien die Bediensteten heute noch Schlimmeres als sonst zu erwarten. Daß sie nun auch noch Frevisse begegnete, war dabei kaum von Nutzen.

»He, Schwester!« herrschte Schwester Alys sie an. »Was hattet Ihr denn zu tun, daß Ihr Euch zu schade wart, zum Kapitel zu kommen?«

Frevisse kreuzte die Arme vor der Brust und sagte: »Master Naylor wollte mich sprechen, weil der Knappe Will heute nacht im hinteren Gang des Gästehauses umgebracht worden ist.«

Schwester Alys zog den Atem geräuschvoll durch die geschlossenen Zähne ein. »Umgebracht? Ermordet wie der andere auch? In meinem Gästehaus? Und Master Naylor hat Euch statt meiner zu sich bestellt? Das ist nicht richtig, Schwester! Für die Gästehäuser bin ich jetzt zuständig, nicht mehr Ihr!«

»Es hat nichts mit dem Gästehaus zu tun. Hier geht es um Mord, und deshalb betrifft die Sache mich.«

»Und *das* ist genauso verkehrt!« verkündete Schwester Alys. »Ihr steckt Eure Nase in Dinge, die Euch nichts angehen. Die Sache geht Schwester Claire an, und sie tut unrecht daran, sie Euch zu überlassen!«

Es hatte noch nie geholfen, Schwester Alys' Ärger mit Ärger zu begegnen. Dies stachelte sie nur noch mehr an. So sanft wie möglich sagte Frevisse also: »Nur so lange, bis der Coroner kommt. Dann –«

»Fünf Tote vor kaum einer Woche, und jetzt noch zwei weitere Leichen auf unserer Schwelle! Wir brauchen mehr als nur den Coroner. Wir brauchen bewaffnete Männer, die denjenigen erlegen, der hier wütet, und die uns unterdessen beschützen. Dies hier wird zuviel und sollte sofort ein Ende haben. Das Maß ist voll, und wenn Schwester Claire nicht bald etwas unternimmt, sollte es jemand anders tun!«

»Das versuche ich, Schwester«, sagte Frevisse ruhig.

»Ihr aber solltet es nicht versuchen! Wir haben das alles Schwester Claires Freundschaft mit Euch zu verdanken. So etwas hat es nie gegeben, als Priorin Edith noch das Sagen hatte. Das habe ich eben im Kapitel schon gesagt, und ich werde es nochmals sagen. Hier liegt einiges im argen, sehr im argen, und es ist offensichtlich, daß Schwester Claire die Dinge nicht ins Lot bringen kann!«

Frevisse wurde auf einmal klar, daß es nicht die Morde waren, die sie so sehr in Rage brachten, oder daß sie, Frevisse, statt Schwester Alys heute morgen ins Gästehaus gerufen worden war. Das war nur ein Vorwand, um den eigentlichen Grund ihres Ärgers zu vertuschen: daß Schwester Claire die Autorität besaß, die sie nicht hatte, und daß Schwester Claire, wenn es an der Zeit war, mit aller Wahrscheinlichkeit zur Priorin gewählt werden würde – und nicht sie selbst. Das Ganze wurde dadurch noch schlimmer, daß Schwester Alys gar nicht so unrecht hatte. Frevisse hatte nur deshalb die Befugnis, die Morde aufzuklären, weil Schwester Claire ihr die Erlaubnis dazu gegeben hatte. Und es lag in der Tat einiges sehr im argen hier: Es gab etwas, das sie absichtlich verheimlichte, nicht nur den Nonnen, sondern vor allem Schwester Claire, die ein Recht darauf hatte, es zu erfahren. »Es tut mir leid, daß Ihr gekränkt worden seid«, sagte sie aber nur förmlich, da sie wußte, daß Schwester Alys beruhigt wäre, wenn die ganze Geschichte mit ihren Verstrickungen schließlich aufgeklärt war. Dann ließ sie sie stehen.

»Das wird morgen im Kapitel ein Nachspiel geben!« rief Schwester Alys ihr nach, so laut, daß man sie sowohl im Gästehaus als auch im Kloster hören konnte.

Frevisse ging aufrecht weiter, ohne zu antworten.

Sie traf Schwester Claire in der Küche an, wo sie sich ihren Aufgaben als Kellermeisterin widmete. Frevisse wartete, bis sie angeordnet hatte, welches Gemüse es zum Mittagessen geben sollte, und bat sie schließlich, in den Verbindungsgang zu kommen. Schwester Claire sah sie fragend an und folgte ihr. Sie war ziemlich blaß, weil sie die Nacht im Gebet in der Kirche zugebracht hatte, doch als Frevisse ihr Wills Tod schilderte, wich jegliche Farbe aus ihrem Gesicht. Bar ihrer sonstigen ruhigen Überlegenheit fragte sie atemlos: »Noch ein Mord? Wie konnte das geschehen? Was machen wir bloß?«

»Wir müssen Sir Gawyn und Mistress Maryon zu ihrer eigenen Sicherheit ins Krankenzimmer bringen lassen«, sagte Frevisse, ohne zu zögern.

»Das meint Ihr doch nicht im Ernst!«

»Ein schwerverwundeter Mann, der in Lebensgefahr

schwebt. Er kann im Krankenzimmer liegen, ohne gesehen zu werden.«

»Schwester Frevisse, seid Ihr euch im klaren, was Ihr da verlangt? Einen Mann ins Kloster zu bringen?«

»Und eine Frau. Diese Leute sind in Gefahr und können sich nicht selbst helfen. Wie können wir ihnen die größte Sicherheit verwehren, die wir zu bieten haben?«

»Wieviel sicherer wären sie denn hier?« entgegnete Schwester Claire. »Derjenige, der dies alles tut, ist offensichtlich wild entschlossen und ohne Zweifel sehr kühn.«

»Aber die Jungen sind nur überfallen worden, wenn sie sich außerhalb des Klosters aufgehalten haben, und derjenige, der sie gestern ins Wasser gestoßen und dann Colwin umgebracht hat, hat mich verschont. Irgend etwas läßt ihn zumindest davor zurückschrecken.«

»Aber wenn er keine andere Möglichkeit sieht, um an seine Beute zu kommen ...«

»Master Naylor kann jede Tür bewachen lassen.«

»Wir haben keine Leute übrig.«

»Dafür wird er Leute bereitstellen.«

Schwester Claires Haltung blieb ablehnend.

Verzweifelt zitierte Frevisse aus der Ordensregel: »Heißt alle, die ins Kloster finden, willkommen wie Christus, denn er wird sagen –«

Schwester Claire unterbrach sie ungeduldig, was ungewöhnlich für sie war. Ihre Augen funkelten ärgerlich. »Ich habe verstanden. Doch seit seiner Gründung ist noch nie einem Mann der Zutritt in unser Kloster gewährt worden.«

Frevisse antwortete nicht und wartete.

Schließlich sagte Schwester Claire: »Hat dies wenigstens bis zur Sext Zeit, damit Sir Gawyn hereingebracht werden kann, ohne daß ihn irgendeine von uns zu Gesicht bekommt?«

»Ja«, willigte Frevisse rasch ein. Sie war erleichtert und hätte sich auf fast jede Bedingung eingelassen, um ihn und Maryon in Sicherheit bringen zu können.

»Dann benachrichtigt Master Naylor. Er soll die Wachen nach seinem Ermessen aufstellen. Aber denkt daran, was auch immer geschieht, und sei es der Weltuntergang, Ihr kommt zur Sext!«

Frevisse verneigte sich und knickste. »Ja, Schwester.«

Schwester Claire war im Begriff zu gehen, fragte dann jedoch: »Was hat es mit diesen Knaben auf sich? Sie sind doch der Grund für die ganze Sache, nicht? Warum passiert all das?«

Frevisse konnte nur traurig den Kopf schütteln. »Ich darf es Euch nicht sagen.«

»Und wenn Euch nun etwas zustößt? Wie soll ich wissen, was los ist oder was am besten zu tun ist, wenn Euch etwas zustößt?«

»Priorin Edith …«

»… hat mich angewiesen, Euch zu vertrauen, und das tue ich ja, so gut es geht. Aber sie kann jetzt keine Auskunft mehr erteilen.«

»Maryon weiß es auch und Sir Gawyn.«

»Die vermutlich ebenso gefährdet sind, wie ihre Leute es waren.«

Schwester Claires direkte, logische Art erwies sich manchmal als unbequem. Obwohl sie innerlich aufgewühlt war, sagte Frevisse ebenso direkt: »Gerade deshalb ist es besser, wenn Ihr es nicht wißt.«

»Ich fange an, daran zu zweifeln«, erwiderte Schwester Claire barsch und wandte sich zum Gehen.

Doch Frevisse fragte sie: »Wie geht es Priorin Edith?«

Zu ihrer Überraschung wich Schwester Claires Ärger einem kleinen, liebevollen Lächeln. »Es ist ein friedliches Ende. Geht nach oben, und setzt Euch zu ihr, wenn Ihr möchtet. Wir haben im Kapitel beschlossen, im Lauf des Tages einzeln zu ihr zu gehen, kurz bei ihr zu beten und uns zu verabschieden«, sagte sie sanft. Ihr Lächeln wurde von Tränen überschattet. So friedlich der Abschied auch war, es war ein Abschied für immer. Schwester Claire wollte noch etwas hinzufügen, war dazu aber nicht in der Lage. Sie schüttelte den Kopf und ging. Allein gelassen, sprach Frevisse ein kurzes Gebet, in dem sie um Kraft und Gnade bat, und machte sich dann auf die Suche nach einer Dienerin, um sie zu Master Naylor zu schicken.

Sie wartete an der Klosterpforte auf ihn, und als er kam, trat sie in den Hof, um mit ihm zu sprechen. Er nahm ihre Anweisungen mit finsterem Gesichtsausdruck entgegen, gab mit knappen Worten seine Zustimmung und fragte sie dann unvermittelt: »Wißt Ihr auch genau, was Ihr da tut?«

»Nein«, gab sie zurück und trat wieder ins Kloster.

Bis zur Sext war nicht mehr viel Zeit, und obwohl sie diese Aufgabe lieber jemand anderem überlassen hätte, hielt sie es für das beste, die Jungen selbst über Wills Tod und das, was bevorstand, zu informieren. Sie ging auf das Zimmer der Knaben zu und sah gerade noch, wie ein Kind in der Tür verschwand. Ärger ballte sich in ihr zusammen. Waren sie so töricht, daß sie immer noch nicht begriffen, in welcher Gefahr sie schwebten und daß sie in ihrem Zimmer zu bleiben hatten? Und wo waren Tibby und Jenet, die doch die strikte Anweisung hatten, sie nicht hinauszulassen?

Grimmig schritt sie den Gang entlang, klopfte energisch

an den Türrahmen, da die Tür bereits offenstand, und ging ohne Aufforderung hinein. Tibby und Jenet, etwas überrascht von ihrem plötzlichen Erscheinen, erhoben sich und knicksten eifrig. Edmund und Jasper, die auf der Binsenmatte saßen und mit ein paar Halmen spielten, sahen auf, bereit, sich für alles Neue zu interessieren. Lady Adela, die neben ihnen stand, machte einen ganz tiefen Knicks und sagte, da sie Frevisses Gesichtsausdruck als erste zu deuten wußte: »Das war ich, im Gang, Schwester, nicht sie! Sie waren hier drinnen, wie man es ihnen befohlen hat.«

»Und Ihr seid nur gekommen, um ihnen Gesellschaft zu leisten«, sagte Frevisse, nach außen hin noch immer zornig, obwohl die Erklärung des Mädchens ihren Ärger schwinden ließ. »Nicht, um sie wieder zu einem Unfug anzustiften?«

»Nein, Schwester.« Lady Adela schüttelte heftig den Kopf, um ihr zu zeigen, wie ehrlich sie es meinte. Ihr helles Haar flog hin und her. »Wir werden nie mehr nach draußen gehen, bis Ihr es uns wieder erlaubt.«

»Das habt Ihr schon einmal versprochen, und dann seid Ihr doch entwischt. Warum sollte ich Euch jetzt glauben?« Frevisse schloß Edmund und Jasper in ihren Vorwurf ein.

»Weil wir jetzt wissen, daß es gefährlich ist. Das machen wir nicht mehr, stimmt's?« fragte Lady Adela Edmund und Jasper.

Beide Jungen schüttelten den Kopf. Es schien ihnen trotz des gestrigen Vorfalls gutzugehen, nur hatten sie etwas Feierliches an sich, eine Art, vorsichtig um sich zu blicken, die Frevisse vorher nicht an ihnen aufgefallen war. Einerseits war sie froh darüber. Es bedeutete, daß sie aus dem gestrigen Schock eine Lehre gezogen hatten und sicherlich vorsichtiger sein würden. Aber andererseits ärgerte es sie auch, weil sie noch zu jung für eine derartige Lehre waren.

»Dann ist es gut«, sagte sie jedoch nur. »Bitte vergeßt es nicht.« Mit ihrer nächsten Bemerkung wandte sie sich auch an Jenet und Tibby: »Aber ich fürchte, ich habe schlechte Nachrichten für euch.«

»Colwin ist tot«, sagte Jasper traurig. »Er ist an der Stelle ertrunken, an der es uns auch beinahe passiert wäre. Schwester Perpetua hat es uns gesagt.«

»Sie ist zwischen dem Frühstück und der Versammlung hergekommen, um es ihnen zu erzählen«, erklärte Tibby rasch. »Sie hielt es für das beste, daß sie es so früh wie möglich und lieber von ihr als von jemand anderem erfahren.«

»Schon recht«, sagte Frevisse, der vor dem graute, was sie sonst noch zu berichten hatte. Wie es schien, hatten sie Colwins Tod ganz gut verkraftet, doch Will hatten sie besser gekannt. Was sein Tod für sie bedeutete, so kurz nach allem anderen, konnte sie nicht ermessen. »Aber irgendwann gestern nacht – wir wissen nicht genau, wann – ist auch Will umgebracht worden. Im Gästehaus.«

Tibby saß mit offenem Mund da. Jenet schrie auf und verbarg das Gesicht in ihrer Schürze. Dann begann sie heftig zu schluchzen. Adela sank zwischen den beiden Jungen auf ihre Knie und legte die Arme um Jasper, der genau wie Edmund Frevisse mit riesigen, entsetzten Augen anstarrte.

»Es tut mir leid«, sagte Frevisse, die sogleich merkte, wie sinnlos ihre Worte waren.

Tibby stand auf. »Ich hole etwas zu trinken aus der Küche. Apfelwein. Irgendwas. Wir brauchen was.«

»Das wäre gut«, stimmte Frevisse zu, und Tibby ging hinaus. Frevisse ließ sich zu den Kindern hinab, um sie direkt anzusehen. Vor Entsetzen stumm, starrten sie zurück. Niemand beachtete Jenets lautes Wehklagen. Frevisse sagte zu den Kindern: »Wir werden herausfinden, wer es getan hat. Noch wissen wir es nicht, aber wir werden es herausfinden.«

»Wie hat man ihn umgebracht?« fragte Edmund tonlos.

»Er wurde erstochen. Man hat ihn mitten ins Herz getroffen, er ist vermutlich sofort gestorben.«

»Hat er sich gewehrt?«

»Er hatte keine Gelegenheit dazu.«

»Er hätte sich wehren sollen! Jasper und ich hätten uns gewehrt!« Edmunds Entrüstung konnte nicht verhindern, daß ihm Tränen übers Gesicht liefen. »So einfach lassen wir uns nicht umbringen! Wir werden kämpfen, wenn sie kommen!«

»Niemand wird Euch umbringen«, sagte Frevisse. »Ihr seid hier in Sicherheit.«

»Sie haben Hery und Hamon, Colwin und Will getötet«, sagte Jasper mit seltsam ruhiger Stimme. Er weinte nicht, er saß nur da und sagte mit schrecklicher Gewißheit die Wahrheit, während er über ihre Schulter hinweg ins Leere starrte. »Sie haben versucht, uns im Schweinestall umzubringen, und sie haben versucht, uns am Teich umzubringen, und sie werden es auch weiterhin versuchen, weil sie nicht wollen, daß wir leben.«

»Jasper«, sagte Frevisse gequält, weil er nach außen keinerlei Schmerz oder Furcht zeigte. »Wer sollte Euren Tod wünschen? Wozu?« Dies waren die grundlegendsten Fragen, auf die sie keine Antwort wußte.

Jasper hingegen schon. Er wandte ihr den Blick zu. »Die Leute, vor denen meine Mutter Angst hat. Sie hat uns fortgeschickt, weil sie sich vor dem fürchtet, was sie vorhaben. Sie wollte uns retten.«

Edmund, der versuchte, seine Tränen zu unterdrücken, sagte: »Wir dachten, sie wären alle tot, als wir sie am Fluß geschlagen haben, bevor wir hierhergekommen sind – aber es muß noch mehr von ihnen geben. Als nächstes werden sie versuchen, Sir Gawyn und Mistress Maryon umzubringen!«

»Nein, das werden sie nicht. Wir werden Sir Gawyn und Mistress Maryon ins Kloster bringen lassen, ins Krankenzimmer, und an allen Türen werden Wachen stehen. Niemand wird es gelingen, sie dort aufzuspüren. Und Euch auch nicht.« Da sie Jaspers Gesichtsausdruck – der verriet, daß er sogar diesen Hoffnungsschimmer von sich wies – nicht länger ertrug und auch nicht wußte, wie sie Edmund trösten sollte, stand sie auf und fuhr Jenet an: »Jenet, hör auf zu heulen! Seit du hierhergekommen bist, hast du nichts anderes getan, es reicht jetzt!« Dann sagte sie etwas freundlicher zu den Kindern: »Ich muß jetzt andere Dinge erledigen. Edmund und Jasper, Ihr bleibt hier, in diesem Raum. Habt Ihr verstanden? Ihr dürft unter keinen Umständen nach draußen, außer wenn ich es Euch erlaube.«

»Wir werden drinnen bleiben«, sagte Edmund. Jasper nickte.

Frevisse hatte geglaubt, Lady Adela würde bei ihnen bleiben, doch das Mädchen folgte ihr durchs Zimmer, humpelte so rasch wie möglich hinter ihr her und hielt sich an ihrer Seite, während sie den Kreuzgang entlanggingen.

Als sie weit genug vom Zimmer der Jungen entfernt waren, blieb Frevisse stehen. Auch Lady Adela lief nicht weiter. »Möchtet Ihr etwas, mein Kind?« fragte Frevisse. Lady Adela war ihr bislang eher aus dem Weg gegangen.

Lady Adela hatte die Hände wie zum Gebet aneinandergelegt und hob jetzt den Kopf, um Frevisse in die Augen sehen zu können. »Es wird doch alles gut werden? Ihr werdet nicht zulassen, daß ihnen jemand weh tut, oder?« fragte sie.

»Ich tue alles, was ich kann, damit sie in Sicherheit sind, und andere Leute tun das auch. Und Euch wird auch niemand weh tun, habt also keine Angst.«

»Hab' ich gar nicht«, entrüstete sich Lady Adela. »Nicht um mich. Aber ich liebe Jasper und will ihn heiraten, und deshalb sollte ihm besser niemand weh tun.«

Für diese junge Liebe hatte Frevisse im Moment weder Geduld noch Zeit. »Meine liebe Lady Adela«, sagte sie mit größtmöglicher Selbstbeherrschung, »Ihr seid Lord Warennes Tochter. Ich glaube nicht, daß Ihr einfach so bestimmen könnt, wen Ihr heiraten wollt.« Sie hätte am liebsten hinzugefügt: »Und gerade Ihr solltet keinen dieser beiden Jungen wählen.«

Soweit die sanften Züge es überhaupt zuließen, nahm Lady Adelas Gesicht einen ungewöhnlich hartnäckigen Ausdruck an. »Mein Vater will mich nicht bei sich haben, daher wähle ich mir aus, wen ich will, egal, was er dazu sagt.«

»Lady Adela ...«, fing Frevisse an, beschloß dann aber, sich nicht in diese Angelegenheit einzumischen, vor allem nicht jetzt. Statt dessen fragte sie: »Warum habt Ihr Euer Wort gebrochen und seid gestern nach draußen gegangen?«

Erschrocken über diesen plötzlichen Umschwung, antwortete Lady Adela: »Ein Eid, den man unter Zwang geschworen hat, ist nicht bindend. Ihr habt uns gezwungen, Euch zu versprechen, daß wir nicht nach draußen gehen, also galt der Eid nicht.«

»Ein Eid ist nicht ... Wer hat Euch das gesagt?«

»Stimmt das nicht? Wir dachten, es wäre so, sonst wären wir nicht nach draußen gegangen.« Lady Adela schien beunruhigt bei dem Gedanken, daß ihre Theorie falsch sein könnte.

Frevisse faßte sich und antwortete so deutlich wie möglich. »Wenn jemand dazu gezwungen wird, einen Eid zu schwören, weil ein anderer ihn umbringen will oder weil er in Gefahr ist und ein Versprechen geben muß, um sich selbst zu retten, dann ist das ein unter Zwang abgelegter Eid, der nicht bindend ist. Aber so war es nicht, als ich Euch bat, nicht nach draußen zu gehen, oder?«

»N-nein«, gab Lady Adela zu. »Eigentlich nicht.«

»Wer hat Euch dann etwas von einem Eid unter Zwang erzählt?«

»Ich habe versprochen, es nicht zu sagen.«

»War es jemand von hier?«

»J-ja.«

»Vor kurzem?«

»J-ja.« Lady Adela war auf einmal ganz auf ihre Zehe konzentriert, mit der sie eine Fuge auf dem Pflaster nachzeichnete.

»Lady Adela, ich glaube, Ihr solltet mir diese Geschichte lieber erzählen. Ihr liebt Jasper. Edmund und er sind in Gefahr, und ich muß alles erfahren, um ihre Sicherheit gewährleisten zu können.« Frevisse fiel es inzwischen schwer, ihre Stimme noch sanft und ruhig klingen zu lassen.

Zögernd sagte Lady Adela: »Jetzt, wo er tot ist, wird es ihm nichts ausmachen, und er wird auch keine Schwierigkeiten deshalb bekommen. So ist es doch?«

»So ist es wohl«, pflichtete Frevisse ihr bei und konnte nur mühsam ihre Ungeduld zügeln. »Also sagt es mir bitte.«

»Es war einer der Männer, die zu Edmund und Jasper gehören.«

»Will? Sir Gawyns Knappe?«

»Nein. Der andere. Derjenige, den wir bei den Ställen getroffen haben. Der größere. Der ertrunken ist.«

Colwin. »Ja«, sagte Frevisse. »Ich weiß, wen Ihr meint.« Aber nicht, was das zu bedeuten hatte. Es war nur ein weiteres Steinchen des Mosaiks, das sie zusammenzusetzen versuchte – ohne daß die Teile bislang zueinander paßten. »Wann habt Ihr denn mit ihm über den Eid gesprochen?«

»An dem Tag im Stall, bevor Jasper und Edmund in den Koben gefallen sind. Er hat uns gefragt, was wir denn den ganzen Tag im Kloster machen, so fernab von der Welt, und ob wir denn keine Lust hätten, nach draußen zu gehen. Da habe ich ihm erzählt, daß wir schon draußen waren und Euch versprechen mußten, es nicht noch einmal zu tun, und dann hat er uns von dem Eid erzählt, den man unter Zwang geleistet hat. Aber er hat wohl gelogen ...?«

»Er hat gelogen«, sagte Frevisse streng. »Was haben Edmund und Jasper getan, während Ihr mit Colwin gesprochen habt? Waren sie auch dabei?«

»Nein, da nicht. Sie haben die meiste Zeit mit Master Naylor gesprochen.«

»Wer war sonst noch da, bevor die Jungen in den Koben fielen?«

»Pater Henry, Will, der Schweineknecht und ein paar andere Stallburschen, ich weiß nicht, wie die heißen.«

»Also: Ihr wart da, Edmund und Jasper, Pater Henry, Master Naylor, Will, Colwin, der Schweineknecht und ein paar Stallburschen.« Sie zählte die Namen langsam an ihren Fingern ab. Lady Adela nickte bedächtig bei jedem einzelnen. »Sonst noch jemand?«

Lady Adela schüttelte den Kopf. »Sonst niemand.«

»Und Ihr habt mit Colwin gesprochen, als die Jungen hineinfielen.«

»Nein, ich stand an der untersten Stange des Gatters. Master Naylor hat gesagt, daß ich nicht hinaufdarf, weil ich ein Mädchen bin.« Offensichtlich hatte sie für diese Argumentation nur Verachtung übrig. »Ich habe mich vorgebeugt, um die Ferkel anzuschauen. Ich habe mit niemandem gesprochen.«

»Wer stand neben den Jungen, als sie hineinstürzten?«

Lady Adela runzelte vor lauter Konzentration die Stirn und schüttelte dann wieder den Kopf. »Ich weiß nicht. Ich habe den Ferkeln zugeschaut.«

Frevisse unterdrückte einen Seufzer. Es wäre sehr hilfreich gewesen, wenn sich jemand daran erinnert hätte, wer in jenem Augenblick wo gestanden hatte. Sie war sich jetzt sicher, daß es der erste Versuch gewesen war, die Jungen zu töten. Der Mörder war dagewesen, und niemand hatte etwas bemerkt.

Am Ende der Sext, als die Nonnen die Kirche verlassen und sich im Kreuzgang versammelt hatten, um anschließend zu ihren jeweiligen Aufgaben zurückzukehren, informierte Schwester Claire sie über den Mord an Will und brachte ihnen so schonend wie möglich bei, daß – während sie beim Gottesdienst waren – Sir Gawyn zu seiner eigenen Sicherheit ins Krankenzimmer des Klosters gebracht worden war und man Wachen an allen Türen, die ins Kloster führten, postiert hatte.

Das Gerücht von Wills Tod hatten zuvor schon einige Bedienstete verbreitet. Frevisse hatte das Unbehagen der Nonnen gespürt, als sie zum Gottesdienst zusammengekommen waren und einander dann häufig ansahen und versteckte Zeichen machten. Sie wurden noch unruhiger, als Schwester Claire es ihnen schließlich erzählte, doch als sie von

Sir Gawyn berichtete, starrten sie schweigend vor sich hin, entsetzt bei dem Gedanken, daß mitten unter ihnen ein Mann weilte.

Schwester Alys reagierte als erste. Sie zwängte sich mit hochrotem Gesicht nach vorne, baute sich vor Schwester Claire auf und zeterte: »Ohne zu fragen? Ihr laßt einen Mann herein, ohne uns zu fragen? Was sollen wir denn davon halten? Das ist gegen die Regel, zum einen, es überhaupt zu tun – und dann auch noch ungefragt! Was soll denn das? Ein Mann im Kloster!«

Schwester Claire, die im Verhältnis zu Schwester Alys' massiger Figur noch kleiner erschien, gab auf ihre ruhige, entschlossene Art kühl zurück: »Das ist jetzt nicht der richtige Zeitpunkt, um dies zu besprechen. Ihr werdet bis zum Kapitel morgen warten. Abgesehen davon: Es waren schon andere Männer hier im Kloster.«

»Geschäftlich. Oder als Gäste in Priorin Ediths Empfangszimmer – wobei immer jemand von uns dabei war, um dem Anstand Genüge zu tun. Nicht in einem Bett im Krankenzimmer! Die Ordensregel, Schwester! Ihr vergeßt die Ordensregel!«

»Und Ihr vergeßt die Nächstenliebe! Und die Regel, die noch wichtiger als die des heiligen Benedikt ist: Behandle andere stets so, wie du selbst behandelt werden möchtest!«

»Er ist ein Mann!«

»Er ist verletzt und in Gefahr!« Sie hieß Schwester Alys mit einer Geste schweigen.

Schwester Alys blieb der Mund offenstehen, sie schnaufte, lief dunkelrot an und echauffierte sich dermaßen, daß zu befürchten stand, sie würde gleich explodieren. Dann drehte sie sich um, drängte die anderen Nonnen beiseite und stürmte aus dem Kloster, vermutlich, um das Gästehaus in Aufruhr zu versetzen. Dort konnte sie niemand durch eine Geste zum Schweigen bringen.

Schwester Claire wartete, bis die Tür ins Schloß gedonnert war, und bedeutete dann den anderen, ihren Arbeiten nachzugehen. Schweigend gehorchten sie, einige mürrischer als andere. Nur Frevisse blieb stehen und konnte daher beobachten, wie Schwester Claire ihre herrische Haltung aufgab und plötzlich ganz erschöpft wirkte. Doch als Frevisse auf sie zuging und ihre Hand ausstreckte, um sie zu stützen, richtete Schwester Claire sich wieder auf, machte eine abwehrende, beinahe ärgerliche Geste und ging zurück in die Kirche.

Verletzt durch diese Zurückweisung – wenngleich sie verstehen konnte, daß Schwester Claire sich über die Lage ärgerte, in die Frevisse sie gebracht hatte –, seufzte Frevisse und beschloß, sich bei Sir Gawyn und Maryon sehen zu lassen.

Als sie an der Tür zum Zimmer der Jungen vorbeikam, beugte sich Edmund nach draußen und hielt sie am Gewand fest.

»Bitte, Schwester, dürfen wir Sir Gawyn besuchen? Wir gehen danach auch gleich wieder hierher. Wir versprechen es. Jenet wird uns begleiten.«

Jasper stand hinter ihm und nickte ernsthaft. Seine Augen schimmerten ein bißchen bei dem Gedanken, Sir Gawyn wiederzusehen. Frevisse wollte seine Hoffnung nicht dämpfen.

»Laßt mich zuerst sehen, wie es ihm geht. Er ist jetzt vielleicht zu müde, nachdem er gerade vom Gästehaus hierhergekommen ist. Aber Jenet wird Euch bestimmt bald zu ihm bringen.«

Jasper atmete erfreut auf. Frevisse hatte schon früher

festgestellt, daß Jasper zurückhaltender war als Edmund, vielleicht, weil er ja Edmund hatte, der alles für ihn tat. Sie glaubte aber, daß er mehr von dem sah, was um ihn herum vorging, und auch sensibler war als sein Bruder. Edmund konnte vermutlich alles mit seinem Charme erreichen, doch sie nahm an, daß Jasper derjenige war, der echte Freundschaften schloß, für die er sich auch sein ganzes Leben lang einsetzen würde. Er nahm sich vermutlich vieles mehr zu Herzen als sein Bruder.

Da sie nichts dagegen tun und ihn auch nicht vor dem Schmerz, der unausweichlich auf ihn zukam, bewahren konnte, zumindest nicht mehr, als sie ohnehin schon versucht hatte, lächelte sie ihn besonders freundlich an, bevor sie ihren Weg zum Krankenzimmer fortsetzte.

Hinter dem Raum, in dem Medizin hergestellt und gelagert wurde, lag ein längliches Zimmer, in dem sechs Betten standen. Dort konnten sich – was der Himmel verhüten mochte! – kranke Nonnen ausruhen und pflegen lassen. Da man hier weitab von den Städten und von anderen Leuten unter den strengen Bestimmungen der Ordensregel lebte, kam es im Priorat selten zu Krankheiten, nur im Winter schon mal zu einem Rheumaanfall. Der Raum wurde also nicht oft gebraucht, konnte aber jederzeit benutzt werden. Es war daher kein Problem gewesen, in der Nähe der Tür ein Bett für Sir Gawyn zu beziehen.

Er lag jedoch nicht darin, als Frevisse eintrat. Er war auf der anderen Seite des Zimmers und hangelte sich vorsichtig von Bettpfosten zu Bettpfosten, wobei ihm wie immer Maryon zur Seite stand. Er sah sehr konzentriert aus, und das Haar an seinen Schläfen glänzte vor Schweiß. Er blickte auf, als er feststellte, daß jemand hereingekommen war, und deutete Frevisses Gesichtsausdruck richtig, denn er sagte:

»Wenn ich nur im Bett herumliege, werde ich immer schwächer.«

»Und wenn Ihr Euch zu früh zuviel zumutet, überanstrengt Ihr Euch so sehr, daß Ihr gar nicht gesund werdet«, gab Frevisse zurück.

»Er ist alleine bis hierher gelaufen«, warf Maryon ein.

»Ganz langsam«, sagte Sir Gawyn mit einem gequälten Lächeln. »Und jetzt muß ich mich wieder hinlegen, glaube ich.«

Maryon hakte sich an seiner unverletzten Seite unter und half ihm zurück ins Bett. Die Anstrengung des heutigen Tages sowie der vergangenen Tage zeigte sich in ihren angespannten Bewegungen. Ihre natürliche Anmut schien ebenso wie Sir Gawyns Kraft verschwunden zu sein. Man mußte jedoch zugeben, daß er schon wieder frischer aussah. Vielleicht hatte er recht, wenn er gegen jegliche ärztliche Vernunft täglich ein wenig umherging. Als er wieder im Bett lag, sagte Frevisse: »Ihr wißt, daß Ihr diesen Raum nicht verlassen dürft?«

»Ja, das haben wir gehört.«

»War das Schwester Alys, die da so gewettert hat?« fragte Maryon.

»Allerdings«, sagte Frevisse. »Die Jungen müssen jetzt auch in ihrem Zimmer bleiben, doch wenn Ihr möchtet, lasse ich sie von Jenet hierherbringen.«

Maryon lächelte. »Sie standen an der Tür, als wir vorbeigingen. Ja, es wäre schön, wenn sie kommen könnten.«

»Nein«, widersprach Sir Gawyn. Seine Augen waren geschlossen. »Jetzt nicht. Später.«

Maryon warf ihm einen besorgten Blick zu. »Jetzt nicht. Ihr seid müde. Später.«

»Aber Ihr könntet sie besuchen«, schlug Frevisse ihr vor. »Ich glaube, sie würden sich sehr darüber freuen.«

»Ja, richtig«, stimmte Maryon zu, allerdings nicht allzu überzeugt. Wie stark mußte das Band zwischen ihr und Sir Gawyn sein, daß sie die Jungen um seinetwillen vernachlässigte? »Ich gehe gleich, während Ihr schlaft, Gawyn.«

Ohne die Augen zu öffnen, nickte er.

Frevisse trat beiseite, um ihr den Vortritt zu lassen, als Sir Gawyn sagte: »Schwester Frevisse, würdet Ihr bitte noch ein Weilchen bleiben?«

Maryon sah ihn mit einem leichten Stirnrunzeln an und ging nach draußen. Frevisse trat wieder ans Bett. Sir Gawyn gab sich einen Ruck und richtete sich vorsichtig etwas auf, um nicht gar so hilflos in den Kissen zu liegen.

»Tut es sehr weh?« fragte sie.

»Überraschend wenig, solange ich die Schulter nicht zu sehr bewege.« Doch darüber war er im Augenblick weniger besorgt. »Hat man mehr über Wills Tod erfahren? Und über Colwin?«

»Master Naylor stellt weitere Nachforschungen an, um zu erfahren, ob sie gestern jemand gesehen hat, und wenn ja, wo, und ob irgendein Unbekannter in der Nähe gesichtet wurde. Da ich aber nichts von ihm gehört habe, nehme ich an, daß er nichts Neues herausgefunden hat.«

»Dann hat also niemand eine Ahnung, wie sie umgebracht worden sind?«

»Doch, ich.«

Sir Gawyn wartete und sagte, als sie schwieg: »Aber Ihr werdet mir nicht davon berichten.«

»Noch fehlen Beweise. Wir nehmen an, daß sie umgebracht wurden, weil sie zwischen den Jungen und jemand anderem standen. Und wir wissen, daß auch den Jungen jemand nach dem Leben trachtet, denn man hat zweimal versucht, sie zu töten.«

»Zweimal?« Sir Gawyns Stimme klang dunkler. »Wie meint Ihr das, zweimal?«

»Vor zwei Tagen fielen sie in einen Schweinekoben, zu einer gefährlichen Muttersau und ihren Ferkeln. Man hielt es für einen Unfall, glaubte, sie hätten die Balance verloren. Die Jungen beharrten darauf, daß es nicht so war, und ich muß ihnen jetzt recht geben. Ich glaube, jemand hat absichtlich die Stange bewegt, auf der sie saßen, und sie so hineinfallen lassen.«

»Und wißt Ihr, wer im Stall war, als das passierte?«

»Colwin und Will und ein paar von unseren Leuten. Niemand sonst.«

»Dann ist es jemand vom Kloster, nicht von außerhalb.«

»Demnach jemand, dem das Gästehaus so vertraut ist, daß er nachts niemanden stört oder zumindest nicht besonders auffällt«, pflichtete Frevisse ihm bei. »Und Will hat gelogen, aber ich weiß noch nicht, warum.«

»Gelogen? Inwiefern?«

»Als Colwin umgebracht wurde, war er *nicht* mit den Pferden auf der Weide. Er muß sein Hemd anderswo zerrissen haben.«

»Glaubt Ihr, er hat Colwin umgebracht?«

»Das könnte sein.« Sie sprach es äußerst ungern aus, aber die Möglichkeit bestand.

»Das hätte er nie getan.« Sir Gawyn wies diesen Gedanken strikt von sich. »Und selbst wenn er es getan hätte – wer hat dann ihn ermordet?«

»Ich weiß es nicht. Die einzelnen Teile passen noch nicht zusammen. Doch sie werden passen, bevor ich die Jungen weiterreisen lasse. Nur so werden sie in Sicherheit sein. Und Ihr und Maryon.«

Sir Gawyn gab darauf keine Antwort. Vor Ärger und Erbitterung war nicht nur seine Stimme, sondern auch sein Blick finster. Und vielleicht aus Furcht, dachte Frevisse, denn wie Edmund und Jasper war er hilflos, abhängig von dem, was andere taten.

Frevisse verließ ihn, kehrte in die Kirche zurück, um einige ihrer Aufgaben als Küsterin zu erfüllen, und wartete auf eine Nachricht von Master Naylor. Es war Ela, die ihr kurz vor der Non eine – nutzlose – Mitteilung überbrachte. Ela hatte die Worte von Master Naylor auswendig gelernt und sagte sie mühsam auf: »Er hat allen Leuten die Fragen gestellt, die Ihr ihm aufgetragen habt, und niemand weiß mehr, als Ihr ohnehin schon wißt.«

»Man hat also keine Fremden gesehen? Keiner hat eine Ahnung, worüber Will und Colwin gestritten haben? Niemand weiß, wo Will gestern nachmittag war?«

»Ich kann nur das sagen, was Master Naylor gesagt hat, und mehr hat er nicht gesagt«, wiederholte Ela geduldig. »Das war alles. Soll ich ihm etwas ausrichten?«

»Nein, es gibt nichts auszurichten. Danke.«

Nichts auszurichten und keine neue Information.

Am Ende der Non mit ihren Gebeten für Priorin Edith beschloß Frevisse, ihren Besuch bei der Priorin nicht länger aufzuschieben.

Es war sehr warm geworden, gerade richtig für die Heuernte, jedoch weniger angenehm für jemanden in einem langärmeligen Gewand mit Haube und Schleier. Die Luft im Treppenaufgang zum Zimmer der Priorin war stickig. Sie war allein, und ohne es zu wollen, blieb Frevisse einen Augenblick in dieser Abgeschiedenheit stehen, um einen

Blick durch das schmale Fenster zu werfen. Von hier sah man über die Klostermauern hinweg auf grüne Kornfelder und den Wald dahinter, doch sie war mit ihren Gedanken ganz weit weg von dem, was sie da erblickte.

Jemand in St. Frideswide war ein Mörder.

Die ersten, mißlungenen Tötungsversuche waren gegen Edmund und Jasper gerichtet gewesen, doch obwohl Colwin und Will umgekommen waren, glaubte sie immer noch, daß die Jungen die eigentlichen Opfer waren. Colwins und Wills Tod hatte sich nur am Rande ereignet.

Zumindest Colwins Tod war mit größter Wahrscheinlichkeit ein Zufall gewesen. Aber Will war absichtlich umgebracht worden. Weil er der Ermordung der Jungen im Weg stand? Wenn Colwin tot war, warum mußte dann auch noch Will sterben? Wo war er gestern gewesen, wenn er nicht die Pferde ausgeritten hatte?

Colwin hatte Lady Adela und die Sache mit dem Eid dazu benutzt, die Jungen aus dem Kloster zu locken. Hatte er dies nur getan, um sich einen Scherz zu erlauben, oder lag ein tieferer Sinn dahinter? Aber wenn er die Gelegenheit wahrgenommen und den Anschlag auf die Knaben im Schweinestall verübt hatte, um dann einen weiteren – absichtlichen – Versuch am Teich zu unternehmen, wer hatte dann ihn umgebracht? Oder hatte Will beide Male versucht, die Jungen zu töten, und hatte, als Colwin dazwischentrat oder zufällig dazukam, diesen deshalb getötet? Doch wie erklärte sich dann Wills Tod?

Jede Möglichkeit führte zu ungeklärten Fragen, auf die sie noch keine Antwort wußte. Es fehlten zu viele Teile in der Beweiskette. Oder sie konnte die Beweisstücke nicht in die richtige Reihenfolge bringen. Es mußte Antworten geben und einen Weg, sie zu finden – aber sie mußten schnell gefunden werden, bevor ein weiterer Mord geschah.

Doch zuerst mußte sie zu Priorin Edith gehen, um sich von ihr zu verabschieden – ein Abschied, der ihr furchtbar schwer fiel.

Sie wischte sich über ihre feuchte Stirn und die tiefe Furche, die sich vor Müdigkeit zwischen ihren Brauen gebildet hatte, und wünschte, sie hätte vergangene Nacht etwas mehr geschlafen. Dann ging sie weiter nach oben.

Das Empfangszimmer lag still und verlassen da. Durch das Fenster zum Hof fielen die Strahlen der Nachmittagssonne. In der Schlafkammer dahinter herrschte beinahe die gleiche Stille. Schwester Thomasine kniete in stillem Gebet vor dem Betstuhl. Schwester Lucy saß neben dem Bett und fächelte Priorin Edith mit einem Stück Pergament, das sie aus einem Buch entnommen hatte, Luft zu. Das sanfte Hinundherschwenken ihrer Hand und des Pergaments waren die einzige Bewegung, die man wahrnahm, und einen Moment lang fürchtete Frevisse, daß Priorin Edith bereits gestorben war.

Ganz sachte hob und senkte sich jedoch ihr Laken, und ihr Gesicht hatte noch nicht die graue Färbung einer Toten angenommen.

Frevisse hatte nur in der Tür stehenbleiben wollen, um in aller Stille Abschied zu nehmen, um zu beten und dann wieder zu gehen. Sie hatte geglaubt, daß sie nicht mehr ertragen könne. Doch Schwester Lucys Gesicht war so bleich wie das von Priorin Edith, und so trat Frevisse ins Zimmer und streckte stumm die Hand nach dem Pergament aus.

Die ältere Nonne zögerte. Frevisse machte eine Geste, als ob sie sich das Gesicht waschen und ihren Rücken strecken würde. Schwester Lucy blinzelte müde, mußte eingestehen, daß Frevisse recht hatte, und übergab ihr das Pergament. Dann stand sie auf, wobei sie die Hand in ihr Kreuz preßte. Frevisse nahm ihren Platz ein und fächelte Priorin Edith Luft zu, während Schwester Lucy den Raum verließ.

Frevisse hatte beten wollen, während sie hier saß, doch statt dessen betrachtete sie Priorin Ediths Gesicht. Ihr Gesicht schien alterslos, die Haut war glatt wie die eines Kindes. Ihr Körper war ganz klein geworden, doch sie strahlte Gelassenheit aus, eine Gelassenheit, die ihr Leben gekennzeichnet hatte und die erst durch Reife vollendet wurde. Sie war gar nicht mehr hier, sondern schon auf dem Weg, den man nur allein gehen konnte, unabhängig davon, wie man starb, wie sehr oder wie wenig man geliebt worden war.

Ganz vorsichtig, mehr um ihrer selbst als um Priorin Ediths willen, beugte sich Frevisse vor und küßte sie auf die Stirn. Sanft, so sanft wie der Atem der Priorin in der sommerlichen Stille des Raumes.

Als Schwester Lucy zurückkam, überließ ihr Frevisse wortlos ihren Platz und ging nach draußen. Einen Augenblick lang spürte sie keine Trauer.

Diesmal blieb sie absichtlich am Fenster im Treppenaufgang stehen, um über die Klostermauern hinweg auf die grünen Felder, den Wald und den kristallklaren Himmel im Hintergrund zu blicken. Sie hatte St. Frideswide vor langer Zeit zum Mittelpunkt ihres Lebens erwählt, damit sie in seinem Schutz Geist und Herz mit Dingen beschäftigen konnte, die nichts mit der Welt da draußen zu tun hatten. Und doch existierte die Welt jenseits der Klostermauern weiterhin, mit ihren Ängsten, ihren Gefahren, ihren Wünschen.

Ihren Schönheiten.

Von dem schmalen Fenster aus konnte man nur ihre Schönheiten sehen, doch das bedeutete nicht, daß es das andere nicht dennoch gab. Und die Schönheit der Welt wurde dadurch auch nicht aufgehoben.

All das gab es wirklich. Es wäre ein Fehler, die Existenz eines einzelnen Bestandteils zu verleugnen.

Und auch die einzelnen Mosaiksteinchen ihres Problems gab es wirklich. Sie mußten zusammenpassen, nur wußte sie noch nicht, wie.

Auf einmal wurde die Hitze im Treppenaufgang unerträglich, und Frevisse ging rasch nach unten. Sie mußte an einem anderen Ort nachdenken. Nicht im Kreuzgang, irgendwo, wo sie nicht gestört wurde. Irgendwo …

Als sie am Fuß der Treppe angekommen war, lief Schwester Juliana geschäftig zur Tür, die nach draußen führte. Schwester Juliana neigte sonst nicht zur Eile. Frevisse sah ihr zerstreut nach. Und hörte dann das wiederholte energische Klopfen an der äußeren Tür, das so laut war, daß sie es eigentlich schon vorher hätte hören müssen. Auf Schwester Julianas vorwurfsvoll-fragenden Blick hin nickte sie schuldbewußt, doch jetzt war es ohnehin zu spät, und sie zog sich sachte zurück, um dem Geschehen vor der Tür zu entgehen. Wenn sie von der anderen Seite her zum Kreuzgang ginge ... Da hallte im Gang zur Außentür Schwester Julianas erschreckter Aufschrei wider. Frevisse machte kehrt und lief zurück, um ihr zu Hilfe zu kommen. Doch als sie Schwester Juliana und dahinter die nunmehr geöffnete Tür sehen konnte, schwankte sie, als hätte sie plötzlich den Boden unter den Füßen verloren. Ein Mann in Helm und Brustharnisch stand da, er füllte fast die ganze Tür aus und wäre nicht aufzuhalten gewesen, wenn er hereingekommen wäre. Hinter ihm im Hof blitzten die Rüstungen weiterer Männer auf.

Frevisse unterdrückte das Bedürfnis, sich zurückzuziehen, beruhigte sich und ging zur Tür. Mit klarer, fester und durchdringender Stimme fragte sie: »Was gibt's, Schwester Juliana?«

Schwester Juliana drehte sich mit weit aufgerissenen Augen zu ihr um und bewegte lautlos die Lippen. Frevisse legte ihr sanft die Hand auf den Arm und sagte zu dem vor ihr stehenden Mann: »Können wir Euch irgendwie behilflich sein, Sir? Falls Ihr ein Nachtquartier sucht, muß ich Euch bitten, über den Hof zu den Gästehäusern zu gehen. Dort wird man sich um Euch und Eure Männer kümmern.«

Der Mann hantierte am Kinnband seines Helms. Er löste es und nahm den Helm ab, unter dem sein schweißnasses Haar zum Vorschein kam. Auf einmal wirkte er viel weniger bedrohlich. Mit einer leichten Verbeugung sagte er: »Meine Herrin wünscht mit Schwester Frevisse zu sprechen, die hier im Haus zu finden sein soll. Wäre das möglich?«

»Eure ... Herrin?« fragte Frevisse scheinbar ruhig und höflich, doch sie umklammerte dabei Schwester Julianas Arm ganz fest, damit diese nichts sagte und stehenblieb. Einen Augenblick lang dachte sie: »Um Gottes willen, er meint die Mutter der Jungen!« Und das wollte sie nicht alleine ausstehen müssen.

Doch der Mann wies mit dem Kopf auf den Hof und sagte: »Die Gräfin von Suffolk.«

Frevisse vermochte nicht, einen Seufzer der Erleichterung zu unterdrücken. Sie sah von ihm und den anderen Bewaffneten zu den anderen Reitern auf dem Hof hinüber. Es war vielleicht ein Dutzend Männer und Frauen, fast alle in das Dunkelblau des Suffolkschen Gefolges gekleidet. Die Soldaten unter ihrer leichten Rüstung übrigens auch, wie sie nun feststellte. Einige von ihnen hatten abgesessen, und eine der Frauen brachte derjenigen, die am prächtigsten gekleidet war, einen Kelch, den sie am Brunnen gefüllt hatte. Gräfin Alice saß noch immer auf ihrem großen grauen Zelter, dessen dunkelblaue Schabracke mit goldenen Leopardenköpfen verziert war, nahm den Kelch unter ein paar gemurmelten Dankesbezeugungen entgegen und wandte ihren Kopf auf die Tür zu, da von ihr die Rede war.

Die Schönheit ihrer Cousine überraschte Frevisse jedesmal aufs neue. Mit ihrem cremefarbenen Teint, der ins Rosa überging, mit ihren feinen Gesichtszügen und ihrem hellen Haar stellte Gräfin Alice das Ideal an weiblicher Eleganz dar. Die Ärmel ihrer Houppelande, die einfach geschnitten und als Reisemantel gedacht war, reichten nur etwa eine Handbreit über ihre Handgelenke. Der Mantel jedoch war aus einem kostbaren Stoff, der in seinem dunklen Grün an ein Feld zur Frühjahrszeit erinnerte. Während ihre Hofdamen einfache Schleier trugen, um bequem reiten zu können, hatte sie das Haar aufgesteckt und unter einer Haube verborgen, die mit einem edlen Stoff unter ihrem Kinn zusammengebunden und über ihre linke Schulter geworfen war, was sowohl Eleganz als auch Selbstbewußtsein verriet.

»Frevisse! Cousine!« rief sie aus und winkte mit der Hand, da ein Knappe die Zügel ihres Pferdes für sie hielt.

»Lady Alice«, entgegnete Frevisse mit einem Knicks.

»Eure *Cousine*?!« stammelte Schwester Juliana. Ihre Angst war Erstaunen gewichen. Man wußte zwar, daß Alice Chaucer Frevisses Cousine war, da ihre Mütter Schwestern waren, und daß sie den Grafen von Suffolk geheiratet hatte. Doch sie nun leibhaftig mit Gefolge im Hof von St. Frideswide zu sehen war etwas ganz anderes. »Eure Cousine«, wiederholte Schwester Juliana beinahe ehrfürchtig.

Als ihr bewußt wurde, daß es sich kaum mit ihrer Würde und den Anstandsregeln des Priorats vertrug, wenn sie so im Gang herumstand und ungläubig dreinstarrte, knickste Schwester Juliana hastig vor Gräfin Alice und zog sich zurück.

Frevisse, die in Gedanken rasch die Möglichkeiten durchging, warum Alice ohne Vorankündigung hier aufgetaucht war, wartete, während ein Knappe Alice aus dem modischen Sattel hob und eine ihrer Hofdamen den Staub aus ihren Röcken bürstete. Als die Frau, zufrieden mit Gräfin Alices Aussehen, mit einem tiefen Knicks beiseite trat, schritt Alice über das Pflaster auf Frevisse zu, die Hände zum Gruß ausgestreckt.

Sie führten ein derart verschiedenes Leben, daß sie sich nur selten trafen, doch irgendwann hatte sich zwischen ihnen eine Zuneigung entwickelt, die sie als Kinder kaum empfunden hatten und die zum Teil auf gemeinsamen Erinnerungen an Alices mittlerweile verstorbene Eltern, zum Teil auf einem erst kürzlich entdeckten, gegenseitigen Respekt füreinander beruhte. Frevisse ergriff Alices Hände mit aufrichtiger Herzlichkeit. Als sie auf der anderen Seite des Hofes Schwester Alys sah, die sich oben auf der Treppe des Gästehauses aufgebaut hatte, sagte sie: »Man wird sich um Eure Leute kümmern, aber Ihr kommt doch herein, oder?«

»Sehr gern, Cousine.« Mit einem Lächeln schritt Alice anmutig an ihr vorbei in den Treppenaufgang, doch als Frevisse die Tür geschlossen hatte und sich zu ihr umwandte, waren Etikette und Lächeln vergessen, und sie flüsterte statt dessen rasch: »Können wir sofort irgendwo ungestört sprechen? Im Empfangszimmer der Priorin, wenn es nirgendwo anders möglich ist?«

Obwohl sie mit allem gerechnet hatte, war Frevisse von der Heftigkeit ihrer Cousine überrascht. »Nicht im Empfangszimmer. Priorin Edith liegt im Sterben.«

Alices Betroffenheit war spontan und aufrichtig. »Frevisse, wie leid es mir tut, das zu hören! Vater hat manchmal von ihr gesprochen. Er hielt sehr viel von ihr. Das tut mir aufrichtig leid.«

Frevisse ging nicht weiter auf ihre Mitleidsbekundung ein. »Es gibt hier unten, am Ende des Ganges, noch ein Empfangszimmer. Dort können wir sprechen.«

Alice, nun wieder ganz charmant, plauderte über das warme Wetter, das so günstig für die Heuernte war – Frevisse hätte nicht gedacht, daß sie sich dafür interessierte –, während sie Frevisse durch den Kreuzgang zu dem anderen Empfangszimmer folgte, einem kargen Raum, in dem die Nonnen ihre persönlichen Gäste empfingen, jeden, der nicht direkt mit dem Kloster zu tun hatte. Weder Frevisse noch Alice setzten sich auf einen der Stühle, die um einen Tisch standen, auf dem Erfrischungen gereicht werden konnten.

Obwohl Alice und ihr Mann in genau jenem Reichtum

und jener Eleganz lebten, die ihr die Mutter gewünscht hatte, war es doch die Intelligenz ihres Vaters, die hinter diesen Äußerlichkeiten hervorstach. Und als Frevisse die Tür des Empfangszimmers schloß, fiel die Vornehmheit wieder von Alice ab, und sie sagte unumwunden: »Ich habe Euren Brief bekommen. Was habt Ihr über Königin Katherine gehört, das Euch dazu veranlaßt hat, mir ihretwegen zu schreiben?«

»Was ist so dringend an der Sache, daß Ihr umgehend hierhergekommen seid?« gab Frevisse ebenso rasch zurück.

Alice beantwortete Frevisses Gegenfrage nicht, doch ihr Gesicht verriet, daß ihre Forderungen nur selten auf Widerspruch stießen. Statt sich zu ärgern, nahm sie Frevisses Herausforderung aber an und sagte mit einem schmallippigen Lächeln, das mit dem von vorher nichts gemein hatte: »Ich habe Euren Brief dem Bischof Beaufort gezeigt …«

»Beaufort!« Dem Bischof von Winchester. Dem ärgsten Rivalen des Herzogs von Gloucester in der königlichen Regierung.

»Er und mein Gatte arbeiten jetzt in allen Angelegenheiten zusammen, die den König betreffen.«

»Warum habt Ihr meinen Brief dann ihm und nicht Eurem Mann gezeigt?«

»Suffolk mußte zu einer Zusammenkunft nach Frankreich. Es sieht im Moment ziemlich schlimm dort aus. Euer Brief hat mich gerade noch rechtzeitig vor seiner Abreise erreicht, so daß ich ihm davon erzählen konnte. Er sagte, man müsse Beaufort davon unterrichten, ich solle ihm den Brief zeigen, und als ich das tat –«

Frevisse wandte sich hastig von ihr ab und rang die Hände. »Ich hätte nie gedacht, daß es soweit kommen würde!«

Alice schenkte ihrem Ausruf keine Beachtung und sagte:

»Mein Herr, der Bischof, hält große Stücke auf Euch seit jener Angelegenheit beim Begräbnis meines Vaters.« Frevisse schüttelte den Kopf. Sie wollte nicht, daß der Bischof von Winchester überhaupt eine Meinung von ihr hatte. »Er nahm an, wie ich auch, daß hinter Eurem Brief mehr als nur pure Neugier steckte und daß wir umgehend mehr erfahren sollten. Es würde zuviel Aufsehen erregen, wenn er sich selbst in die Angelegenheit einmischte ...«

»Aber wenn mich meine Cousine besuchen kommt, würde man sich weniger dabei denken.«

Alice nickte. »Genau. Also, warum habt Ihr diesen Brief geschrieben? Was wißt Ihr hier über eine Sache, von der einstweilen lediglich die Ratsherren wissen?«

Dies war nicht nur eine Frage, sondern auch eine dringende Aufforderung zu antworten. Und eine gerechtfertigte dazu.

Frevisse schlug die Hände vors Gesicht und atmete tief durch. Dann steckte sie gelassen die Hände in die Ärmel, hob den Kopf und sagte: »Die zwei jüngeren Söhne von Königin Katherine haben hier Kirchenasyl erhalten.«

Geräuschvoll stieß Alice Luft durch die Zähne aus. »Frevisse, das ist gefährlich.«

»Das weiß ich«, pflichtete Frevisse mißmutig bei und erzählte ihr von dem Überfall auf die Reisegruppe vor ihrer Ankunft im Kloster. »Und jetzt sind bereits zwei weitere Männer tot, die mit ihnen kamen«, schloß sie.

»Tot? Wie ist das geschehen?«

»Einer ertrank, der andere wurde erstochen. Und man hat zweimal versucht, die Jungen umzubringen.«

»Wißt Ihr, wer? Und weshalb?«

»Nein. Ich habe Vermutungen aber keine Antworten.

Alice, sind sie wirklich so wichtig, daß ihretwegen Männer umgebracht werden müssen?«

»Sie sind die Halbbrüder des Königs, und der Bruder ihrer Mutter ist der König von Frankreich, obwohl unsere Regierung dies leugnet. Ja, sie sind so wichtig.«

»Und jetzt wollt ihr sie mitnehmen und zu Bischof Beaufort bringen.«

»Ja, sie befinden sich in tödlicher Gefahr. Wenn sie erst einmal unter meiner Fürsorge und unter dem Schutz des Hauses Suffolk stehen, sind sie in Sicherheit.«

»Vor wem?«

»Frevisse, laßt mich einfach die Jungen mitnehmen. Es dürfte besser sein, wenn Ihr von alldem nicht mehr wißt als nötig.«

»Wegen dieser Sache sind Menschen umgebracht worden, die mit dem Kloster in irgendeiner Weise zu tun haben. Vier der Männer, die die Jungen auf ihrer Reise begleiteten, die fünf Reiter, die sie angegriffen haben und deren Namen wir nicht einmal kennen.«

»Ich weiß, wer sie sind«, sagte Alice.

»Was? Wer denn?«

»Es waren unsere Männer. Von unserem Gefolge.«

»Alice, sie haben versucht, die Kinder zu töten!«

»Falls sie das getan haben, war es vollkommen gegen die Anweisungen. Nein, ich glaube, sie haben versucht, sie abzufangen, wie man ihnen aufgetragen hatte. *Sie* waren diejenigen, die angegriffen wurden. Man hatte sie strikt dazu angehalten, die Jungen zu mir in Sicherheit zu bringen.«

»Warum nur?«

Alice holte tief Luft und sagte erneut: »Frevisse, das hier ist gefährlich.«

»Das sehe ich«, antwortete Frevisse trocken. »Aber auch

Unwissenheit kann gefährlich sein, und im Augenblick weiß ich überhaupt nicht, was hier gespielt wird.«

Sie sahen sich an, nicht herausfordernd, sondern um einander einzuschätzen. Alice überlegte, wieviel sie erzählen durfte, Frevisse, wieviel davon wohl der Wahrheit entsprach.

»Es ist so«, sagte Alice. »Fast unmittelbar nachdem die Knaben von ihrer Mutter fortgeschickt worden waren – diese hier in die eine, ihr Bruder in die andere Richtung –, haben wir davon erfahren. Wir konnten uns denken, wohin sie reisen würden, und haben Männer ausgesandt, die sie nach Möglichkeit abfangen sollten.«

»Woher wußtet Ihr Bescheid?«

»Durch einen Spion im Hofstaat der Königin«, erklärte Alice. »Daher wußten wir überhaupt von der Existenz der Knaben.«

»Seit wann wußtet Ihr davon?«

»Seit nicht einmal ganz zwei Monaten«, gab Alice reumütig zu. »Niemand hat sich um Katherine gekümmert. Sie führte ein abgeschiedenes Leben, weit weg vom Hof. Wir dachten, sie würde nie jemandem Schwierigkeiten bereiten. Erst vor kurzem waren Gerüchte aufgekommen, daß dem nicht so war, und so ist es uns erst neulich gelungen ...« Sie unterbrach sich und suchte nach dem richtigen Wort.

»... jemand in ihren Haushalt einzuschleusen?« fragte Frevisse.

»Jemand dort zu bestechen«, sagte Alice. »Ihr Geheimnis lag in den Händen ihrer Leute. Sie war sehr vorsichtig damit, wen sie in ihre Nähe ließ.«

»Nicht vorsichtig genug, so scheint es.«

»Jedermann, fast jedermann kommt eines Tages in Versuchung, wenn die Summe hoch genug ist, seine Loyalität oder sonst etwas zu verkaufen.«

»Und Ihr habt die Person gefunden.«

»Gloucester offensichtlich ebenfalls.«

Der Herzog von Gloucester, der Onkel des Königs, der dafür bekannt war, die Grenzen seiner Macht zu übertreten.

»Glaubt Ihr, sein Bote hat dieselbe Person bestochen, die der von Euch Beauftragte ausfindig gemacht hat?« fragte Frevisse.

»Ich weiß es nicht. Ich nehme an, wenn man einmal die Treue zu seiner Herrin gebrochen hat, wird man es auch ein zweites Mal tun. Versteht Ihr, Königin Katherine ist in große Schwierigkeiten geraten, indem sie diesen Owen Tudor ohne die Erlaubnis des königlichen Rats geheiratet und Kinder mit ihm gezeugt hat. Das war töricht von ihr. Unbedacht.«

»Immerhin waren drei Kinder der Preis für diese Unbedachtsamkeit.«

»Woher wißt Ihr, daß sie drei Kinder hat?« fragte Alice hastig.

»Zwei von ihnen sind hier, und Ihr sagtet, ihr Bruder wurde in eine andere Richtung geschickt, das heißt, sie hat mindestens noch ein Kind.«

»Nun, es wird sogar noch ein viertes geben. Die Königin ist wieder einmal schwanger.«

Frevisse konnte keinen großen Unterschied darin sehen, ob sie drei oder vier Kinder hatte, und fragte deshalb: »Was hat sie dafür zu erwarten?«

»Man hat sie einstweilen diskret in Hertford unter Arrest gestellt. Tudor ist verhaftet worden …«

»Weshalb?«

»Gloucester wird schon etwas einfallen. Er ist dafür verantwortlich. Was man in aller Stille hätte regeln können, wird er zu einem Skandal aufblasen, unbesonnen, wie er ist.«

Frevisse hätte beinahe wieder nach dem Grund dafür gefragt, hielt sich aber zurück. Ihre Neugier war genügend befriedigt worden, und es ging sie nichts an, in welche politischen Winkelzüge Königin Katherine, ihr Mann und ihre unschuldigen Kinder verstrickt waren. Edmund und Jasper gingen sie jedoch etwas an, und so fragte sie: »Was habt Ihr mit den Kindern vor?«

»Jemand muß die Aufsicht über sie haben. Und zwar besser wir als Gloucester. Vor allem, seit es so aussieht, daß er sie umbringen will, wenn ich Euch richtig verstanden habe.«

Frevisse versagte sich zu fragen, wen sie mit »wir« meinte. Vermutlich diejenigen, die sich im Augenblick in der Regierung gegen Gloucester stellten, und dazu zählte zweifellos auch der Graf von Suffolk. Ihr Brief an Alice hatte einen Aufruhr ausgelöst, mit dem sie nicht gerechnet hatte. »Und wenn sie Eurer Aufsicht unterstehen?«

»*Wenn* …?« fragte Alice verständnislos.

»Wir haben ihnen hier Asyl gewährt. Wir müssen wissen, was Ihr oder derjenige, in dessen Obhut Ihr sie geben werdet, mit ihnen vorhat, bevor wir Euch erlauben können, sie mitzunehmen.«

Alice zog die Augenbrauen leicht in die Höhe. »Verzeihung, ich weiß nicht, ob ich Euch folgen kann …«

»Ich will damit sagen, daß die Kinder unter unserem Schutz stehen.« Unzureichend, wie er war, doch das behielt sie für sich. »Wir können sie Euch nicht einfach ausliefern, nur weil Ihr gekommen seid, um sie abzuholen.«

»Ihr habt mir doch darüber geschrieben!«

»Vertraulich, um Euch um Rat zu fragen und ohne zu ahnen, daß Ihr so großes Interesse an ihnen habt. Ich vertraue Euch, aber ich muß mehr erfahren. Was habt Ihr mit ihnen vor?«

Alice gewann ihre ruhige Haltung zurück. »Ihr habt recht. Ich bin zu sehr daran gewöhnt, Leuten Befehle zu erteilen, ohne nach dem Grund dafür gefragt zu werden. Ihr werdet nicht einfach gehorchen und solltet es auch nicht. Es ist so: Gloucester ist empört über diese Heirat. Er sieht darin eine Entweihung des Königshauses und des Andenkens an seinen verstorbenen Bruder. Er würde Owen Tudor hinrichten lassen, wenn es ihm möglich wäre, doch so weit wird es wohl nicht kommen. Die Königin wird in ein Kloster verbannt werden, wahrscheinlich in der Nähe von London. Gloucester wird sich mit weniger nicht zufriedengeben, und ihre Unbesonnenheit hat es verdient.« Gesunder Menschenverstand und Ambitionen zählten für Alice stets mehr als Gefühle. »Was die Kinder angeht, so stellen sie aus so vielen verschiedenen Gründen ein Problem dar, daß man nicht vorhersehen kann, was aus ihnen werden wird. Ich habe die Absicht, sie in die Barking Abbey außerhalb von London bringen zu lassen. Die Schwester meines Mannes ist die Äbtissin des Klosters. Sie werden dort in Sicherheit sein, und niemand wird ihnen etwas antun können, bis wir wissen, was mit ihnen geschehen soll. König Heinrich hat ein weiches Herz. Ich glaube nicht, daß er sie oder ihre Mutter – seine Mutter – zurückweisen wird, wenn ihm die Sache angetragen wird.«

»Aber hier und jetzt versucht jemand nach wie vor, die Kinder zu töten«, gab Frevisse zu bedenken. »Offensichtlich jemand, der in Gloucesters Diensten steht.«

»Das glaube ich auch. Wenn er könnte, würde Gloucester

sie umbringen lassen wie Bastardwelpen von einer reinrassigen Hündin. Er hat zweifellos den Reichtum und die Macht, jemanden für diese Tat zu kaufen, wenn er nur will.«

Jemanden zu kaufen. Jemanden, der so verzweifelt ist, daß er jeglichen Preis bezahlen würde, um Gloucesters Prämie zu erhalten.

Weder sie noch Master Naylor konnte glauben, daß irgend jemand im Kloster so bestechlich war, um zu einem solchen Mord fähig zu sein.

Aber wenn sie – nach allem, was sie über die bisherigen Morde wußte – nicht glauben konnte, daß jemand vom Kloster Will und Colwin umgebracht hatte und die Jungen zu töten versuchte, dann mußte es jemand sein, der nicht zum Kloster gehörte.

Jemand, der nicht zum Kloster gehörte, sich aber darin aufhielt.

Sir Gawyn. Maryon. Jenet.

Einer von ihnen.

Und sie hatte sie alle zusammengebracht, in die Reichweite der Kinder.

»Frevisse?« fragte Alice, die bemerkt hatte, daß Frevisses Gedanken abschweiften.

»Ich muß gehen«, sagte Frevisse ganz plötzlich. »Bitte bleibt hier, bis ich zurückkomme.«

»Was ist los?«

»Ich glaube, ich weiß jetzt, was hier geschieht, es ist schrecklich, und ich muß die Angelegenheit jetzt gleich regeln, bevor … Bitte, verzeiht mir.« Frevisse ließ alle Anstandsregeln außer acht und eilte nach draußen.

Tibby und Jenet saßen am Tisch. Tibby hatte das Kinn auf die Hände gestützt, und Jenet zerknüllte den Zipfel ihrer Schürze, während sie sich von ihren Liebesgeschichten erzählten – Tibby voller Hoffnung, Jenet voller Trauer um ihren Verlust.

»O ja, wir hatten uns Hoffnungen darauf gemacht. Ein kleines Häuschen, das nur uns gehört. Vielleicht in Leicester. Ich habe Verwandte in Leicester. Hery hätte sich überall nützlich machen können, und ich hätte vielleicht Gemüse angebaut, um es auf dem Markt zu verkaufen. Mein Onkel, der hätte uns am Anfang geholfen. Aber jetzt ist das alles hinfällig geworden«, klagte Jenet.

»Alles, was er anpackt, macht er gut, mein Peter. Er sagt immer zu mir …«

Es war nicht wichtig, was Peter sagte. Sie hörten einander nicht richtig zu, sondern redeten nur, um einander Gesellschaft zu leisten. Edmund und Jasper lauschten mit halbem Ohr, für den Fall, daß sie etwas Interessantes erzählten, aber in der Hauptsache profitierten sie davon, daß die Frauen abgelenkt waren, um in der gegenüberliegenden Ecke mit Edmunds Schwert ganz vorsichtig die Bastmatte zu zerstückeln. Und das lediglich deshalb, weil ihnen nichts Besseres einfiel und selbst das Auswendiglernen lateinischer Gebete für Schwester Perpetua mittlerweile aufregend zu sein schien.

Daher hoben sie aufmerksam die Köpfe, als sie das Geräusch von Schritten vor der Tür hörten, und waren schon aufgesprungen, als Sir Gawyn im Eingang stand.

»Es geht Euch besser!« rief Edmund.

»Ein bißchen, ja«, stimmte Sir Gawyn zu. Er hatte die linke Hand in den Gürtel gesteckt, um seine Schulter zu entlasten. Offensichtlich war er allein vom Krankenzimmer hierhergekommen.

Tibby und Jenet standen rasch auf und knicksten tief. »He, du!« Er wies mit dem Kopf auf Tibby. »Könntest du uns etwas zu trinken holen? Es ist ein heißer Tag.«

»Ja, Sir. So schnell, wie's geht«, sagte sie bereitwillig.

»Und nimm dir nur selbst auch etwas«, fügte er hinzu.

Tibby strahlte ihn an. »Ja, Sir. Vielen Dank, Sir.«

Sir Gawyn trat herein und machte einen Schritt zur Seite, um sie vorbeizulassen. Dann lehnte er sich gegen den Türpfosten.

»Kommt doch her und setzt Euch«, drängte Edmund.

»Gleich«, sagte Sir Gawyn. »Jasper, kommt hierher.«

Jasper lief eifrig auf ihn zu, bereit, ihn zum Bett oder auf einen Hocker oder wohin er wollte zu führen. Sir Gawyn legte die Hand auf Jaspers Schulter, sah zu ihm hinab und sagte: »Ihr müßt mit mir kommen, nach draußen.«

»Oh«, machte Jenet und trat näher. »Ich bitte um Verzeihung, Sir, aber Schwester Frevisse hat gesagt, daß sie ohne ihre Erlaubnis nirgendwohin dürfen, keiner von beiden. Nicht einmal mit Euch. Sie ...«

»Jenet, dreh dich um«, befahl Sir Gawyn und wies auf die Wand hinter ihr.

Jenet stand dicht vor ihm, blinzelte verwirrt, drehte sich dann aber gehorsam mit dem Rücken zu ihm. Blitzschnell zog er sein Schwert aus der Scheide und versetzte ihr mit dem Griff einen gezielten Schlag, der zu schnell erfolgte, als daß die Knaben Jenet hätten warnen können. Der Aufprall des Schwertgriffs auf ihrem Schädel war deutlich zu hören, obwohl er durch ihre Haube gedämpft wurde. Jenet brach lautlos zusammen.

Sir Gawyn sah nicht zu, wie sie hinfiel, sondern hatte sich schon zu Edmund umgedreht. Der Raum war klein. Edmund starrte Jenet an. Er hatte noch nicht völlig erfaßt, was geschehen war, und sah daher nicht rechtzeitig, daß Sir Gawyn erneut ausholte und mit dem Griff auch auf ihn einschlug. Er brach wie Jenet zusammen, ganz stumm, ein kleines, regungsloses Bündel auf dem Boden.

Jasper schnappte nach Luft und zuckte zusammen, als Sir Gawyn sich zu ihm umdrehte. Doch Sir Gawyn steckte sein Schwert zurück und streckte ihm statt dessen die Hand hin. »Alles in Ordnung. Sie sind nur erschrocken. Es wird ihnen wieder gutgehen. Das schwöre ich Euch. Aber so kann keiner behaupten, sie hätten mir zur Flucht verholfen.«

»Zur Flucht?« rief Jasper mit schriller Stimme.

»Man hat uns gefunden. Die Leute, die hinter uns her

sind, haben uns gefunden. Sie sind mit Bewaffneten hier im Hof. Sie werden Edmund oder den Frauen nichts antun, solange sie hier drin sind, aber mich werden sie töten. Ich muß fliehen und brauche Euch dazu. Sie werden nicht versuchen, mir etwas anzutun, solange Ihr bei mir seid.«

»Aber dann bin ich nicht mehr hier in Sicherheit!«

»Ihr werdet statt dessen bei mir in Sicherheit sein. Ich schwöre Euch, ich werde nicht zulassen, daß sie Euch etwas antun. Euch ist nie etwas geschehen, solange Ihr bei mir wart, oder? Wenn wir sie abgehängt haben, können wir zu Eurer Mutter zurückkehren oder nach Wales weiterreisen, je nachdem. Es wird Euch nichts passieren, das verspreche ich, Jasper.« Sir Gawyn hielt ihm die Hand hin. »Kommt mit mir.«

Jasper zögerte, doch Sir Gawyn schien wirklich in Not zu sein, das zeigte sich an seiner Stimme und der ausgestreckten Hand. Und wie sollte er je selbst ein Ritter werden, wenn er einem anderen Ritter seine Hilfe verweigerte? Wenn er bei einem Abenteuer nicht mitmachen wollte? So legte er seine Hand in die von Sir Gawyn. Der Ritter umschloß sie, lächelte Jasper mit schmalen Lippen an und sagte: »Das nenn' ich einen tapferen Ritter. Also los. Schnell!«

Jasper warf einen Blick auf Edmund. »Er wird sehr böse sein, wenn er aufwacht.«

»Du bist kleiner. Mit dir komme ich leichter zurecht«, sagte Sir Gawyn angespannt und wandte sich zum Gehen, wobei er Jaspers Hand umklammerte und ihn so zwang, ihm zu folgen. »Gibt es hier einen Hinterausgang zu den Ställen?«

»Durch die Küche in den seitlichen Hof und von da aus in den großen Hof«, sagte Jasper atemlos.

»Das dauert zu lange. Man wird uns vermutlich den Weg

abschneiden. Dann nehmen wir eben die gefährlichere Route.«

Jasper wünschte, Sir Gawyn würde seine Hand loslassen. Er wollte ihm sagen, daß er ja freiwillig mitkomme und nicht gezogen zu werden brauche.

Sie waren schon fast an der äußeren Tür angelangt, ohne gesehen worden zu sein, als Schwester Frevisse aus der Tür am Ende des Kreuzgangs trat und sich ihnen in den Weg stellte. Ihr Gesicht verriet, wie entsetzt sie war. Sir Gawyn war es nicht minder, er hatte aber augenblicklich Jasper auf seine linke Seite gebracht, mit seinem Arm Jaspers Hals und Schultern eingeklemmt und mit der anderen Hand sein Schwert gezogen. Er legte die Spitze seitwärts an Jaspers Kehle und sagte: »Laßt mich vorbei, und der Junge wird leben. Geht zur Seite!«

Schwester Frevisse trat zurück in den Eingang und streckte ihm die leeren Hände entgegen, als wolle sie zeigen, daß sie ihm nichts antun könne. Sie sagte jedoch: »Wo ist Edmund? Wo ist Maryon?«

»Es geht ihnen gut. Sie sind bewußtlos, sonst nichts.« Sir Gawyn drängte Jasper an ihr vorbei, während er mit ihr sprach. Sein Arm wurde langsam gefühllos, und Jasper grub die Finger in seinen Ärmel, in der Hoffnung, Sir Gawyns Griff dadurch zu lockern. Zu seinem Schrecken stach ihn das Schwert in den Hals, Sir Gawyn sagte: »Hört auf zu strampeln!« Dann wandte er sich wieder an Frevisse: »Ihr geht voran. Draußen will ich eines der Pferde. Keiner darf uns folgen.«

»Da draußen sind bewaffnete Männer, die Leute des Grafen von Suffolk!«

»Ich weiß, wer da draußen ist. Maryon hat sich umgesehen und es mir berichtet. Das ist die Gräfin da hinter Euch im Zimmer, nicht wahr?«

Frevisse war bereits ein paar Schritte auf die Tür zugegangen. Jetzt aber blieb sie stehen und sagte in schneidendem Ton: »Es wäre zu gefährlich, sie als Geisel zu nehmen. Das braucht Ihr gar nicht erst in Betracht zu ziehen!«

»Das weiß ich! Jasper genügt mir.«

»Das ist wahr«, sagte Frevisse höhnisch. »Mit Kindern könnt Ihr es gerade noch aufnehmen. Und mit Leuten, die Euch vertrauen.«

»Geht zur Seite!«

»Laßt ihn los. Es wird Euch nicht gelingen, so vielen Männern zu entkommen!«

»Wenn sie ihn lebend haben wollen – und ich nehme an, deshalb ist die Gräfin hier –, dann sollte mir besser niemand folgen.«

Hinter ihnen hörte man Schwester Claire ängstlich nach Frevisse rufen.

Frevisse behielt Sir Gawyn im Auge und rief ihr zu: »Ihr könnt nichts tun. Bleibt, wo Ihr seid!«

Sie hatten die Außentür erreicht. »Macht auf«, befahl Sir Gawyn. »Sagt ihnen, was ich verlange.«

Sie zögerte einen Augenblick. Sir Gawyn drückte die Schwertspitze tiefer als vorher in Jaspers Hals. Jasper rang nach Atem bei diesem unerwarteten Schmerz. Er spürte, daß ihm etwas Blut über den Hals lief. Er umklammerte Sir Gawyns Arm fester und versuchte, seinen Griff etwas zu lockern. Sir Gawyn merkte vermutlich gar nicht, daß er ihm weh tat. Doch er lockerte seinen Griff um Jaspers Hals nicht im geringsten. Jasper konnte nun schon nicht mehr sprechen. Schwester Frevisse sah ihn an, voller Angst, so dachte er, und tastete nach dem Türriegel hinter ihr.

»Weiter!« drängte Sir Gawyn. »Ich werde ihm nicht weh tun, es sei denn, man zwingt mich dazu.«

»Ihr tut ihm ja bereits weh«, entgegnete Frevisse. »Laßt ihn doch um Gottes willen ein wenig atmen.«

Sir Gawyn löste zu Jaspers Erleichterung seinen Griff ein wenig. Er hatte ja gewußt, daß Sir Gawyn nicht bemerkt hatte, wie sehr er ihn festgehalten hatte. Sir Gawyn befahl jedoch wütender als zuvor: »Geht weiter! Nach draußen!« Diesmal drehte ihm Schwester Frevisse den Rücken zu, um die Tür zu öffnen und nach draußen zu gehen.

Im Hof waren bewaffnete Männer, Pferde und einige Frauen. Bis auf ein paar Männer waren alle abgesessen, sie schienen jedoch damit zu rechnen, gleich weiterzureiten. Einige Dienerinnen des Gästehauses gingen mit Krügen zwischen ihnen umher. Als sie heraustraten, wandten alle die Köpfe zu ihnen um. Jasper bemerkte, wie die am nächsten stehenden Männer plötzlich in Alarmbereitschaft versetzt wurden und die Griffe ihrer Schwerter berührten, als ihnen bewußt wurde, was sie da sahen.

Schwester Frevisse streckte ihnen die Hände entgegen. »Rührt euch nicht! Er hat geschworen, den Jungen zu schonen, wenn wir nichts unternehmen! Gebt ihm ein Pferd, und laßt ihn gehen!«

Nach kurzem Zögern traten alle bis auf einen näher stehenden Mann zurück. Dieser hielt Sir Gawyn finster die Zügel seines Pferdes hin. Jasper, der rasch von einem Gesicht zum andern blickte, bemerkte, daß alle finster dreinsahen, doch sie starrten Sir Gawyn an, nicht ihn.

»Schwester, nehmt ihm die Zügel ab. Und Ihr, geht ein paar Schritte zurück!« befahl Sir Gawyn.

Frevisse und der Mann gehorchten, Frevisse ergriff die

Zügel, und der Mann trat zurück, ohne den Blick von Sir Gawyn abzuwenden.

»Übergebt Jasper die Zügel.«

Dies tat Frevisse, wobei ihr Blick auf Jasper fiel. Zu seiner Überraschung sah er, daß sie keine Angst hatte, sondern nur traurig zu sein schien. Leise sagte sie zu Sir Gawyn: »Tut das nicht. Laßt die Sache jetzt ein Ende haben.«

Sir Gawyn sog heftig Luft ein, als hätte sie ihn verletzt, sagte dann aber in dem gleichen rauhen Tonfall wie vorher: »Wenn uns niemand folgt, werde ich ihn an einem sicheren Ort freilassen, und ihr könnt ihn wiederhaben. Doch nur, wenn uns niemand verfolgt. Stellt euch da drüben hin, ihr beiden. Aus dem Weg!«

Frevisse gehorchte, und Jasper wußte, daß nun der gefährlichste Teil auf ihn zukam. Sir Gawyn mußte aufsteigen, bevor ihn irgend jemand aufhalten konnte – und mit seiner verletzten Schulter war dies nicht einfach.

Aber er hatte das Problem schon bedacht. Er ließ Jasper los und sagte: »Steig auf das Pferd. Halte die Zügel bereit!« Mit Sir Gawyns Hilfe krabbelte Jasper auf den Sattel und rutschte ganz nach vorn, um Platz für Sir Gawyn zu lassen. Er griff nach den Zügeln, und Sir Gawyn schwenkte das Pferd herum, so daß es zwischen ihm und den anderen stand. Da er nur seine rechte Hand benutzen konnte, war es besser für ihn, von dieser Seite aufzusteigen. Er nahm das Schwert in die linke Hand und schwang sich in den Sattel hinter Jasper, den er danach wieder mit seinem Arm umfaßte. Dann legte er das Schwert wieder in die Rechte, noch bevor irgend jemand näher treten konnte.

Der Mann, der Sir Gawyn sein Pferd übergeben hatte, machte eine heftige Bewegung, als wolle er auf ihn losgehen, doch Frevisse hielt ihn zurück. Auf dem Rücken des

Pferdes fühlte sich Jasper mehr als zuvor den Blicken ausgesetzt, doch er sah Frevisse an, auch dann noch, als Sir Gawyn das Pferd antrieb. Auf einmal wünschte er sich sehnlichst wieder ins Kloster zurück, wollte, daß dies alles hier nicht geschah. Hatte plötzlich furchtbare Angst, viel mehr als vorhin, als Sir Gawyn Jenet und dann Edmund niedergeschlagen hatte. Hatte fast soviel Angst wie damals, als die Reiter sie angegriffen hatten. Und ein Teil dieser Angst kam von dem, was er aus Frevisses Gesichtsausdruck lesen konnte – Schmerz und Wut und Verzweiflung, als ihr bewußt wurde, daß es wirklich keine Möglichkeit gab, Sir Gawyn noch aufzuhalten.

»Jasper«, sagte sie, und von all den Menschen im Hof sprach sie zu ihm allein, flehte ihn an, ihr Glauben zu schenken: »Er hat Colwin dazu angestiftet, Euch umzubringen, und er hat Will getötet! Jasper!«

Jasper hörte nur noch einen Schrei hinter sich, als Sir Gawyn dem Pferd die Sporen gab und in leichtem Galopp durch das Tor setzte, wobei er das Tier mehr mit den Füßen als mit den Zügeln antrieb.

Jasper versuchte, den Kopf umzudrehen, um Sir Gawyn ins Gesicht sehen zu können, und schrie: »Das habt Ihr doch nicht getan, oder?«

Sir Gawyn antwortete nicht. Sie hatten das Tor hinter sich gelassen und galoppierten durch den äußeren Hof auf das offenstehende große Tor zu. Jasper klammerte sich mit beiden Händen an den Sattel und versuchte immer noch, Sir Gawyn direkt anzusehen. Warum hatte Schwester Frevisse das gesagt, wenn es nicht wahr war? »Das kann nicht sein!« schrie er wieder, als flehe er Sir Gawyn um Zustimmung an. Doch der blieb stumm, und als Jasper zum letzten Mal rief: »Das habt Ihr nicht getan!«, da klang es eher verzweifelt als überzeugt. Sir Gawyn widersprach ihm nicht, und nachdem er einen Blick von Sir Gawyn hatte erhaschen können, wußte er auch, weshalb.

Das äußere Tor lag jetzt hinter ihnen, und sie ritten in einem weiten Bogen auf die Straße zu, die hier zwischen den Außenmauern der Klosteranlagen und dem tiefen heckenbestandenen Graben verlief. Niemand konnte Sir Gawyns Flucht mehr aufhalten, und Jasper hatte das, was er nun tun wollte, nicht geplant. Teils geschah es aus Furcht, teils aus Empörung über Sir Gawyns Verrat – und schließlich geschah es auch aus einer blinden Wut heraus, die gar nicht zu Jaspers Größe und Alter passen wollte, als ihm nämlich bewußt geworden war, was Sir Gawyn getan hatte und wie er ihn mißbrauchte. Mit der linken Hand griff er unter Sir Gawyns Arm nach seinem eigenen kleinen Schwert und rammte es, so fest er konnte, direkt vor dem Sattel in den Widerrist des Pferdes.

Das Pferd wieherte auf, warf sich, vor Schmerz beinahe wahnsinnig, seitwärts und stürzte in vollem Galopp zu Boden. Das dichte Blattwerk der Hecke schlug ihm von der Seite ins Gesicht, und hinter sich spürte Jasper, wie Sir Gawyn sich heftig krümmte und seitlich vom Pferd fiel.

Und dann spürte er nichts mehr.

Sir Gawyn wurde zurück ins Gästehaus getragen und auf das Bett gelegt, in dem er die vergangenen Tage zugebracht hatte. Mittlerweile waren auch Schwester Claire und Pater Henry anwesend. Doch als die Männer, die ihn hereingebracht hatten, beiseite traten, war es offensichtlich, daß jetzt vor allem Pater Henry gebraucht wurde. Dunkles Blut schäumte aus Sir Gawyns Mundwinkel, sobald sich seine Brust beim Atemholen hob, und dies ließ erkennen, daß er innerlich so schlimm verwundet, ja zerbrochen war, daß jede Hilfe zu spät kam. Die blutenden Schnittwunden im Gesicht, die er sich beim Sturz in die Hecke zugezogen hatte, und die Tatsache, daß die Wunde an seiner Schulter aufgeplatzt war und sich ein hellroter Blutfleck auf seinem Wams ausbreitete, zählten gar nicht mehr. Er würde nicht mehr lange genug leben, daß es sich noch gelohnt hätte – nicht einmal für ihn selbst –, ihn zu verarzten. Nachdem Frevisse den Männern gezeigt hatte, wo sie ihn niederlegen sollten, trat sie wieder an die Wand am Fußende des Bettes. Sie wollte ihn nicht mehr sehen, war aber unfähig, den Raum zu verlassen.

Aus Gründen der Barmherzigkeit hätte er bewußtlos sein sollen, doch dem war nicht so. Als Schwester Claire sich über ihn beugte, um das Blut abzuwischen, das aus seinem Mund floß, blickte er mit suchenden Augen auf die fremden Männer, die um ihn herumstanden. Offensichtlich konnte er nur die Augen und seine schmerzende Brust bewegen, doch dann flüsterte er: »Jasper« und hob die Hand leicht an.

Master Naylor trat nach vorne, beugte sich über ihn, damit Sir Gawyn ihn deutlich sehen konnte, und legte die Hand zur Beruhigung auf die seine. »Er ist unverletzt. Er hat sich nur erschrocken, seine Atmung hat bei dem Sturz ausgesetzt. In einer Stunde wird er wieder putzmunter sein. Man hat ihn zurück ins Kloster gebracht.«

Sir Gawyn schloß die Augen und bewegte stumm die Lippen, er schien zu beten.

Master Naylor beugte sich noch dichter über ihn. »Ihr habt ihn gerettet, indem Ihr Euch so gedreht habt, daß Ihr zwischen ihn und die Hecke gestürzt seid. Dadurch habt Ihr ihn gerettet.«

Sir Gawyn öffnete die Augen. »Ihr habt es gesehen?« flüsterte er.

»Ihr habt mich beinahe am äußeren Tor über den Haufen geritten. Ich war in der Nähe. Ich habe es gesehen.« Pater Henry hatte die notwendigen Utensilien auf dem Tisch auf der anderen Seite des Raumes zurechtgelegt. Als ihm klar wurde, was hier geschah, war er losgerannt, um sie zu holen. Nun legte er die Stola um seinen Hals, und man hörte die Gebete, die er hastig murmelte, ohne daß man sie verstehen konnte. Die Männer, die das Bett umstanden, und die Diener an der Tür zogen sich zurück. Sie waren bei dem, was nun folgen würde, fehl am Platz und hatten ihre Neugier ohnehin befriedigt. In qualvoller Unentschlossenheit angesichts ihrer Hilflosigkeit wartete Schwester Claire, bis fast alle gegangen waren, und zog sich dann ebenfalls zurück.

Doch als Frevisse und Master Naylor sich anschickten, ihr zu folgen, flüsterte Sir Gawyn mit einem seltsamen, heiseren Unterton in seiner Stimme: »Halt – Schwester Frevisse, bleibt. Und – ich weiß nicht, wie Ihr heißt ...«

»Roger Naylor, der Verwalter des Priorats.«

»Roger Naylor. Ihr und Schwester Frevisse. Bleibt hier und hört mich an. Jemand muß mich anhören. Abgesehen von dem Priester. Jemand, der berichten kann ...«

Er verschluckte sich an seinem eigenen Blut. Frevisse ging rasch auf ihn zu, drehte ihn auf die Seite und hielt ihm einen Lappen vor den Mund, wischte seine Lippen ab und brachte ihn wieder in die Rückenlage. Sir Gawyn ächzte und flüsterte dann mit geschlossenen Augen: »Ich möchte meine Sünden beichten.« So leitete er die Absolution ein, damit seine Seele in diesem letzten Ritus gereinigt werden konnte.

Und doch sprach er am wenigsten zu Pater Henry. Das Bedürfnis, jemandem zu erklären, was er getan hatte und warum, war stärker als das Verlangen, seine Seele zu retten. Seine Worte stockten ebenso wie sein Atem, seine Augen blieben geschlossen, seine Hand bewegte sich nicht mehr. Mit letzter Kraft konzentrierte er sich auf das, was er zu sagen hatte.

»Ich habe meine Ehre jemandem verkauft, der dem Herzog von Gloucester untersteht. Im Hofstaat der Königin. Ich habe gegen Bezahlung versprochen, alles zu tun, um ihm die Kinder auszuliefern. Und als es soweit war, konnte ich mein Versprechen nicht halten. Ich hatte Angst, er würde sie umbringen, und dabei sind es doch unschuldige Kinder. Daher habe ich mein Wort gebrochen und bin statt dessen dem Eid treu geblieben, den ich ihrer Mutter geschworen hatte. Ich wollte die Jungen nach Wales bringen. Wir haben die fünf Männer am Fluß getötet. Ich habe den Kampf angefangen, weil ich verhindern wollte, daß jemand erfuhr, daß sie meinetwegen gekommen waren. Hery und Hamon mußten ihr Leben lassen, weil ich das Versprechen gehalten hatte, das mich an die Königin band.« Er brach ab, da die Anstrengung beim Sprechen zu groß wurde. Niemand sagte etwas oder berührte ihn. Geschwächt, aber entschlossen fuhr er schließlich fort. »Und dann erfuhr ich, daß mein Arm verkrüppelt bleiben würde. Daß ich ihn nie wieder würde benutzen können. Den Arm, der mein Schwert führt. Das bedeutete, daß ... ich ... nutzlos war, ... der Königin ... nicht helfen konnte, ... niemandem, ... zur Armut ... verdammt war. Aber ... dieser Mann sagte ... Gloucester würde sehr gut zahlen, ... um die Kinder loszuwerden, ... sagte, daß sie besser tot wären ... wenn Gloucester sie nicht bekommen könnte ...«

Frevisse wischte ihm wieder das Blut ab. Da Sir Gawyn unfähig zu sein schien fortzufahren, sagte Master Naylor: »Und da habt Ihr beschlossen, sie umzubringen.«

»Ihr Leben oder meines«, stimmte Sir Gawyn zu. »Ich wußte ..., Will ... hätte es nicht getan ...«

»Daher habt Ihr Colwin dazu angestiftet«, sagte Frevisse.

Sir Gawyn hob zum Zeichen der Zustimmung ganz leicht den Kopf an.

»Und Will hat es herausgefunden.« Frevisse sprach es aus, da sie dachte, Sir Gawyn brächte es nicht über sich. »Er begriff, daß Colwin die Knaben in den Schweinekoben gestoßen hatte, und darüber haben sie bei den Ställen gestritten, doch es gelang ihm nicht, Colwin von seinem Vorhaben abzubringen. Und als Colwin den Kindern gestern auflauerte, ist Will ihm gefolgt. Obwohl er zu spät kam, um zu verhindern, daß Colwin die Kinder ins Wasser stieß, schlug er ihn bewußtlos, und nachdem wir vom Bach weggegangen waren, zog er ihn aus und ertränkte ihn im Teich. Wäre ich nicht gekommen, hätte Will die Jungen gerettet, doch ich fand sie, und so hielt Will sich versteckt, in der Hoffnung, Euer Geheimnis bewahren zu können.«

»Ja.« Sir Gawyn preßte das Wort mühsam heraus, rang nach Atem und fügte hinzu: »Betet für Will.«

»Soviel wie möglich«, versicherte Frevisse. »Das verspreche ich.« Doch Frevisse mußte noch mehr in Erfahrung bringen. Sie zog Sir Gawyns Aufmerksamkeit wieder auf sich und fragte: »Es war jedoch nicht so einfach, oder? Colwin kam wieder zu Bewußtsein und wehrte sich, und so zerriß Wills Hemd.«

»Ja. Er hat mir gesagt …«

»Er hat Euch erzählt, was er getan hatte, weil er Euer Knappe war und Ihr sein Herr. Er wollte, daß Ihr aufhört.«

Voller Scham nickte Sir Gawyn, fast unmerklich.

»Doch jetzt stellte Will eine Gefahr für Euch dar, er war ein Verräter, und daher habt Ihr ihn letzte Nacht umgebracht. Als sich alle zur Nachtruhe zurückgezogen hatten, batet ihr ihn, Euch zum Necessarium zu bringen, nahmt sein Schwert und brachtet ihn dort im Gang um.«

»Ja.« Sir Gawyn öffnete die Augen und tastete nach ihrem Ärmel. »Aber Will war kein … Verräter. Ich … war es. Er … versuchte, … mich … aufzuhalten. Er wollte … mich umstimmen …, nachdem Colwin tot war. Er versuchte es …, doch ich wollte nicht … hören.«

Es war also nicht nur wegen Colwins Tod gewesen, weshalb Will gestern auf der Treppe zum Gästehaus geweint hatte, sondern auch weil sein Glaube an die Ehre seines Ritters erschüttert war. Frevisse hoffte, daß er erfahren würde – irgendwie –, was Master Naylor gesagt hatte: daß Sir Gawyn am Ende sich selbst getötet hatte, um Jasper bei jenem schweren Sturz abzufangen. Und Tibby, die aus dem Kloster gerannt kam, als sie Sir Gawyn über die Höfe zurückgetragen hatten, hatte ihr berichtet, daß Edmund, Maryon und Jenet am Leben und wieder bei Bewußtsein waren. Also war es ihm ernst damit gewesen, als er gesagt hatte, Jasper werde nichts geschehen, wenn man ihn gehen ließe. Er hatte Edmund nicht getötet, daher wäre Jaspers Tod nutzlos gewesen. »Aber warum habt Ihr Eure Meinung geändert und sie nicht getötet, als sich Euch eine Gelegenheit bot?«

Sir Gawyns Hand sank von Frevisses Ärmel herab und verkrampfte sich auf dem Laken. Mit geschlossenen Augen flüsterte er: »Weil man erfahren hätte, daß ich es getan habe und … alles sowieso verloren gewesen wäre. Es hatte keinen Sinn mehr …, wenn Maryon es erfahren hätte.« Das Atmen fiel ihm immer schwerer, und er konnte gerade noch hauchen: »Sagt Maryon …, es tut mir leid …« Frevisse wurde bewußt, daß die Zeit abgelaufen war. Sie spürte Master Naylors Hand auf ihrem Arm und ließ sich beiseite ziehen.

Pater Henry mußte Sir Gawyn auf das baldige Ende vorbereiten.

Als sie und Master Naylor ganz schweigsam den Raum verließen, hörte man in der Ferne die Totenglocke läuten, einen Schlag pro Lebensjahr.

Das ist nicht recht, dachte Frevisse. Sir Gawyn war noch nicht gestorben.

Und dann kam es ihr zu Bewußtsein.

Die Glocke läutete nicht für ihn. Noch nicht.

Tränen schossen ihr in die Augen, nur verschwommen sah sie, wie die Leute in der Halle des Gästehauses niederknieten, als sie das Läuten hörten. Nicht für Sir Gawyn.

Requiem aeternam dona eis, Domine. Ohne überlegen zu müssen, kamen ihr die Worte aus der Totenmesse über die Lippen. *Et lux perpetua luceat eis.* Ewige Ruhe gib ihnen, o Herr. Und ewiges Licht leuchte ihnen.

In pace, domina, libera.

Gehet hin in Frieden, o Herrin.

ECON HISTORISCHER KRIMINALROMAN

Margaret Frazer
Der Vogelfreie
Ein Kriminalroman aus dem Mittelalter
TB 25108-2

Auf dem Weg zu einer Taufe wird Schwester Frevisse von Wegelagerern überfallen, deren Anführer sich als ihr bislang verschollener Cousin Nicholas entpuppt. Dieser bittet sie, ihn bei seinem Gnadengesuch zu unterstützen – doch schon bald muß Frevisse merken, daß Blut zwar dicker ist als Wasser, aber genauso leicht vergossen wird …

Marian J. A. Jackson
Das chinesische Amulett
Ein viktorianischer Kriminalroman
TB 25083-3

San Francisco 1900: In Chinatown wird der Geliebte der jungen Abigail Danforth ermordet. Auf der Suche nach dem Mörder gerät sie in die gefährliche Welt der Intrigen und Komplotte. Nur mit unkonventionellen Mitteln gelingt es ihr, Licht in die dunklen Vorgänge zu bringen …

Doris Mendlewitsch (Hrsg.)
Von Mönchen, Mägden und Gesindel
Krimis aus dem Mittelalter
TB 25114-7

Mord statt Minne. Erpressung statt Edelmut. Raub statt Ritterlichkeit. Auch im Mittelalter trieben finstere Gesellen ihr Unwesen, und scharfsinnige »Detektive« legten ihnen das Handwerk – spannend zu lesen in der ersten deutschen Mittelalterkrimi-Anthologie mit Kriminalerzählungen von Barbara von Bellingen, Ulrich Brandt, Margaret Frazer, Al Kuhfeld und anderen.

HK 005

ECON TASCHENBÜCHER

ECON

ECON HISTORISCHER KRIMINALROMAN

Elizabeth Peters
Die Schlange, das Krokodil und der Tod
Ein Kriminalroman aus dem 19. Jahrhundert
TB 25099-X

Eigentlich sollten es ihre zweiten Flitterwochen werden, doch dann gerät das Archäologenpaar Amelia Peabody und Radcliffe Emerson in böse Verwicklungen. Amelia ahnt, wer es auf ihr wohlgehütetes Geheimnis der »Verlorenen Oase« abgesehen hat … »Packender Krimi-Stoff!« *(Washington Post Book World)*

Christa-Maria Zimmermann
Die gekaufte Braut
Ein Kriminalroman aus dem 19. Jahrhundert
TB 25113-9

Die zwanzigjährige Susanna verliert ihre Eltern und muß nun zu Verwandten ziehen, die versuchen, dem unkonventionellen Mädchen Manieren beizubringen. Susanna flieht, landet in einem Londoner Bordell und wird dort von Lord Jonathan Sinclair gerettet, der eine falsche Braut benötigt, um den mysteriösen Tod seines Bruders aufzuklären.

Sharan Newman
Das Tor des Teufels
Ein Kriminalroman um Abaelard und Héloïse
TB 25125-2

Karwoche des Jahres 1140: Während die junge Catherine im Kloster der Héloïse auf ihren Geliebten Edgar und die baldige Hochzeit wartet, stirbt im Kloster eine schwer verletzte Gräfin. An einen Unfall kann Catherine nicht glauben. So müssen sie und Edgar vor der Hochzeit noch einen Mord aufklären.

HK 006

ECON TASCHENBÜCHER ECON

ECON HISTORISCHER KRIMINALROMAN

Elizabeth Peters
Verloren in der Wüstenstadt
Ein Kriminalroman aus dem 19. Jahrhundert
TB 25098-1

Anstatt archäologische Grabungen zu machen, wo noch nie zuvor jemand den Spaten geschwungen hat, werden Amelia Peabody und ihre Familie in die Wüste geschickt – in die Nubische Wüste. Und zwar mit einem ziemlich obskuren Auftrag: Sie sollen einen vor 14 Jahren dort verschollenen Entdecker finden, der damals seine junge Braut mit auf die Reise genommen hat …

Margaret Frazer
Die Knaben
Ein Kriminalroman aus dem 19. Jahrhundert
TB 25126-0

Schwester Frevisse tritt in den Klosterhof, als zwei kleine Jungen und zwei Frauen in panischer Angst hereingestürzt kommen und um Schutz bitten. Die vier werden aufgenommen, auch wenn niemand glauben will, daß sie von Räubern überfallen wurden und eine der Frauen die Mutter der Jungen ist. So wird es wieder Frevisses Aufgabe, die Wahrheit an den Tag zu bringen.

Doris Mendlewitsch präsentiert
Götter, Sklaven und Orakel
Antike Mordgeschichten
TB 25124-4

Ob es sich um den Raub der Asche Caesars oder einen Mord im Tempel der Athene, um Lustknaben oder keusche Priesterinnen handelt – die antiken Kriminalgeschichten von Barbara von Bellingen, Gerhard Herm, Bernhard Hennen, Siegfried Obermeier, Hans-Dieter Stöver, Christa-Maria Zimmermann, Robert Gordian, Steven Saylor und anderen geben tiefe Einblicke in die Welt der Antike.

HK 007

ECON TASCHENBÜCHER

ECON